陈应松精品文集 卷五

陈应松 著

雪树琼枝

中国言实出版社

图书在版编目（CIP）数据

雪树琼枝 / 陈应松著 . -- 北京 : 中国言实出版社，
2020.5

（陈应松精品文集 ; 5）

ISBN 978-7-5171-3458-9

Ⅰ . ①雪… Ⅱ . ①陈… Ⅲ . ①中篇小说 – 中国 – 当代
Ⅳ . ①I247.5

中国版本图书馆 CIP 数据核字（2020）第 069556 号

责任编辑　代青霞　李昌鹏
责任校对　张国旗

出版发行　中国言实出版社

　　　　地　　址：北京市朝阳区北苑路 180 号加利大厦 5 号楼 105 室
　　　　邮　编：100101
　　　　编辑部：北京市海淀区北太平庄路甲 1 号
　　　　邮　编：100088
　　　　电　话：64924853（总编室）　64924716（发行部）
　　　　网　址：www.zgyscbs.cn
　　　　E-mail：zgyscbs@263.net

经　　销　新华书店
印　　刷　北京中科印刷有限公司
版　　次　2020 年 6 月第 1 版　2020 年 6 月第 1 次印刷
规　　格　710 毫米 ×1000 毫米　1/16　12 印张
字　　数　183 千字
定　　价　558.00 元（全八卷）　　ISBN 978-7-5171-3458-9

目录

雪树琼枝

有一段时间，我特别喜欢四环素牙齿的女孩和单名女孩。我觉得这是她们有身份的象征。如果在二十世纪六十年代，她们的家里因为病痛能经常吃到四环素，能取一个不按乡下辈分而排的单名，就证明她们家有隔夜粮，父亲可能会拿干部工资，家有笔记本、凉鞋以及干干净净的座椅和床铺。

我的父亲也拿工资，不过他拿的是计件工资，旧社会他一个人跑到城里在一个船厂做木匠。因为成年累月端视着木头不停地凿孔，等他退休回到家，他已经是一个不会说话的驼背老人。我作为顶职者走进他的船厂，住进他的工棚，穿上他的工作服，但我不再是他。他一生只能用木头雕刻的花朵，我几笔就能用颜料画出来，大红、大紫、赭色、钴蓝，我掌握了颜料的调配，比他雕刻的木头花更栩栩如生。这样，我虽然住在一群乌合之众的顶职者中间，与他们一起上下班，吃相同的饭菜，用相同的锅炉里的变色热水，但我对自己的人生是非常清醒的。

任何时代都需要鼓劲儿的人，任何领导都希望能用笔来鼓舞士气，将精神变成物质，因此，我的图文并茂的黑板报使我从一个木工学徒走进了船厂的宣传股，我的一年的学徒生涯结束了，我还不会刨一块板子，磨起斧头来愈磨愈钝，但是我穿上了皮鞋，不必深夜加班，汗水不再多流。所以请记住，任何时候，笔都是有用的，它比任何奇技淫巧都有用，它使你能扭转乾坤。不过，从那一天起，我的人生离劳动人民愈来愈远（当然现在更远了，现在

1

经常患有劳心者的病痛）。

爱情，现在要说到爱情了。在我看来，爱情不过是男女要达到欢悦的某种手段里所使用的装饰词汇，在赤裸裸的肉欲外面套上一层理直气壮的彩衣，如果不能实现自己的目标，把妒恨称作为爱情的痛苦；而男女最初的相悦（就是肌肤之亲）后，它的残屑，它的多余的部分，它在平息时两人的对视、挽手和别离，就被称为爱情。

对天发誓，我曾祈望那种寻死觅活的爱情，那种超越肉欲的对女性的欣赏，可是没有遭遇到。某个时刻，我对某个女人有点留恋，不过都十分短暂。完全的肉欲伴我度过了生理成熟期的最初阶段，奇怪的是，它并没有败坏我的胃口，没使我绝望，反而使我对未来的希望愈来愈强烈。

年岁不饶人。那时候，因为我饱食终日，成熟的生理作祟，我开始在宣传股胡思乱想。我已经是船厂的团支部书记，因为远离劳动，使我对船厂的女人没有好印象。我手下的团员和要求进步的女青年都长得怪头怪脑，另外一个很有姿色的女孩，却是个扒手的女友，她当然不会要求入团啦。我没有使用卑劣的手段来引诱她们，我没有这方面的打算，因此，我没有滥用权力。一个姓辛的女孩长得很丰满，我吻过她，但她的鼻子很大，跑进我的房间时像一头野兽；另一个下巴长有痣的女孩是个高中生，个子也高，但是她的胸脯像个男人……总之，在船厂既没有四环素牙齿的女孩，也没有单名女孩，她们几乎都出生在苦大仇深的家庭里。

我已经死了在船厂找女人并在此成家立业的心，也许我压根儿就没有这种想法，那种假惺惺的爱情我也不肯尝试。因此，在人们的印象中我离群索居，郁郁寡欢，无事时总是躲在寝室里画我的梅花，画"她在丛中笑"。

刚开始画梅花的人总爱用红色来增加热闹的场面，然后用蘸饱白色颜料的笔来洒出风雪漫天的效果。画到后来，我尝试着画白梅，这表明我进入了一个层次。白梅成功了，是在淡蓝色的衬底下画的，这种淡蓝色衬底的白梅（或红、白梅相间）的画，挂到了厂长、书记以及厨房师傅的家里（给厨房师傅画，是希望他在给我打菜时勺子少颤抖一些）。

当然，所有的女孩要我作画，我都能满足她们的要求，包括结婚的画。这种画纯属无师自通，也没有任何参考资料，而且是广告颜料画，它画在一种白色的马粪纸上。这些画的题款大都为"她在丛中笑""待到山花烂漫时""犹有花枝俏""梅花欢喜漫天雪""俏也不争春""只把春来报"等。而题款后的印章——我的"杜金考"的大名，阴文和阳文，都是用红色颜料描出的，我没有印章。

当我说我对所有造船厂的女人都失望，是指她们不符合我的关于成家的憧憬，我说我对未来模糊，对人生的把握却很清晰。所以，当不会给人留下一点印象的申重枝与我遭遇时，我可以说一点准备都没有。但它又像水一样流畅自然，没有半点磕绊与虚假。

申重枝是个电焊工，一个不会超过一米六的女孩。她似乎不应叫女孩，似乎她有二十多岁了，牙齿稀疏，老实，走路的姿势也不好看，那种从船台上下来疲倦的样子，好像是她全部的形象。她总是很早就来了，很晚才下班，除了工作服之外我没有看她穿过其他的服装。她脱下麂皮手套和面罩，把它们夹在腋下，汗湿如水流地匆匆离去，匆匆给人一笑。你觉得她就是一个工人，一个抹去了性别的船厂工人，与船台，与两千吨的连接驳密不可分，她就是电焊机、焊钳和焊条的一部分。她不讲话，她不说笑，没有发式，不掺和是非，没有好朋友和仇人。可她是船厂最好的焊工之一，对于电焊，她是天才。最难的盲点她也能把它焊好，一棱棱地像鱼鳞一样，没有任何气泡。她敲打焊渣，在最闷热的密不透风的舱里，她闷声闷气地一待就是几个小时，等她出来的时候，汗水往往将她的厚厚的帆布工作服从衣领到下摆都湿透了。她到阴凉处吹吹风，没有解扣子的习惯，然后，又钻进船舱。我发现许多劳动模范与他们天生对劳动的专注有关，他们是为劳动而存在的。在人类的美德当中，劳动应该是重要的一部分。

她是团支部副书记。

我们支部没有任何活动，只是下发几本学习资料，这些都由她从我这儿领去散发，然后她将船台上所有团员的团费收齐交到我手上。团费一角、两角不等。她拿着钱，拿着一摞团费收缴证，把钱交给我后，让我在那些证上面签字。

这些团费一直放在我一个装庆大霉素的盒子里，有时来了客，就挪用一点，比如要买猪头肉和啤酒。关于这些团费作何用，上缴给谁，没人管。我们领导是不管我们的所谓团支部的，他在会上只是要求团员青年向申重枝学习，刻苦学好技术。事实上，没有谁向她学习，那些顶职上来的青工一个比一个懒惰，磨洋工，然后等着下班，吃晚餐的辣椒炒肉，然后洗了梳了看电影去。

申重枝每到我宿舍来时总是夹着麂皮手套，工作服上布满了被焊渣烫出的小孔，汗漉漉的头发。然后站在我的旁边与我算账，等我一本本签字。

无聊的宣传工作让我对黑板报不再认真，梅花也已经画腻了。我不知道应该怎样有所作为。我在外面寻找爱情的企图也落了空。一个在商场当售货员的单名女孩，她的父亲也是这个商场的业务组长，但她拒绝了我，在不少于五次的看电影与在公园深处闲坐的大好时光里，我忍耐了对她的亲吻和抚摸，我从长计较，想让她日后成为我终身的老婆，所以不能让她得出我是个工厂里粗俗的工人这样一个不良印象，以后的日子长着呢。但是她拒绝了我。对我的君子风度她毫不领情。最后一次绝交是以她赔偿我给她买的一条裙子的钱，那些钱全是毛角子和分币，我气愤万分并恶狠狠地吻了她，我咬她的舌头，我想反正就这么一次了。她像死了一样地倒在我的怀里，对我的啮咬没一点反应。当我的手往下面摸去时，她突然一跃而起，用极清醒而敌视的口气说："走着瞧！"那又怎么样呢，我想，我骂她婊子，在心里骂。我听说她已经谈了四个男朋友，我根本不能算，所谓"谈"，是"同居"的同义词。但这并不能掩饰她的肌肤的完美，她的好嗓子，她让人羡慕的当业务组长的爸爸，也不能阻挡男人对她的趋之若鹜。

这次失败的爱情使我对许多事情不耐烦了，甚至有了侵略性，有了对社会和人生的冒险心理。我对申重枝的每月一次让我签字很生气，我说："申重枝，你以后最好半年一次，或者一年一收，行吗？"申重枝站在我旁边，没有吭声，她不会吭声，她是刚从船舱里钻出来的，一身的焊弧味儿，头发一绺绺贴在额角上和耳朵旁，像些死蚯蚓。我说："团费你拿着就是了。"我最后还是签了字，并将她的那些钱塞进装庆大霉素的盒子里。这些钱使我想起商场女孩退给我的那些零钱和她恶狠狠最后甩给我的话："走着瞧！"

这样，当申重枝收好那些本子准备离去时，我觉得我做得相当过分，这么吼她,她竟然不还嘴,一句话也没有。我因为有点愧疚,站起来想去抚抚她的肩。抚肩和搂拥她的动作几乎是接踵而至,在她手握着门的把柄去开门的一刹那,我抱住了她,她的手放在把柄上没动了。

当我去亲吻她,将她水淋淋的头发捋起,手上沾着那些黏糊糊的盐分,我问我,我怎么会去亲吻她呢?我耳边响着"走着瞧"的恶狠狠的声音,我心里回应着的也是自己"走着瞧"的声音。我看见她有些不太自然,但她拧门出去的手却停顿着好像充满了逆来顺受的悬念,这种悬念感可能是使我走向下一步的基石。我吻着她,将她慢慢地挪到床前,我看见她将手上拿的一沓团费证放到桌上了。当我解她的那被焊渣烧得千疮百孔的工作服时,她低头看着自己的纽扣,看着我的手,低声而羞怯地说:"你还是书记哪。"

在这全身滚着铁锈和汗土的衣服里面,她的肌肤是如此柔软,与那铠甲似的工作服形成了鲜明的对照。在工作服里面的躯体,是完美无缺的,雪白、丰满、翘挺,没有经过任何污染,没有焊渣的烫灼,也没有盐分的堆积,即使有一些盐味,那也是恰到好处的调味品。再接着我把她推仰到床上,解开她沉重的劳保皮鞋,脱掉那宽大的、丑化劳动者的工作裤。在慌乱中的苟合污脏了一床。她爬起来自己穿上衣服,我为她扣好最后一颗扣子,她系好鞋带跺跺脚对我说:"喂,你是书记哪!"她的轻声轻气羞怯的声音没有变。当她再去开门时,我对她说:"把证拿好,莫掉了。"她说:"我知道。"然后,她朝我眨了一下眼睛便自行出去了。

我收拾好床单,坐在那里愣了好大一会儿,缓不过神来。发生了什么吗?过去有限的关于性方面的知识和想象一下子变为现实。一下子就过去了。我在想着那个带咸味的汗巴巴的躯体,那个从船台上走下来的人,一个技术工,一个每月有一斤猪肝补助的女电焊师傅,一个我的副手,一个可有可无的负责收团费的团支部副书记,时常来打扰我,让我签字和点数的汗人。

我的心里突然充满了空虚和愉悦。好像什么东西丢失了,又好像拾到了一个什么异宝。

整整一个晚上我都没有入睡,胡思乱想,心驰神往,翻江倒海。我在三点时起来画梅花,我画了数枝梅花,题款为"一枝又一枝"——当然是"重枝"的意思。

我准备把这张画送给申重枝，短暂的肌肤之亲带给了我无穷的愉悦，我还来不及梳理这其中的原因，它已经抵消了商场女孩带给我的屈辱，在这样的幸福感面前，那种屈辱微不足道，这种光亮太强烈太刺眼了，任何阴影都被照得无影无踪。因此，在我无聊的生活中突然来到了金光如瀑的地方，这就是杂乱无章的船台，对钢铁不停地敲打并发出刺耳轰响的江滩，日夜闪射着刺眼焊弧的脚手架，热闹，雄浑，让人仰视，且有巨大的感召力。它的到处都可能漏电的电线山重水复，十分刺激；而黑暗的船舱犹如冒险之旅，船台上的风，是真正的江上吹来的风，宽阔、动荡，能扫净你整个的身体与灵魂。

我等待申重枝的再来，我去了船台，我看见她在面罩里面手握着电焊钳正在缝合一块钢板。我说："喂，在忙？"我喊了几声，申重枝才推开面罩，见是我，朝我笑笑，仍没有话。我说："到我那儿去一下。"她说："我走得了吗？"我说："我给你画了一张画。"她说："下班了我去拿吧。"

下班之后是一个汗津津的安静的女人，她进来，当然急切地希望那样时，她说："你能帮我擦擦汗吗？"这是她说过的唯一一句与她和我的行为有关的话。

从这以后，她悄悄地来，悄悄地走。我发现她更喜欢加班，在深夜，她会敲我的门，带着夜班的气息钻进我的被子，为此，我说："我给你一把钥匙行吗？"她接受了，她再来的时候，长驱直入。

我从宣传股上走上了船台，这种变化使船厂的领导对我的印象颇好，他们对于我将各个班组的小结汇总，成为船厂一年或半年总结的做法颇多微词，他们要我掌握第一手资料，要深入电工班、钳工班、木工班、电焊班、红炉组和后勤组之中去，他们号召我深入生活，要与广大的工人打成一片，要我与他们同吃同住同劳动。

我是主动去的，我穿上工作服，与工人抬钢板，抬葫芦，我收集好人好事，将黑板报升格为油印简报。我整天在船台上蹿来蹿去，因为只有在白天，我才能与申重枝在一起。

我在木工班蹲了一个月后，作为一种铺垫，才到了电焊班蹲点。我当了申重枝的下手，我专给她敲焊渣。

在黑黢黢的令人窒息的船舱里，电焊烧出的热量和它散发出的一种药味，呛得人昏昏欲倒。可是我举着工作灯，愿意跟她爬到最深的地方。

我们缝补着船的龙骨和密封舱，也做着男女之事。当熄了灯，在滚烫的钢板上，在船壳外面别人震耳欲聋的敲击声中，我们汗如雨下地疯狂做爱。我们完成了高质量的焊接，然后钻出来，一下子就提高了整个驳船的建造速度。

申重枝是看我的眼色行事的，她不声不响，这并不表明她是个没有心思的女人，虽然她文化程度不高。她没有提出非分的要求，没有要挟我，未有吓唬我，因此，她深知我这个心性颇高的人，不会成为她未来生活的依靠。我们之间好像有不可逾越的阻隔，这种阻隔是某种社会的标准，它表面模糊，人人心里清楚，它是维持社会生存秩序的绳子，在情感之外，在道德和良心之外。它虚伪，它冷酷，它让人痛不欲生，噙泪低泣，可是有人却能够承受这一切，在这种阻隔中寻找短暂的欢乐，并且将这种记忆美好地保持下去。

我开始在季度小结、半年总结和年度总结中写她。这没有引起厂领导的多大重视，在报给系统团总支的一份事迹中，我以五千字的篇幅写了她。我唯一可以报答她的就是这。这个什么都不为的半文盲电焊工，给我的负罪感是无比巨大的。我给她买过两双尼龙袜子，在一次下班的时候塞给了她，可第二天她又回赠了我两双尼龙袜子。她找我借过一次菜票，我给了她两块钱的菜票，但没几天，我都忘了时，她将菜票还给了我。这样，我想我只有用我的笔来"歌颂"她了。

这篇文章是怎样引起市团委的重视，又怎样辗转到总工会的，不得而知。直到有一天书记对我说，市总工会要我们重新写一篇关于申重枝的事迹文章。听说那个文章是我写的，依然还要我写。

市总工会来了一位笔头很硬的宣传干事，姓胡，胡干事很瘦，但是听说他的文章写得很有劲儿。他是来协助我采访的。他来之后，厂长炒了几个菜接待他，他喝了两口白酒就满脸通红，夸我的文章写得好，夸我很注意细节的描述，问我是不是很了解她。我说是的，我说当然有一些了解，也不是非常了解，她的事情是很多的，这样的工人已经不多了，何况是技术工人。

厂长十分高兴他的厂能出现一个引起市总工会注意的人物，一个优秀的工人，当然是教育有方啦！

很瘦的干事就问我，她有男朋友吗，她是否有过推迟婚姻的打算。

我很不自在，我说她有没有男朋友我不太清楚，似乎没谈恋爱吧。

厂长肯定地说，她没谈恋爱，她的情况我很清楚，我跟她爸爸是一起当学徒的，申重枝这孩子，人呢是个老实人，老实坨子，实话说长得一般，又在咱们这个江滩野郊的船厂，接触男同志有限，所以就没谈。

很瘦的干事说，要善于发现，说："杜金考呀，这个你要好好写，申重枝一心扑在工作上，竟误了谈男朋友。她现在有二十四了吧？"

我说，好像差不多，大约快二十五了。

对，很瘦的干事说，写二十五，都快成老姑娘了，现在的一代青工，一参加工作就是讲吃讲穿，谈情说爱，而申重枝参加了五年工作，还没谈恋爱，把心思全花在船台上，花在学技术上，花在技术革新上，花在"四化"建设上。

然后我们就把申重枝找来，给她算她五年的工作时间相当于做了多少年的事，算去算来，申重枝已经做了二十年的活儿！也就是说，她一个人完成了四个人的工作量，已经干到二〇××年了。

我说能不能不这样写呢，我说她的事迹本来是很感人的，这样一写就不感人了，这样的先进事迹材料总是把真的写得像假的。我说能不能像徐迟的《哥德巴赫猜想》那样写，那时候刚读了徐迟的报告文学，我羡慕他的那种写法，写人，写人的性格，从一个人本身出发，而不是从建设"四化"这样的大帽子出发。我说，一个人成为劳模是需要条件的，他（她）很难从国家的兴衰、民族的存亡来认识劳动的价值，那是报纸和电视强迫人这么说的，说多了，就假了，就不感人了。

瘦干事说像徐迟那么写要才华，他是在展示自己的才华，哪是写陈景润呀，是在写他自己。因此，写先进事迹的材料还是要朴素一些，他要我就按原来的五千字文章扩大一些就行了，但一定要突出申重枝的时代特征，她既不是二十世纪五六十年代的时传祥，也不是二十世纪六十年代的王进喜，她是二十世纪八十年代的新一辈。他问申重枝："你真的没有男朋友吗？有没有爱你的男性或者你爱的男性？"

申重枝这时脸微微地红了，不自然地朝我看看。

瘦干事又问："没有人给你热心帮助，作过介绍吗？比如工人师傅们或热心的大嫂，最后，你瞧不中？因为……懒惰？不求上进？因你老是加班忘了约会时间？"

申重枝总是笑笑，露出稀疏的牙齿，将手上的两只麂皮手套颠来倒去，如坐针毡。

最后，瘦干事又问了申重枝是否将每个月的猪肝给身体不好的师傅吃了，是否照料过孤寡老人或跳下水救人；给我交代了写法上的一些问题，比如怎么出大题，怎么出小题，怎么结尾，特别讲了凤头猪肚豹尾的技巧，真是让我大开眼界。

等瘦干事走了，申重枝来到我的寝室，我心想她会怨恨我的，在这样的场合见这样的人，只会使她难堪。然而没有，她来了，只说了一句"你这是要抬我摔跤是吧"。

我说我要写你，我一定要写你，我一定要按我自己的想法写你，虽然我写不好，不是记者，不是作家，不是玩笔杆子的，我想写你。

我在想她如果有一张好脸蛋，我可能就横下一条心娶她了，劳动的光芒使她充满着那种热汗涔涔的魅力，对劳动的敬畏和欣赏因两性的磁力而更加明晰，青春的肌肤加上汗水，加上我的彷徨，使我投降而且堕落，它很可能会造就一桩好事。现在，又加上内疚，我所造就的不是我的婚姻，而是一个劳模。

我的文章写成了，洋洋万言，我知道我写得不错，我了解我写的人，我了解她的内心，她的渴盼，她的肌肤，我太了解她了。这篇文章是对劳模的赞歌，是发自我的内心的，写一个人，一个没有多少文化的女性，对船台，对电焊钳和夜晚的焊花怒放时永远保持的惊喜，是一个柔弱的女性对坚硬钢铁的爱，以柔证明了刚的存在，以刚衬托了柔的美丽。我写的是一种朴素的爱，一种自然的爱，就像农人对自己的稻谷。当然，我也使用了"默默无闻地奉献"，使用了"迈向四个现代化"，使用了"八十年代青年的新追求"以及"远大的理想""闪光的年华"等字眼。

我的文章在市日报的头版刊登出来了，应该不能叫"我的文章"，应叫"申重枝的事迹"。这张报纸那一天成了我们船厂的节日，这个默默无闻的船厂，出了个申重枝。遗憾的是，他们在刊登时把我的题目改了，我的题目是一个自以为很好的题目，叫《雪树琼枝》，我把她称作怒放的寒梅，在滴水成冰的那一年冬天，申重枝忍受着持续高烧的折磨不仅坚持上班，还给人顶班，她的病是伤寒。但是发表出来时，题目成了《一个电焊姑娘的追求》。这名也许是总工会的那个瘦胡干事改的。

申重枝成了市劳模，市十大劳模之一。

这一年的冬天，我们船厂周围的防浪林到处结满了晶莹的树挂。梅花其实是没有的，我们那个城市从来没有梅树，白梅、红梅均没有。在那些树挂给人以一些遐想和温情的时候，申重枝第一次穿上干净崭新的工作服，从船台走上了市人民政府礼堂的主席台，她佩戴着大红花，从市长手上接过劳模奖状和奖给她的一部小三洋录音机。这个女电焊工糊糊涂涂地与市长握手，在电视摄像镜头前糊糊涂涂地笑，"电焊姑娘"的照片被放在市总工会的宣传橱窗里，写着她的单位与简历，写着她的年龄。

船厂里贴满了向申重枝学习的大红标语，在一个宣传栏里，我组织的团员青年向申重枝学习的文章，至少有二十篇。

申重枝回来了，开大会欢迎她。

申重枝还是申重枝，她还是她。她依然现出稀疏的牙齿笑着，脸上因为常年在电焊的烧烤下出现了奇怪的红斑，依然羞怯得不知说什么好，说一定要再接再厉，更上一层楼，不辜负什么什么，争取什么什么，报答什么什么。

她长了一级工资，她成了预备党员。

那一天的晚上，以劳模的身份接连加班的她，用我给她的钥匙打开了我的宿舍。没有任何话，在黑暗中我们抱在一起。

我说，你现在成了名人了。我说，小三洋还是不错的。

她说，没有用，你说不错，我送给你算了。

我说，这是你的荣誉，你用得着的，以后用得着的。

她听出我说的"以后"的意思，以后就是结婚或者结婚后。她说，我用不着，用不着的。

我说，用得着。我说，听听音乐是不错的。我说，你想学英语，那就再好不过了。

我说的愈来愈远，我说的完全言不由衷。这样，我知道，我与申重枝的这段尴尬而幸福的故事就要结束了，它不会长久，它无法唤起我们人生的激情——如果有，只能是回光返照，它使我们的表达、回报与赠予都变得病态，它使美妙的快乐变得暧昧，变得忧伤无助，使我们的追求变得愈来愈好高骛远，愈来愈心怀叵测。

紧接着，连申重枝也没有想到的是，她又成了全省的劳模。

事情的发展已经不在我们的掌握之中了，正像化学反应。

在上省里开会之前，厂长要我陪她去。因为她的文化水平，她无法准备在什么场合说什么话，我要当一次她的秘书，为她出席的各种场合拟好发言稿，并帮她背熟。

这个我造就出来的"劳模"，用我的负罪感创造出来的大劳模，现在我倒成了她的随从。我所宣扬的东西与我所爱的肉体是一回事，但它们离我的心灵是多么遥远，我的肉体在这儿，在这儿期待着，狂热着，没有理智，我的真实的灵魂却多么孤独，像漫游的幽灵，像不系的苦船，没有交流，没有抚慰，顶风冒雨，踏浪独行，这就像一本《与神和好》的书里所说的一样。有时候，生命会像一条大河，快乐滋润地穿过翠绿的草原，也可以成为一支污浊的湍流，在岩石间冲激，在幽暗的深峡中迂回，冷冷凄凄。

在省里，我时常有一种荒唐和虚幻的感觉，并且非常强烈。

我这是第一次亲眼所见我抬出的一个先进人物，佩戴着大红花，坐在许多大腹便便、围着高级围巾的领导者中间。这些领导者经常在我们船厂订阅的报纸上出现，也是出席各种会议。我想，莫非另外的先进也是因为各种各样的原因被各种各样的人所造就而成吗？这些人物所表彰的东西已经脱离了他们的原意，变得干瘪瘪的，变成一种热闹，一种滑稽。

申重枝依然不合群，依然独来独往。在饭店里，我常常和她坐着，呆坐着，看饭店里来来往往的人，我们不说一句话，比我们在我那个小小的简陋的宿舍床上做那种事更沉默。当我们两人待在一些没有人注意的地方时，比如同房间的人不在时，我们甚至没有了冲动与激情，两人都试图保持一种彬彬有礼的距离，不再疯狂地拥抱与接吻，不再抚摸与做爱。

有时候我想回去，尽快离开这个会场、这个省城，回到那个有着真实生活的船厂去。我每当看到可怜的、说话结巴的申重枝一个人在大厅的沙发上接受记者的采访时，她的极度不自在，更让我羞愧难当。

"他又问了些什么呢？"等记者走了，我说。我看见她眼睛红红的，嘴唇干涩，好像受到公安局盘查过一样，她突然说："小杜，我们回去吧。"她蹦出这一句话来时，我发现我们的想法是多么一样。我恐惧地看着她，看着她的难受。

一天，在一个工厂与青年工人的见面会上，我没有去，她回来满脸的赧色与恐惧，说："我上台后要我说话，我的脑袋里竟是一片空白。主持人说我发烧，说我病了，才把我救下台。"

第二天，申重枝真的病了，真的发烧，吃不下饭。我被会务组的人叫去时她已经躺在了一个医院里。医生在给她打吊针，给她量体温。我守在她的床前。我说："你怎么是一个这么不经折腾的人，这么好的宾馆住了，这么好的八菜一汤吃了，你还拿自己的身体出气！"

申重枝说，这样迟早会要病的，还会疯。申重枝说着，就笑起来了，这一次是干笑，不是过去那种羞涩的笑、湿润润的宽宏的笑。

申重枝是拖着无力的肢体和一言不发的病态回到市里的。不过第三天我就看见她又穿上那一套千疮百孔的工作服上班了，她还是很虚弱，笑的时候，走路的时候，都有气无力，看来她整个的身心都大病了一场。

我想，这样的情况不能继续了，回到工厂后我就想着怎么离开申重枝和与她有关的环境——当然是船厂了。她到我宿舍里来得少了，来以后也会露出不情愿的样子。我说是不是当了省劳模瞧不上我了，她摇摇头，说："省劳模算什么，那是没有用的，即使当上了全国劳模，我还是焊我的钢板。"

我也听到了风言风语，说申重枝是我在床上吹出来的，说我是以自己的小聪明在欺负一个老实巴交的女工。当然了，他们不会当着我的面讲。我觉得也应该离开这里了，只有离开这里，那芜杂的、昏头昏脑的灵魂才能够摆脱掉纯肉欲的煎熬，摆脱掉低下卑微的生活方式，摆脱掉无法排遣的寂寞与忧伤。是的，是忧伤，当我看着这个晦暗无光的船台，看着每天源源不断、凌空而下掉落的焊渣，总是烧灼着你的头发，把头皮烧得吱吱作响，冒出一股股青烟，那你认为曾经美如彩火的焊花，其实是一些无用的渣滓，那船台的轰响太刺耳、喧嚣，简直如地狱一样。它没有宽大的厂房与车间，全是露天作业；它将船修好了，放下水去，又开始把一堆堆钢板做成船，这样无休无止地敲打与焊接，有什么意思呢？你会看腻的，日复一日的机械劳作，远离市区，经受着烈日、北风，你的眼里就是这些杂乱无章的景象，就算做一个厂长或者书记又有什么意思呢？过去我所认为的美是一种幻觉，是一个女人在暗中带给我的欢愉所引发的臆想，是女人身上的光芒感染了我，像病菌一样，现在，感染期过了，那种光芒已经慢慢地黯淡下去。

其实，真正的肉欲是会疲倦的，你说不定哪一天就会讨厌起那个你为之疯狂的女人，你会在突然间讨厌她，你会认为女人不过是一堆肉，一堆大同小异的肉，你会厌恶那个令人欲仙欲死的身子，讨厌她发黄的腰臀，讨厌她某一处骨头，讨厌她抽鼻子的样子，甚至吃饭和喝水的样子，就像讨厌这个船厂一样。你会觉得对方是如此陌生，而且交往是如此无聊。

促使我真正想离开我熟悉的环境和离开我过去所有的熟人（男人和女人），还是一次意想不到的打击，一次差一点丢了性命的未遂灾难。或者说，是这次可怕的遭遇使我决定逃之夭夭。

有一天，副书记要我去见两个人。在会议室里，我看见两个我不熟悉的人，一个像个佛爷，一个像个日本翻译官。这两个人都十分和善。我坐下后，他们便问我："你认识某某吗？"我说我认识，某某就是商场的那个单名女孩。他们又问我："你认识某某吗？"我说我认识，朋友嘛，这个某某是与我一同顶职到某公司的老乡，一条街上长大的。然后他们又问："你认识小×吗？"我想了想，这个小×就是上次某天夜晚商场女孩带来的她的新的男友，一个长得像白面书生的秀秀气气的小伙子。

当时的气氛就有些神秘，有些紧张。这两个人（显然是外调人员）自我介绍说："我们是小×单位的，他现在已经被抓起来了，因为他杀了人，他把某某（商场女孩）过去的一个男朋友杀死了，当然喽，他肯定会被枪毙。"

我难以相信那个白白净净的小×会杀人，我见过他，我认为他是一个彬彬有礼的小伙子，比我强多了，他长得帅，不像我是个个子不高而脖子很长的丑男人，我的眉毛稀疏，鼻梁坍塌，眼睛近视，有人说我的眼睛长得像女人的丹凤眼，这是瞎恭维，比如申重枝。另外，我还患有严重的胃气，与人说话的时候喜欢打嗝，更加增添了我的丑陋，所以当商场的女孩不计前嫌来我处玩时——并且带来了她的新男友与我的街坊，我为商场女孩能找到一个比我强百倍的小伙子而祝福，而高兴，而庆幸。如果她真找到了我，那她会一辈子都因我的不配而苦恼，虽然我能画几朵梅花，也不能弥补我先天的不足与缺憾。

我对那两个外调人员说，那怎么可能呢？他怎么可能杀人呢？那两个人说："怎么不可能，你也差一点被他杀了呢。"

这无异于晴天霹雳，我当即就吓傻了，我差一点没从那张条椅上软下腿去。杀我吗？我说，他们为什么要杀我？

这一切当然都源于那个单名的商场女孩，不知是炫耀还是诚实，这个女孩把她过去的那些事全供出来了，她说我虽与她接过吻，但她的新男友小×不相信，他认为那个船厂爱打嗝的叫杜金考的男人肯定跟他的这位漂亮女友睡过觉。他已经发现这个女友不是个处女，她会很容易接受男人的侵犯，她已经敞开了城门，让男人长驱直入。因此，那个叫杜金考的工人阶级怎么会留一手呢？

这一天正好有我的那位街坊跟他们一起喝酒，小×决定要杀掉那个姓杜的男人，要她的女友带路，但这位商场女孩好像有点念及过去的感情，不愿意带路，说她实在不知道杜金考住哪儿。于是，杜金考的这位街坊自告奋勇地说他知道，这个与杜金考无冤无仇的街坊，决定充当帮凶和杀手，其实他的父母与杜金考的父母关系很好，但是他想为那个新结识的小×复仇。于是，他们揣着刀子来到了郊外江边的船厂，同行的还有一个小×的小兄弟。

来到船厂，我热情地接待了他们，我看见了商场女孩，依然那么漂亮，我给他们倒茶，给他们递烟，因为还有我的街坊。在没有杯子的情况下，我找到了隔壁的几个漱口杯子来。我看见他们在那儿嘀咕，而商场女孩一直袖着手在一旁站着。

这个女人从开始到最后，都袖着手，对他们的暗杀行动既不表示赞同也不表示制止。她完全可以为我通风报信，然而她没有，是不是她曾在与我分别时说过"走着瞧"，现在得以实现了？反正这个漂亮的女人在我那儿没说一句话，面部表情并无异样，使我对我即将面临的杀身之祸毫无察觉。他们说，到堤上去走走吧。就这样，我便跟他们出去了，走在江堤上，他们匆匆地在前面小声商量着什么，那个商场女孩却在一边抱着膀子与他们和我若即若离。

事后我才知道他们在商量着怎么下手，他们在寻找机会。但那一天，堤上的人好像总也走不完似的，在那一天我回忆这平常少人烟的江堤上，的确有三三两两的行人，也有一些汽车经过，这样，他们下不了手。他们准备在江堤上结果了我的性命，然后将我扔到江里，让我无声无息地消失，成为鱼鳖的美餐。

他们的袖笼里都揣着刀子，包括我的那个与我一同长大的莫名其妙对我怀着冤仇的街坊，他们趁着酒兴，准备要放一个人的血。也包括那个我曾想入非非的女友，她袖着手等待着他们对杜金考下刀子，她肯定不会阻拦。当那些人喊她帮忙抬一下这个人的尸体时，她也不会帮上一把，依然袖着手与他们一起离开。

以后，我听说这个女孩十分慑于她的新男友小×的拳头。这个面善的小伙子，实际上是一个心狠手辣的歹徒。他用铁丝捆过她，扯过她的头发，把她的下阴踢得红肿。

还是接着说那个晚上未遂的凶杀案吧，那个晚上是菩萨保佑我，保佑我这个无辜者免成一伙歹徒的刀下鬼，所以才突然冒出那么多人，那么多车，来来往往。这些人，车，都是菩萨幻化的。在堤上，我对他们说，船厂十一点半有夜宵，到我那儿吃夜宵吧，肉丝面。小×说不吃了，于是他们又去嘀咕，商量着怎么办，已经把该杀的人带出了工厂，眼看着就要神不知鬼不觉地把他解决了，怎么办呢，这么多人。那个我的可恶的街坊给小×出了个主意，说杜金考好杀，以后杀他有时间，干脆今晚把某某杀了。

这个某某是与商场女孩真正睡过觉的，也是商场女孩自己供出的。于是，死神与我擦肩而过，菩萨把这些恶人引走了，引到某某的单位——一个汽车修理厂，他们去了那里，把那个汽车修理工从厂里带到一个公厕里，将他三下五除二地杀了，并丢进化粪池。就是这么简单，他们想杀谁便杀谁，他们报了仇，解了恨，然后走进监狱，走上断头台。

你说，你生活在这样一种环境中，一群毫无道理的人中间，你还不离开吗？还不赶快从他们（以及类似于他们的）视野里消失吗？

我当即就对两个搞外调的人号啕痛哭起来，我是个不争气的男人，说哭就哭，我说："感谢你们，把小×抓起来了，不然我的脑袋就要掉了。"尼采说，最虔诚的人才会失声痛哭。我对什么虔诚呢？

他们说早干掉了，早就不在这里对我们哭了，早就去东海见龙王了。他们要我写一个材料，他们说是帮公安局搞的，说这都是他们的罪证。

我知道我为什么如此倒霉，为什么生活在这么一个可怕的朝不保夕的环境里，是我对爱情的不切实际的渴望与我错误的出发点，它保不了以后像申重枝这样的女孩也觉醒过来，将我撕成八块。

不过，我有一点庆幸，到如今我还没有家庭的羁绊，我愚蠢地认为我对自己的人生安排是对的，这种念头使我既自慰，也不想忏悔。

我在暗中寻找着出路，完全收敛了自己，简直到了闭门不出的境地。这时，申重枝又恢复了申重枝，按时上下班，不再招人现眼（也许她从来就没有过招人现眼），默默地手拿电焊钳缝补着她的钢板。劳模就是这样，就是一阵子的事，一阵子的风光，永远的劳顿。

总工会也没再要我整她的材料了，胡瘦干事可能又去了另外的工厂，挖掘另外的劳模去了。因为我的闭门不出与她的见面以点头为止，她好像也觉察到了什么，她其实是个很敏感很细心的女人。

有段时间她没叩我的小门，偶尔经过时也不进来。我听得见她在门外说话的声音，听得见她走路的声音，就是不见她开门进来（她依然拿着我的钥匙）。特别是晚上加班人不多的情况下，她拿着碗经过我的宿舍去厨房消夜，又拿着碗回去。若是往常，她总会一个人悄悄地溜进我的宿舍，带着劳动后无声的激情与我翻云覆雨。这样的晚上真是潮水猛涨的晚上，它让我度过了多少幸福的夜晚。可是，好事不再了。

过了些时候，有一天大约是领薪水吧，她手上拿着一些大小钞票，终于进了我敞开着的门。她对我说："你还不去拿工资吗？"然后我想去关门，被她阻止了，她说："你关门我就走。"

这样，我只好打开着门与她枯坐着，离得很远。她告诉我，她要结婚了。她十分平静地告诉我，她准备结婚这件事，她从门外带进的那股渐渐让我淡忘的气息似乎有一点新娘的气息。这气息是与另外一个男人相融产生的。我说，怎么这么快呢？怎么可能呢？

她说，有什么不可能的？再不结婚就嫁不出去了，都老了。

我说什么好呢，我有什么可说的呢，在这件事上我注定了吞吞吐吐、闪烁其词。我说，我要给你送一点东西。她说，算了吧，你的这份情我领了。我说，我一定要送。我问，那一位是什么人，干什么的，在哪个单位。

她告诉我，那一位是一个郊区的老师，在郊区中学，也就是我们城市旁边的一个农场中学里。她说人家是师范毕业的，就是家在乡下。我说，长得可以吗？她说，长得比你强，比你高，比你壮实。我说，祝福你了，你找到一个好人了，如果你真找我，那就是一个悲剧。

我给她买了两个荆江牌热水瓶，上面是大红的喜字和喜鹊登枝图。我还给她画了一幅白梅，将那篇文章报纸没用的题目用在了这张画的题款上，叫"雪树琼枝"。我给她还买了一瓶香水。我认为她应该使用香水。

那几天的天气十分糟糕，冷得不行。那天，我说给她买了点东西，希望她来拿。晚上她果然来了，晚上她没加班，穿着厚厚的棉袄，围着一条大红的化纤围巾，脚下是一双新的劳保翻毛皮鞋。

进了宿舍，我旧病复发，无法忍耐，关上门就欲与她亲热，可是她拒绝了，她亲了亲我，却不想与我深吻，她不靠近我的床沿。

她说，我是来拿东西的。我便将我买的东西拿出来放到桌子上。她说，我不想要，你干脆自己用了算了。我说，这东西我能用吗？我一个男人我用香水吗？这开水瓶我也没有用，我这辈子只怕用不了红双喜的开水瓶了。她说，好，我接受了。她提着那些东西就准备离开，我说不坐会儿吗，我说不喝杯开水吗，我试图再一次努力，让她就范，重回我的怀抱。她那天非常固执，不让我摸她，她的两只手像两把铁钳牢牢地阻止着我，我的手总在她手里，她说不行，说，我都快结婚了。她说，这样，小杜，我们出去走走好吗？

我说，这么冷的天，到哪儿去走走？难道这个屋里不好吗？但是那一天她胜利了，她让我帮她提着两个开水瓶，我们一前一后走出了船厂。

那一天的晚上飘起了雪花，那一天的晚上地上开始发白，而江滩的防浪林早就因为空气的奇冷被凌成了一枝枝树挂。在江边，它的树总会时常被冻成这一副样子。可那一天晚上的树挂因为四野静谧，雪落无声而分外美艳。

17

在寒冷的季节，我第一次发现那被凌结住的树挂给人带来的是一种温藉，好像有一种静谧的期待与赞美，好像身笼于春天的大野，内心缓缓流淌着清澈的泉声。

我们就那样走着，我听见申重枝说："喂，你说话呀。"

我说："我说什么好呢？没什么说的。"我说："雪还大一点就好了。"

这时候，雪就快停了，很小，很细，就像在面粉厂遭遇到的粉尘。

这时候，对于肉欲的渴望冷却下来了，我们身临树丛，我发现这样行走也是十分美好的，这样行走，与一个没有多少文化的电焊工在一起，也有一股味道。在过去，我与她的接触几乎都是在床上，在两人身体赤裸的纠缠中，到处是汗，到处是污秽的液体，到处是怦怦的心跳和放纵。它十分短暂，不能持久；它好像要毁灭对方，也毁灭自己；它疯狂，它神经质，它歇斯底里。而现在，却面对着自然，一个男人，一个女人，漫天粉尘似的细雪，江滩，夜，被冻得无声的树挂，显示着一种奇异的童话般的感觉，好像走入了一个宫殿，一个只有在书中见过的遥远国度的宫殿，一种美，一种回忆，一种默默无语的伤感，一种对上帝的臣服和忏悔，一种寂寥、空旷、冷静、知足。

我抱住她吻她，心情平和地吻，我们站在那儿，一动不动地相拥着，轻轻地吻，害怕碰坏了什么。我们在无边的雪树与琼枝间走过，走上江堤，然后我们分别，我们踏着薄薄的雪，在寒冷的冬夜各自向家走去。

我记得我当时想说，想埋怨到这个鬼地方来干什么，我想流里流气地跟她开一个玩笑，想说被子里多暖和，可没有说。后来当我惊讶于前后左右的树挂，心里真这么想：也许跟她的一段交往什么都会忘记，却不会忘记这个冬夜；过去进天堂下地狱的无数次做爱都会在记忆中模糊、混淆、消失，而这个夜，这寒冷的夜晚，将成为某段往事的光点。我想说出来，也没有说。

这样，我回去的时候我的心像被水洗过一样，我发现这个貌不惊人的女电焊工不仅仅是个会缝合钢板的女电焊工，不仅仅是一个一声不吭的普通女人，当然，也不仅仅是我塑造出来的一个劳模，她还有许多本质的美好之处。但当我这样想的时候，她即将成为他人妇，成为一个故事的无比凄伤的结尾了。

因我叔叔的关系，我成了一个砖瓦厂驻长沙办事处的一员。专门推销用长江泥沙烧结的砖瓦。

我去了外省。我用当时的两瓶好酒（酒名忘了）说服了砖瓦厂的厂长，来到了我叔叔的城市，来到讲湖南话的完全陌生的人中间，来到了臭豆腐和辣椒中间，来到了湘江边上，住在一个十分隐蔽的小巷中，每天闻着煤炉的烟味和臭豆腐的香味，四处推销我的产品。

我当时想，这也是一种权宜之计，我不想成为一个优秀的推销员，除非因为某种机遇使我能赚一大笔钱，能做一栋房子，且能天天吃凉拌甲鱼。在这种朦胧的妄想和渴求中，我离开了喧嚣的船厂。

这样，我就认识了一个叫红桃的长沙女孩。一般来说，长沙的女孩都比较秀气、漂亮。长沙是个水码头，水码头的女人都有一般好闻的水腥味，身上弥漫着水气的韵味。这个叫红桃的女孩肤白，丰满，眼睛有神，夏天总是短裤，跂了双红色的泡沫人字型拖鞋，在湘江边的小巷里行走。她经常到我们的办事处来，她属于那种城市的闲人，没有工作，家境一般，有饭吃，家里的人总有一两个混得不错也有混得不怎样的人，因为年龄使她看什么都新鲜，懒懒散散。她经常到我们的办事处吃我们的火锅，参加我们的小赌活动，输了夹耳朵，也来钱，不过她肯定是只进不出的，输了让别人掏，赢了收进兜里说是买皮鞋去。

我已经跟她睡过几次，发现她对一切都不是很在乎，睡过后在我极度疲倦的时候，她还要拉上我陪她去五一广场吃臭豆腐。

我手瘫脚软地踏着夜色被她拉到五一广场，我们买了四十块臭豆腐，放了辣酱，然后每人又买了一大碗生啤。我看见她那灵活、好看的嘴吞食臭豆腐可说是异常迅猛，喝酒的姿势也充满了性感。吃完了，咝咝地抽着冷气，又要我陪她去江边候船室旁那水泥地上的露天茶室喝茶。

与她在一起需要有身体作保障，可我已经睡意混沌了，她却兴致勃勃。我们坐在躺椅里我直想睡觉，她却不许我躺下。我们喝着滚烫的热茶，看着长沙的闲人们争相上台献歌。这些跂着拖鞋的民间歌唱家，大多有一副不顾一切的歌喉，有一种拼了命也要给大家带来欢乐的劲头，因此唱得行云流水，声震九霄，把个酷热的长沙码头唱得火光熊熊，让人汗炸头裂。

红桃也要去一展歌喉，她的美好的身段和脸面都是她要上台的理由。她的嗓子特别尖，可以说，我还没有发现过如此尖声的嗓子。在床上的时候我就发现了她尖声的嗓子，使人听后觉得我关了门在虐待她。那种声音迟早要把人吓成阳痿。我无法忍受她在江边献歌的声音，更重要的是，我的经济发生了严重的危机，我的补助，我的工资，我的差旅费，总会很快地用完，我是办事处里的老超支户。另外，她在肌肤之亲时的心不在焉，也让我不知如何是好。我离不开她，又对她无法动情。

她无法与申重枝相比，申重枝是认真的，无私的，并给你心灵的压力，你时刻想忘却那种压力的爱欲，会创造出一种挣扎之美。而与长沙妹子的亲热，就十分简单明了了。睡觉，吃臭干子，喝酒，买皮鞋或者衬衣。她并不贪婪，并不找你要裘皮大衣，要纯金项链，可是她又能时常让你身无分文。

可爱的红桃，我与她同居了！

那时候我发了一笔小财，我与几个业务员倒卖了一批录像带，就是把长沙的录像带（它离广州近嘛）运到我们的城市去，卖给每个录像点，这样我在红桃的暗示下就与她同居了。

可爱的红桃，我又与她拿了结婚证！

就是这样，我们在清水塘租了一间房子。

这实在是太仓促了，这实在令人难以置信，连我自己也不知道结婚是怎么回事，就有了家庭。所谓家庭，就是在过去同居的基础上多拿了一张结婚证。

在一次清查暂住人口中，一个警察要把我逮走，不是我可爱的长沙妻子红桃撒泼，骂他妈的个鳖，我早就成流窜犯给关起来了。于是我自己在办事处盖了个公章，红桃在街道盖了个公章，我们就拿了一份允许公开同居的证件——结婚证，一人一份，我那一份我还让红桃给保存着。这事，我的兄弟姐妹、父母大人都不知道。

但我清楚，一定是长沙的臭豆腐把我熏昏了。

我在与红桃偷偷地成为夫妻之后，回到了我们的城市，并去了一次船厂。在船厂的财务室里我遇见了申重枝，她依然戴着一顶蓝帽子，依然穿着千疮百孔的工作服。

我问她是不是结婚了，她说是结婚了，我问她家安在哪儿，她说家安在郊区农场那一位学校里。我说："那你上班不每天倒公共汽车或者骑自行车？"

她说她就住在厂里，与青工们住在集体宿舍里，只是到了周末才去郊区的家里。这样，她似乎依然是单身，过着单身汉的生活，而且比过去还不如，过去她住在父母家里，结婚后搬出来了，因为她已经嫁了出去，是别人家的人了。

这个省劳模的婚姻是如此的平淡无奇，没有任何可以谈论的，好像我们的婚姻都不过如此。不过我是不会向生活投降的，不会轻而易举地向暗淡的人生就范。我之所以未声张我的婚姻，是有我的打算的。

见到申重枝的那天不是周末，所以我约了她，说想跟她说说话。在晚上，我们在约定的地点见了面。我问了她的情况，她问了我的情况。她说的可能是真的，我说的一半是假的。我没说我结婚，不过那真不叫结婚，那叫什么结婚呀，那不就是合法的同居吗？不就是可以堂堂正正地逃避警察的查房吗？

那个晚上申重枝因为加班，她穿着一身厚厚的工作服，她说她要上班去了，她说现在抓得很紧，迟到一会儿就要扣奖金。我不让她走，她最后竟然软下心同意了我的非礼。她脱下工作服铺在地上。完了之后她居然说出了一句傻乎乎的话：进去了两个人的精子不会生病吗？她结了婚，她的话放肆些了。我说："你在说傻话。"我说："你给我怀一个吧。"她说："想得美。"她说："不会的，是安全期。"我说："给我怀的孩子就不聪明吗？我的遗传有问题？"她说："不是，你太聪明了，我不敢怀，再生一个跟你一样聪明，长大了又要欺骗多少女孩！"我说："我在欺骗你？"她说："差不多，就是欺骗。"不过她后来笑了，她说："我喜欢了你的欺骗，还有那个什么劳模。"她说："这就是欺骗，当时要我离不开你，让我感激你，现在，我恨你。"

接着她就走了，她的声音没有变调。她不会恨我，她没有恨我。她走了以后，我在那里站了好一会儿，抽了两支烟。我看到远远的那高矗的船台，不夜的船台。在那些此起彼伏的盛开的电焊火花簇中，有哪一朵是申重枝点燃的？

我回到了长沙。

在我和长沙妹子红桃租的那个小家里，我发现了一个嗓音很好的梳大背头的男人。这个男人与红桃是街坊，也曾在我们办事处唱过歌。这个有点神经质的男人擅长唱歌，他的《我为祖国献石油》和《我为祖国守大桥》唱得慷慨激昂，而他的湖南民歌《挑担茶叶上北京》《洞庭渔歌》又是唱得如此开阔，如此云蒸霞蔚，一波三折。

这个大背头男人也是个长沙的闲人，艺术闲人，他在我家唱歌，在我家喝酒，把我家当成了他练声的场所。他和我的妻子红桃，这一对青梅竹马的男女歌唱好手趁我不在家，除了对歌还会干出什么事来呢？他们志同道合，一个干柴，一个烈火，还会干什么好事！

可是红桃说，她太寂寞了，我不在家，她就想把大背头请来教唱，她想以后能在一些歌舞厅赶场挣钱。而大背头已经开始挣钱了，一个晚上赶三个场子，一个场子二十元，一天下来就六十元，吃穿不愁。她说，大背头早就发现了她的天赋，那个尖嗓子完全可以超过歌唱家。大背头说，红桃完全不必要用假声气声，就像他，用本嗓，还可以不要麦克风，那就见功夫哪！

有一天晚上，我从望城县推销砖瓦回来，已是深夜十二点，我远远地看见我的那个租住的家窗口还是亮的，而且从窗子里又传来了《洞庭渔歌》的高亢的歌声。我实在没有勇气去敲门了。那歌声，那男性的歌声填满我家的每一寸地方，我呢，我显然是多余的人了。我只好转过身去，回到办事处，在人家的床上对付了一夜。

我知道，在我失去申重枝以后，我成了一个破罐子破摔的负面人物。她在我生活中的存在，使我不当一回事，甚至尽量想抹杀这种存在；而当她无怨无悔地退出我的生活，我才觉得心里的某个地方，完全空落落的了。

与红桃的离婚没有使我落下不好的心情，没有对自己仓促的婚姻感叹出什么样的不幸来。我似乎不想把这件事与我的人生和生活联系起来。它是我这个人之外的一点小事儿，不起眼，无伤大雅。我也没有想再结它几次婚，再过足这种离婚的瘾，我没有。我不把它当成一种乐事，也不把它当成报复社会的手段。我倒是清醒了一些，如果还能结婚——肯定能，那就过一辈子了。

正因为我把它当一个过场，所以，在长沙发生任何事都不必惊讶，也不放在心上。

我把它当一个过场、一种铺垫，我想我会重新过一种生活，我之所以抛弃那个婚姻，是因为觉得还没有准备好，而不是其他，比如期望过高。

当我与红桃在火宫殿吃完那顿臭豆腐之后，我们就各是各了，没有财产纠纷，没有子女纠纷，没有埋怨，她依然趿着拖鞋回到她的街上，我依然客居在她那个城市推销砖瓦。

"好啰，我祝贺你早日去歌厅赶场啰。"我说。

"只怕我赶场的时候你不想来捧场了。"她说。

"我买十簇鲜花捧你的场。"我说。

"你在讽刺我吧，小杜鳖，你说话恁伤人啰。"

我们就分别了。

就像任何一次约会和吃臭豆腐。我听见红桃的口里依然出现了唉过辣椒的咝咝声，依然红光满面，劲头十足。

我说了，虽然我已经心如枯井，对在长沙发生的任何事都不想惊讶，但事情终归是事情，而且是比那个小×准备残杀我的事情还难以对付的事情。

红桃没跟我吵闹就分手了，可她的家里却出现了一个打抱不平的英雄好汉。这就是她的弟弟。这场婚姻以我还未完全认识她家的人为结束，对她的弟弟，我也知之甚少。我一共才看见她的弟弟三次。第四次看见的时候，她的弟弟手上拿着明晃晃的刀子。

关于一些湖南人的刁悍那是有口皆碑的，红桃的弟弟就是这么一个人物，是一个地地道道的、让人咬牙切齿的长沙犟驴子。听说他那时候搞生意亏了本，想诈我几个钱财。理由很简单，要拿我的脑壳，赔他姐姐的青春损失费。

"我还没看到你这号人，你这个鳖九头鸟。你有九个脑壳老子也要拧下来。"他说。

我说："你姐姐的青春损失费真要赔也还轮不到我咧，你问她去，该先找哪一个赔。"

红桃的弟弟就要过来直刺我的颈子，被办事处的几个人拉住了。就是不拉住，我也不怕。我那天好像不怕了，不怕狗日的那些刀子。有时候人横了，什么都不怕。我想我已经是死过一回的人了，差一点就被小×捅了，扔进长江成为一个无头案，我现在多活了一年，活出赚头了，我还怕你这个长沙犟驴子。我谅想他不敢真动刀子，这又是我的一次失误，他是个真敢动刀子的货。一年以后，他掐死了自己的老婆。他的老婆瞧不起他，他虽然刁悍，却没有生育能力，他的如花似玉的老婆就跟本单位的一个有妇之夫好上了，有一次不辞而别，与那有妇之夫上了衡山，几天回来以后，红桃的弟弟发现他老婆的下身都肿了，一对偷情的男女在衡山上拼命疯狂了几夜。红桃的弟弟一气之下掐死了老婆，自己也找了根绳子吊在吊扇的钩子上，让吊扇把他冰凉的身子转了三天三夜才被人发现。这自然是后话啦。

这个长沙犟驴子拿着刀子要拿我的九个脑袋，我只好在别人的帮助下用竹梯下楼溜了，住进了我在长沙铁道机械厂的叔叔家。

可那长沙犟驴子又追杀到我叔叔家，夹走了我叔叔一台十四寸的黑白电视机和半包白沙烟。后来通过调解，赔了他八百块钱，不过我已经不在长沙了，回到了我那个砖瓦厂。

人财两空的我因为一次机遇使我好梦成真。有一天，我在大街上闲逛时碰见了总工会的那个胡瘦干事，当他得知我现在成了砖瓦厂一个不合格的推销员时，十分怜悯我。他说刚好有一个事，省总工会要办个大型展览，要抽各地的人去帮忙，说我有美术功底，正好可以去，便替我给砖瓦厂请了假，让我去了省里。

办完了展览，又遇上省总工会正在筹办一份报纸，我作为借调人员，成了这份内部报纸的美编。

我的关系完全上来了。在报社同事的张罗下，我找到了一个老婆。肯定是找老婆啦，是直奔老婆而去的，于是找了几天就结婚了。

我的老婆是个大学生，我的老婆戴眼镜。我的老婆瘦，我的老婆文质彬彬。我的老婆不仅有四环素牙齿，也有单名，她的名字叫邵男。但是这个四环素牙和这个单名已非我当初倾情的牙齿与名字。我的这个老婆赢弱，有气无力，缺少激情，知识分子，没有那种世俗女子的野劲儿，不趿拖鞋，不喜欢吃辣后在口里发出咝咝的声音（她压根就不吃辣），不与我在野外行房，不悄悄地半夜开我的宿舍，也不反抗。我的老婆是学外语的，讲一口地道的牛津英语，她的那些书我一点都看不懂。她是一个中学的外语老师，她的父亲也是一个中学的老师，她的母亲是一个公司的主管会计。在我们有了一个可爱的女孩后，她的父母就经常到我们家住。在我们家住期间，我的老婆就拒绝与我同房，我们睡在一张床上，像两个同性人。

我的女儿是一个精怪一样的女儿，她两岁就能说许多英语了，三岁就会用大人的口吻给我们俩劝架。她认为吵架是没有意思的，她在幼儿园就不跟人吵架，她说："你们都是大人了，吵架有什么意思呢。"就冲我的女儿的这个智商，我们也没有理由不过一辈子。我的女儿长大后肯定戴眼镜，肯定是大学生，说不定会出国呢，那么以后我就跟着她的妈妈邵男一起去国外看望我们的女儿，并与她们一起同住。就冲着这样的一种高雅文明的希望，我们也没有理由不过一辈子，我们，我们三个人——我和我的老婆、女儿。

现在要说到我啦，我呢，我住两室半一厅，评上了副高职称二级美术师之后就开始大把掉头发。我还是画我的梅花，不过到报社后我师从我省的梅花大师张之暮先生。我在宣纸上（当然不是马粪纸啦）画雪中白梅小有名气了。我不再用广告颜料，我用的东西都十分高级啦，用泾县的宣纸啦，歙县的徽墨啦，湖笔，端砚，等等。我的题款也不是那么革命化了。我现在用的题款大多是："隔林迢递见梅花""几多心事无人问，独看梅花月半痕""溪回谷转愁无路，忽有梅花一两枝""梅须逊雪三分白""暗香浮动月黄昏""探梅诗客多清趣，瘦蹇冲寒溪上去"，等等，等等。

我的梅画得愈来愈好，头发掉得愈来愈多，我阳痿，血脂升高，双眼时常干涩，记忆力不如从前，喜欢待在家里，不爱应酬，讨厌歌舞厅。我每天骑着自行车上班，沿着一条老路线走，决不改变路线抄近路；我有点迷信，认为生活中的任何一件事如果突然改变什么，可能会带来意想不到的麻烦。我还在加紧申报一级美术师，并且奢望办一个画展，出一本《白梅谱》。我已经不缺钱花，奖金也不错，时常半羞半怯地卖点画。我走过菜市场对一张又一张掏出十元的钱币都没感觉了，我回家时总提着卤鸡卤鸭，还捎带一瓶尖庄酒。我开始想我大约能活多大年纪了，我比较注意自己的饮食起居了，我开始订阅《益寿文摘》报，这是中老年人十分喜欢的报纸。我开始计算自己的时日。

我不再倒卖录像带，不再推销砖瓦，也不再与人在寒冷的冬夜约会，也不担心谁暗杀我。我不再期待半夜一个女人的悄然撞入，不再在千里之外的城市里与一个不相爱的女人吃臭豆腐和喝烫茶，不再在自己的屋外踯躅，无家可归。

这年，我回去了一趟，是一个人回去的，我想见见申重枝。

我见到了她。

她告诉我她现在是不脱产的妇女主任，专门管些妇女围产期哺乳期的事，发放避孕套。她也有了一个女儿，她也瘦得很厉害，脸上不知是焊花烤的还是因为生产，长了一块块的蝴蝶斑，臀部也没了，走路的姿势更加不好看了。她告诉我，她带了一群徒弟。

我问："你还住在郊区学校吗？"她说是的，还住在郊区学校，她说她的那位停薪留职了，与几个人一起办了个什么化工厂。那天，她爽快地说："今天到我那儿玩去？"她的眼里闪着一丝淫荡的光，她已经是孩子的妈了，没有羞怯了。她告诉我那位不在家。

有些东西好像将要被唤醒，虽然我警告自己，但撒旦魔鬼附了我的身，我答应了下来。

那个晚上，我与下班的她在一个小餐馆吃过饭，等天黑之后，找了个三轮屁屁车，向郊外农场的中学驶去。

一路的坑洼颠簸，把我的脾脏都快颠破了，我说："师傅，你又不去抢火，你择路慢慢开，不行吗？"师傅说："这个路你怎么开都是这样。"申重枝一言不发，靠在我的肩头，很幸福知足的样子。我想我这是到哪儿去呢，就像是到地狱去一样。

我们好歹到了那个荒郊的中学。申重枝的屋也就是乡下中学居住的那个样子，一通间，中间隔了，前面是客厅，后面住人。里面没什么东西，她与我的生活已经相隔万里了。

就是这样，我的开水瓶还在，市里奖给她的那个小三洋录音机还在。而客厅里的墙上，竟还赫然挂着我用马粪纸为她画的那幅"雪树琼枝"。画是旧了，可是意境，我觉得那真是朴素而年轻的意境。我好像看见了年轻的我，在那个小屋里，怀着青春的喜悦，为我所拥有的女人画画。整个画有着生命的欢愉，不怕寒冷，讴歌风雪，画画的人本身就顶风冒雪嘛！它没有别人现在评论我的"孤峭的意境""深寒中的阒寂""对纯美的理想渴望""一颗被冰雪涤荡的尘心""对社会和人生履历的一种哲学理解"。我看着我过去的画，它直截了当，它热情洋溢，没有哲学和艺术，它就是生命的天真表现，它渴望爱，拥抱，亲吻，发泄。

那个晚上，当我接触到申重枝的身体之后，不仅是陌生，而且产生了强烈的排斥。我说，你不要靠近我好吗？我说，让我先躺一会儿说说话。她的肌肉呢？她的胸脯呢？没了。她的乳晕那儿全是发黑的褶子，口唇干涩。这种生理的反感，我知道也源于我荷尔蒙睾丸素酮分泌的明显减弱。当我说让她莫靠近我时，我看见她十分伤心。

半个小时我们匆匆地完事后我就要起身走了，她挽留我说："明天早晨走，不行吗？"我说："我还有事。"她说："不是说好了的吗？"我说，我突然想起来了，我今天还得去办一件事。

我心乱如麻地离开了学校，走上大路，步行着往市区赶。我在心里痛苦地说：再见了，劳模，一切都结束了。都不是那么一回事了。劳模，再见。我在半道上截了一辆三轮屁屁车，将我颠簸着送回了市区。

我不是一般的伤心和绝望。我想起约翰·班扬在《天路历程》的一段诗：

> 我一路至此，一路背负罪担／凭什么也减轻不了我的悲痛／
> 直到这儿何等美妙之处／莫非只有此地才是我祝福的起始／莫非只
> 有在此我才能卸下重担／莫非只有在此才能解除我的捆绑……

我想说什么呢？是不是一切都完结了？我在船厂前的江堤那儿下了车，我看着灯火稀落的船厂，我走在那曾潜藏着置我于死地的江堤，我兀然想到那个夜，那落着粉尘雪花的披满树挂的防浪林。

那一夜的氛围显然有些奇异，那被冰雪冻结的树枝像谁安排的一个巨大舞台的布景，像童话中的数不清的白色珊瑚。我走进那个世界，也许从那一天起，是不是就开始了对自己生活的凭吊？

白色的琼枝啊！人还在，景依然，但是我却看见了深埋在荒草丛中的一个坟墓，一个没有墓碑的弃冢。它埋藏了我们以往的生活。它美好，让我跪祭，让我永世难忘。最美好的年代，其实是在不美好的环境中度过的。当一切都美满、遂意之后，乏味而漫长的日子就悄悄来临了。

我们还得小心谨慎地继续活下去。

（原载于《钟山》1999年第6期）

蒋王朝的罗曼史

一

风像刀子一样劈裂着他的骨架，浮肿的眼皮在慢慢收缩，要把一双眼珠子爆出来，掉进河水中，让他变成瞎子；心脏也在咚咚地收缩，就要停跳。浑身冰凉，脚筋抽搐，脚趾发硬，快要站立不稳了。他家的船，在那条狭窄的航道里挣扎。航道到处是淤沙，一个个沙渚像龟背露出水面。他家的是平底驳船，陷在了淤沙里，因为拥挤，因为百十条船要趁着退水的最后日子，挤进虎渡河中。这是十二月份，所有在长江上的船都要向内河迁移，修理、过冬，可他们的船却卡在了河道中。于是一百条船都开始骂他们，一千个船工水手驾长船长轮机长都开始骂他们，像一千只跳蚤，在那儿狂喊领导："撑呀！撑呀！"他们袖着手，脖子上围着鲜艳的围巾，一个个穿得像领导，锚都打在了沙滩上，看的就是这些驳船的挣扎。

"撑呀！撑呀！"他的爹蒋驾长龇着牙齿，用尖篙戳着他的屁股。他十八啦，还这么对他。现在，雪卑鄙地落着。他在雪花里使力，可拼尽了力气，船纹丝不动。河滩到处是他爹骂他的声音："没有用的——狗卵入的——饭吃到屁眼里去了——憨逼——憨逼——憨逼——"

他的母亲，一个肥胖的妇人，十分疼爱他，可现在也急得大汗滚滚地骂他："不争气啊，我们老了，指望你，指望个啥呀？！"

母亲不忍看自己的儿子出丑，把他往艄楼里推，要他去扳舵。他的父亲抓着胸口大哭："这怎么办哪？"

他在艄楼里。他已经从人们的视线中逃脱了。他感谢母亲。他瑟瑟发抖。船底的涌流搅动黑沙四面翻腾起来，他年迈的父母咬牙切齿地撑篙。他要左右随时扳动舵柄，配合父母，可他在关键时候出了错，父母撑出的力量被他的舵给抵消了，刚离浅滩的船又向浅滩冲去。

就在这时，许多人都看到，他的父亲冲进艄楼，将他一掌推进了河里。一个优美的倒栽葱，蒋王朝就翻下船去，落在河中，水花四溅，惊起一只黑鸥，凄厉地叫着从他身边飞走了。水一直没过头顶，水从裆里和腋下哗哗而过，一下子把他打入了冰窟。他爬起来，大家希望他就此遭受灭顶之灾，再也爬不起来，可他跌跌撞撞地爬起来了！裤子里灌满泥沙。在众目睽睽之下，他浑身淌着水，仇恨的目光射向他的父亲。他捏着湿漉漉的拳头，内心诅咒着这个世界。河上的哄笑声和飞扬的雪花纷纷扬扬，乱作一团。雪，下得更大一些吧，把他们所有的人都埋进去！

船却移动了。

船又被鸣笛的拖轮给拉拽走了，他鼻子里发出愤怒的抗议，却又不得不狼狈地去追赶自家的船，像电影中溃逃的匪兵。

现在，他的父亲拒绝他上船。他的父亲拒绝他回舱里换衣服。雪还在嚣张地下着，他就要冻成冰棍了。黄色的天空白幡滚滚，落到船上，像在优美地抒情，也像在粉刷着这个船体和那紧闭的艄楼，把它们打扮成清明节祭烧的灵屋。

"你进来，老子打断你的腿！"

这是没有任何道理的，雪在看着他。他只好水淋淋地故作镇静去清理缆具，去拖甲板。后来他的母亲与他的父亲大吵起来，估计打了起来，两个人在艄楼里把东西撞得咚咚直响。河流荒野，大雪无情。他的母亲拿着干爽的衣服怒气冲冲地出来了，扔给他，说：

"王朝，你回岸上去吧，去吧，去吧。"

蒋王朝爬进了尖舱，那里面堆着乱七八糟的船上杂物，也是老鼠的世界，霉气冲天。

到了晚上，一家人已经是心平气和了。他的父亲要他回到虎渡河边的那个铁匠铺去，叫红炉班。他们认为，这个儿子不适合驾船，不是吃水上这碗饭的料，迟早会被淹死。这样不机灵的蠢蛋，还是在岸上稳妥些，毕竟，他们就这么个儿子。

蒋王朝第二天踏上跳板上岸去了，提着一双换洗的布鞋和两条乌黑的毛巾。布鞋在他屁股后头披着，随着脚步两边扑打扑打。他的娘说："儿啊，馒头争烟人争气，做点给你爸看看！"

蒋王朝走了很远，还回过头来看自家的船，那是他的家。那木制艄楼里有许多往事，也有温暖。他走到了船业社，心想，爸妈要吃晚饭了吧？那艄楼顶上的两盆花，如果冻凌就会死掉化成水的，不晓得他们搬进舱了没有？晚上，水拍打船舷的声音，在下雪之后一定是更美的，一落枕就会睡着，妈给我暖壶哩。

二

红炉班里只有朱聋子。朱聋子是他的师傅。朱聋子是个铁匠。铁匠只对火说话。锤声是他的语言，铁砧是他的舞台。可他听不清楚，他是个"门板聋"，就是彻底聋掉的意思。

铁匠是一门过气的职业，就像写小说。可船业社需要一种机械造不出来的扁钉子，必须打，这样就有了红炉班。红炉班还浇铸，翻砂。偶尔，偷偷土葬的人家也需要这种扁钉子，钉棺材的，朱聋子还能捞一些外快，给蒋王朝分一点。钉棺材与钉船，使用同一种钉子，因此，从某种意义上来说，钉船就是钉棺材，钉棺材就是钉船。

十八岁的蒋王朝回到铁皮屋的红炉车间，他的师傅朱聋子可着嗓子喊："喂，哦，黑鬼，又回来了？"

憨头憨脑的蒋王朝，大家都叫他黑鬼。黑鬼蒋王朝受到了他师傅的大声揶揄，同时接到了他师傅甩过来的皮围裙。像过去无数个不情愿的日子一样，期期艾艾地拿起了大锤，对准他师傅递过来的通红的铁坯，开始砸起来。

师傅砸了几锤，陡然想起来，问："你是第几次偷跑了？"

蒋王朝只顾砸。师傅说："别砸了，你是第三次。你为什么要偷跑？单位对你蛮差吗？你一个月拿五六百块，有活儿干，现在，好多大学生毕业了还找不到活儿干咧！我一个侄儿，武汉名牌大学毕业的，还待业在家。你不来，我就让他跟我干的……"

这天晚上，他又跟师傅睡在了一起。他发现他的床上有几颗干爽的老鼠屎。就是没有老鼠屎，他也不愿进屋去，屋里一股老年人的气味，一种聋人的气味。那种气味让人有说不出的难受。他是一个哑巴——他不爱说话，等于是个哑巴。一个不说话的哑巴，一个听不明白的聋子。

到了晚上，虎渡河的水声远远地传来，沙洲雁叫，心情翻滚，世界安静了，他就要细细想自己悲惨的一生了。生活无望，只有回忆，远离父母，万事皆休。还没有开始想，虾咪咪就来拍门了。门是被砸开的，虾咪咪以为只有朱聋子在，只好砸，反正他听不到，破门而入是最好的选择。

"生意来了！"他说。

"生意来了！"蒋王朝的师傅朱聋子也跳脚说。

虾咪咪涂口红，脖子上围花围巾。他是个男人，可他喜欢这么打扮。听说他想做变性手术，变成个女儿身。他说，朱师傅，生意来了咧，十八颗棺钉，还是老价钱，十块钱一颗。

"那就做。"大声地交涉过后，击掌成交。虾咪咪拿百分之三十的回扣，给整数五十块钱，朱铁匠答应给蒋王朝三十元，其余是师傅的。

虾咪咪虽身在船业社，却心在全人类，凡是死人和土葬的信息，他都能知道，所有棺钉的业务都是他联系的。他跟火葬场和医院太平间有许多生意往来。他有特殊的嗅觉，能嗅到哪儿死人。他真是个奇人！也是生活所迫，为了变性，他要赚更多的钱。听说割一条肉鸡挖一个阴道要五万，造一对奶子要三万。可他已经二十五岁了，胡子粗黑，喉结大如鹅头，等到他赚够了钱割了肉鸡挖出个阴道，那也是半老徐娘了！可怜的木匠虾咪咪。

夜半开启红炉同样是偷偷摸摸的，必定不能让老总知道。须知，每一颗船钉每一两铸铁都是经理老总的私物。但船业社大家都在搞老总的鬼，大家都在偷东西，巴不得这个单位早点垮台，老总早点破产，让虎渡河首富变为穷光蛋，跟大家一样，只能靠偷打几颗棺钉吃饭。

由虾咪咪放哨，车间大门紧闭，朱聋子就要蒋王朝拉起了风箱。这是暖意融融的夜，雪在下着，又一个人死了，加工棺钉的蒋王朝光着膀子，露出黑漆漆的肌肉。

师傅说："三十咧。"师傅一笑就露出没了门牙的大嘴，"老子几时亏待过你？一回来就是三十！再跑，你就不回来了，事不过三，听见了吗？你咋像个聋子，说个话呀！"

聋子总说别人是聋子。蒋王朝就说：

"听见了，朱聋子！"

"绷子？你还想睡绷子？"师傅说。

"聋子会变话。"

"打架？哪个打架？"

十八颗钉子不是那么好打的，红汗白流忙活了几个小时，到了分钱的时候，已是半夜。虾咪咪唠叨他说："黑鬼，你妈的还想跑，你以为你是个什么人才吗？船业社屈了你？打铁先得本身硬，你看你——"虾咪咪就来摸他的膀子和胸脯。他连忙去避他。虾咪咪就有点恼了，说："各门功课平均四十分，初中毕业，还蛮骄傲咧！跟老子一样，心比天高，命比纸薄。"

"我没说我是个人才。"蒋王朝说。

"那你为什么要跑咧？搞得老子想你找不到你黑鬼老弟！"

"那你为什么要涂口红咧？"

"那我是有病哟，你个狗日的。"

"鸡巴病，性变态！"

"你妈的个黑鬼，虾咪咪我性变态？你不知这个病多痛苦。"

"把裆里的那个条子让我錾了不就了结了！"蒋王朝提着錾子说。

虾咪咪就拿出一个女性化的红色小手机，飞快地按了几下，道：

"来来，我来给你算个命：从1到9中任选一个数，加9减8，再乘以50减200，得数代表你的命运……你算算，是多少？"

虾咪咪是在翻读一条短信。蒋王朝才懒得跟他纠缠，揣上三十块钱，拿着衣裳走了。

"是二百五！你怎么算得数都是二百五！你的命就是个二百五晓得啵？……"

现在，屋外雪花飘飘，已经没有颠簸的船了，没有呼啸的北风，虎渡河的水声在远远的风雪中穿行，发出催眠的、赞美世界的呓语。在硫黄味儿呛人的熊熊炉火旁冲了个热水澡，旁若无人，赤身裸体，然后拱进厚厚的被子中，温暖像一只兔子拱着他的心肺。现在想他十八岁的悲惨人生，比较理性，没有偏激言辞了。他不禁反问——面对着聋子师傅如雷的鼾声和磨牙声：

"我就只配跟一个老聋子住在一起？我就只配打棺钉？我这一辈子，我的青春就是偷偷摸摸地与棺钉为伍？为死人送终？把死人的盖子给牢牢钉严？……"

这种质问铿锵有力，充满了说理性，逻辑严丝合缝，义正词严，让人感动。

谁要他生在这么一个船工家庭？唉！

他的父母中年得子，据说还是在哪个庙里求了多少次观音，香麻油提去了几桶，功德钱送去了几扎，这才让他出现在这个世界上。作为八〇后，他是一个悲剧。可船上的八〇后空有了一个令人尊敬的年代，他的生活与他人没有任何可比性。他渴望他不刮胡子的父亲用胡子扎扎他的脸，这是痴心妄想。他的父亲看过电视上一些黑人之后，还突发奇想是不是观音菩萨弄错了，弄来个黑人托生到咱们蒋家。蒋家是造了什么孽啊有这么黑个崽！可蒋王朝有一双亮晶晶的眼睛和一口白牙，三岁即可嚼钢咀铁，喜欢吃蚕豆，越硬越好。其实在船上长大的孩子，哪个不是太阳的暴徒？无遮无拦的船板上，是他们成长的天地，没被太阳晒死就是命大。再则，蒋家往上算去，八代都是船工，都在太阳下曝晒，一代更比一代黑，那黑色素就成了基因传扬下来了。只不过，到了他这一代，集蒋家船工血脉之大成，黑得更彻底，更集中，更凶狠罢了。人家的孩子怕淹死，还背上个水葫芦在船上跑来跑去，还拴条绳子——船上的孩子都是拴大的，像狗。可蒋王朝从来不会这样，他父亲让他自由自在，自生自灭，准备了破罐子破摔。也活该这兔崽子命大，有一次，掉进河中，是冬天，一件棉袄救了他；有一次，掉进江里，被一头白鳍豚顶出了水面——白鳍豚是通人性的。为此，他的肥娘请人画了一张白鳍豚，在船上拜了几年，烧香无数。到了七岁，他的父母认为这孩子大难不死，必有后福，孺子可教也，就狠心把他一个人丢到岸上去读书了。

一个最倒霉的八〇后，因为不懂陆地上的交通规则，甚至不知道行人靠右，常常与人发生摩擦相撞。他被撞过多次。有一次被一辆汽车撞飞三米远，落到马路牙子上，竟毫发无损，爬起来就跑——他怕那开车人找他说他挡了人家的道哩。他有三辆自行车被盗过。这孩子因在船上诞生长大，平衡能力奇强，自行车不学自会，四年级就缠着他娘买了辆自行车。可没骑几天就被人偷跑了。不敢给父母说，只好克扣自己的菜金再买一辆。因此好几个月严重便秘，拉屎纯是惨叫。惨叫声没结束，自行车又被偷跑了。又克扣菜金。有一天晚上放学回"家"，遇到了几个喝了酒的人倒车，将他的自行车刮了一下，克扣菜金买的新车咧，于是就抗议。那几个喝了酒的人哪容一个半大小子抗议？于是恼羞成怒，干脆倒车擂他的自行车，将其擂成了麻花。好在一个过路老者拼尽全力，将那车拦住，大声叱骂，要与这几个人拼命，说："你们家也有小伢的咧，这么照着擂的！没了王法！"就这么，硬是让他们拿出了三百元才了结此事。三百元让蒋王朝又买了一辆好车。另外，他一年四季除了寒冬腊月都穿拖鞋——这也是船上养成的不良习惯，不喜鞋子和袜子，以为十个指头受到夹磨整个生命就受到夹磨，十个指头舒畅了，全身就舒畅了。扑打扑打地趿着拖鞋的蒋王朝在本县最高学府虎渡中学走，给充满了文明气息的校园带来一股野蛮和胡搞气味儿，被老师鄙夷在情理之中，被学生值班岗多次拒之门外也不稀奇。老师甚至说这是流氓习气，让他百思不得其解。

还是说他上初级小学时的故事吧。那时，他属尿床高峰期。黑漆漆的屁股总是浸泡在自己的尿液里，一个人憨睡，又把它熨干。因此他浑身是尿骚味儿，很让同学和老师不齿。加上真菌感染，头屑飞扬，谁见了他都捂着鼻子绕道走。家长又不管他，这孩子就像个超级孤儿，永远坐在最后一排最黑暗的地方，蚊子最多的地方，身上咬得大包小疖，奇痒难耐。而且看黑板是反光，永远看不清老师板书了什么，瞪着一双迷惘的眼睛看老师讲得唾沫乱飞，找光鲜的同学提问，看虚荣心强的同学们争先恐后地举手。他的一双手也没闲着，啪啪打蚊子哩。

关于鬼魂和害怕也是煎熬出来的啊！

七岁离开父母住在一个死了多个老船工的屋子里，鬼影幢幢，阴魂飞来飞去。他永远记得第一天他关上门关上电灯一个人睡在那黑暗屋子里的情形，只差要疯掉了，要跑，要哭——哭不敢哭，怕一哭鬼哭来了，就咬牙流泪，把被子死死捂住头。这以后，就尿床，尿床是被惊吓的结果啊。晚上又不敢出去，门一开，就是黑魆魆的河滩，芦苇荡深广无边，船业社空寂无人。想拉就憋着，梦中就拉床上了。

还一个人在这鬼屋子里冷冷清清做"家庭作业"。

逢学校开家长会时，他就代表家长去参加。

他的肥娘一个月回港来看他一次，给他一把把的钱，还有他喜爱的泡菜，泡萝卜、白菜、豇豆、蒜子、大刀豆。还把一罐罐辣椒酱放在旁边，让他搛了泡菜再放些辣椒酱，味儿就更好了。刚开始，在初级小学时，他就每天盼啊盼啊等他的肥娘来看他，等自家的船回到码头上。他在河边望啊望啊，望天际尽头那熟悉的船影。有时，他总幻想半夜他的父母突然归来，拍他的门。等，等，总是空。早晨起来，还是一个人，揉揉眼睛去上学，腰里挂着那把永远只属于自己的钥匙，打开永远只迎接自己的锁。肥娘来了，船回来了，都要接到船上去海吃一顿和数顿，吃饱喝足了，船又要开了，他就要被撵下船了。他就跟着那启航的船跑啊跑啊。有一次，跑了四五里路，沿着河堤。可还是跑不过船，只好回来，回到"家里"来，面对着留有肥娘体温和气味的泡菜、辣椒罐和衣物，呜呜呃呃地痛哭号叫，像一只可怜被打被抛弃的小狼崽。他爹妈说："老子们祖宗八代驾船，进入二十一世纪了，到你这辈还驾船，还在岸上没块地没个窝？十年寒窗无人问，一举成名天下知，总要读个大学撒！"

钱有，蒋王朝七岁就一个人下馆子喝酒，点红烧脚鱼，把钱吃光，喊穷，赊账，让他的父母来收拾残局。这是故意报复。后来他害怕那"家里"——就是那个鬼影幢幢的小屋子，就去游戏室打游戏机。小屋子那几千斤的锚链，到了半夜，被拉扯得叮里哐啷地响，这是真的。据说过去住过这个小屋的人说，一到夜里就是这样，锚链响，绞车转得呜呜地飞起来，又没有谁推它。他常常强迫自己想他被白鳍豚托起在水面上滑翔的美景，蓝天白云，碧波荡漾。白鳍豚滑溜的身子就像一张暖床，还用那鳍翅把他紧紧揽住，怕他滑下去。耳边呼呼风响，身子嗖嗖如飞，全是明亮和快意呀！可睁眼回到现实的小屋，怕！就去游戏室。后来这县城出现了网吧，他就成了第一批网吧客、第一批网民，就不上学了，就泡在网吧里。他的父母回来，就被老师叫去狠批，就说这孩子有了网瘾，网瘾可是比吸鸦片和白粉还难戒掉的东西。那还得了，写保证。"再去了怎么办？""再去了打断腿。""这可是你自己说的。写的保证，白纸黑字，好好学习天天向上。"可那个屋里还是太恐怖啊，鬼魂弄得他鸡飞狗跳夜不安眠，等父母离去后又偷偷去了网吧。可有一天，他爹妈的船提前回港，半夜去拍他的门，竟是大门紧锁，于是到网吧把他揪了出来，他的有暴力倾向的父亲硬是照他的保证书行事，活生生打断了他一条腿，用网吧的肮脏的键盘砍的。

那一次，蒋王朝住了三个月医院，腿里钉了钉子，半年后才取出来。这是一次严重的身体伤害事件，被打折的痛感持久盘桓在他的心尖，只要一想到，就会痛不欲生，浑身如筛糠。就是这样他不再去网吧，看见了电脑就会尿裤子。这一辈子，他可是与先进的传媒绝缘了啰！

在进入初中之后，他对那个长满粉刺的男老师恨之入骨。那时候，他已开始有了喉结。有一次他的肥娘上岸来给他洗澡，他突然有了害羞，捂住下身，不让他娘洗——那儿，已经稀稀长出了几根小草，异常刺眼。那天晚上，他把小茅草全拔了，扔进垃圾桶里。长粉刺的男老师常在课堂上念那些小女生写的《我爱米兰》《我家的小花猫》之类的酸溜溜的文章，还组织了一个文学社，叫"立上头文学社"，办了一个叫《立上头》的刊物，据说是取"小荷才露尖尖角，早有蜻蜓立上头"之意。《立上头》上面发表的百分之九十是女生的乌七八糟的作品。还搞点评，或在作文本上写批语，盛赞这些女生的作文水平是如何高，什么描写优美，语言清丽，把少女的心理刻画得细致入微，表现了八〇后女生内心的渴望和对生活的赞美，是充满了希望和幻想的佳构，言简意赅，生动流畅，思想健康，对米兰和小花猫的描写栩栩如生，活灵活现，拟人化手法用得恰到好处，炉火纯青，以物托志，以情咏志，让人叹为观止，等等。更为恶劣的是这些发嗲的丑女生还对粉刺老师以兄妹相称，叫他春声哥（粉刺大名）。春声哥是主编加社长加老师且挂着县文艺理论家协会常务理事和省青少年文明行为研究会会员等光辉灿烂的头衔，还负责将她们的作文推荐参加全国中华中学生作文大赛，可以一次捧回二十多个金银铜奖，奖章叮叮当当一大堆，就像发旺旺雪饼。可蒋王朝每当听到粉刺老师在课堂念"我家小花猫""我爱米兰"时就浑身起鸡皮疙瘩，就会想到船上那惊心动魄风里浪里的事，想起父亲撑篙，雪鸥飞舞，船只摇晃，大雪纷纷，太阳晒得甲板不敢落脚；就想到风正帆悬，两岸青山如菜畦，船工绞锚抛缆，肥娘在船尾生火做饭，吊水洗菜；想到夜晚甲板上河风习习，萤火闪闪，夕阳西下，波光粼粼，如同画里，白鳍豚跃出河面，逐浪戏水，身姿优美不可名状，人鱼相亲，令人不知是梦是真；等等诸如此类的东西。可老师从来不出这类题目，他的命题作文基本上是紧扣时代，配合学校中心工作，书写生活点滴，还谓之以小见大，唱响主旋律。这粉刺是县师范毕业生，根本不懂文学，还想当文学军师，主宰虎渡中学文坛。试以蒋王朝写的一篇《我爱我家》为例，他在作文里写道：我家是以船为生，漂无定所，常有船覆人亡的悲剧发生。可为了生活，没见哪一个船工想上岸来。船工生活艰辛，跑长水常常几天几夜不能靠岸，因隔了地气，人会四肢疲软，隔段时间船就必须靠岸踏地气。船工一年四季在太阳底下，晒得皮一层脱一层，风吹雨打，提心吊胆，就像他们说的：行船跑马三分命，真的是很苦。但是我爱水上的家，那里有我的母亲，有我栽的仙人掌。我家的船被我妈拖得干干净净，不染一丝灰尘，每年都要打桐油。美中不足的是没有厕所，大小便十分麻烦。常看见船工光着屁股在船尾方便，也是迫不得已。我亲眼见过一个年老体衰的船工，手没抓紧，掉下船去，屎没拉完，人生完了。粉刺老师在这篇作文的后头愤然批道：粗野、肮脏！污蔑底层人民，缺少提炼和升华。渲染苦难和不幸，不见温暖和希望。课外多读杨朔散文。

这老师蔑视男生可以找到蛛丝马迹，在讲曹雪芹的《红楼梦》时，公然引用贾宝玉的话说：女儿是水做的骨肉，男子是泥做的骨肉。我见了女儿，便清爽，见了男子，便觉浊臭逼人。凡山川日月之精秀，只钟于女儿，须眉男子不过是些渣滓浊沫而已。他还解释，这里的女儿不是自己生的女儿，是别人的女儿。他还办了个"立上头作文网"，在网上发起了"八〇后小女子作文现象"大讨论。才讨论了两个月，这个粉刺老师就逮进去了，罪名是流氓罪。

初中毕业，终于让蒋王朝把那些乱七八糟的课本和作文本烧了，还把两本英语书也烧了。那上面标有他创造的"爷死""古都拜""油夜壶""豪都油都"之类的汉字注音。他在虎渡河畔的荒滩上，纸船明烛照天烧，烧得大汗淋漓，烧得七窍亨通，浑身舒畅。可他父母非得让他上高中不可，说花多少钱也要让他混个高中文凭。钱根本不是问题，父母说："我们赚多少钱还不是给你留着的！"但是蒋王朝将一根铁棒送了过去，对父母说："你们就是打断我五条腿我也不会去上学了。你们干脆一棒把我夯死算了。"父母拿他没有办法，苦口婆心也不能让他回心转意，铁了心要与文明学校一刀两断。在船上玩了两个月，他的爹妈就把他弄到了社里，成了一名锻工，就是铁匠……

三

　　三月的桃花风慰抚着忧伤的他，三月的桃花汛叩打着一扇扇紧闭的心房。河滩上浅草返青，碧绿斑斑，碧绿的斑块连成一片，爬向远远的山冈，河流逶迤东去，雾霭在天穹下闪闪发光，到处是春的气息，人的鼻子里开阔芳香，几只大鸟在天空碾压而去，静静的大地上暖意融融，仿佛母亲走过。

　　三月是繁忙的季节，所有的船都要加紧修理以便投入一年一度的汛水中去。红炉班一改过去一、三、五开炉的时间，天天开炉。刚才，他与退休的老船工和师傅发生了争执。这个红炉车间里面有一蓬火，火来自那个用黄泥巴和猪鬃砌起来的红炉，风箱四面漏气，蒋王朝把它叫"喷气机"。天气已经很暖和了，可退休的老船工们仍然感到身上发冷，常来这儿凑热闹，免费烤火。这些老师傅属于端起碗来吃肉、放下碗来骂娘的人，牢骚满腹，认为过去的一切好，来这儿就是发牢骚。虽然车间里粉尘弥漫，可这些老头儿把身上烤暖，把气发完，把肺部理顺之后，一个个带着沾满煤灰的脑袋和鼻子离开也很满意。

　　要扯风箱，灰是大一点，师傅要他扯，他就用力扯。老头儿们就大喊：

　　"黑鬼，就不晓得轻点？这么扯，撵我们啊？"

　　蒋王朝不能不扯，铁烧不红，今天灰真是大，估计风箱又有几个漏气孔，只好乱扯。

　　"黑鬼！"

他师傅朱铁匠这时凑过来问："你们说什么事呀？"

"我们说，说你徒弟也是个聋子！"

"疯子？哪个是疯子？我徒弟不是疯子。"

"蒋驾长的黑崽。"

"黑海？"朱铁匠说。

"中午食堂吃肉。"

"星期六？"

这些被煤灰呛得鼻青脸肿的老头儿见朱铁匠总是岔话，瞪着眼睛干着急，他的徒弟又胡扯，弄得空气污染，最后，捂着黑乎乎的鼻子狠狠地瞪他，只好起身走了，并说：

"个狗日的！"

师傅烦他，说是他把这些师傅的好朋友给得罪走了。跟聋子又讲不清道理，只好偷跑出来到河边换换气。

河边是个回水湾，围了一大圈人，估计又是有死人了。这回水湾子，上游发水后，流下来的死猪死狗加死人到这里就不走了。围着人，还听到了哭声。好奇地走到那儿，认出有几个是经常在船业社特别是在红炉车间偷铁的惯犯，无业游民，都是些半大的孩子和妇女，头发很乱，衣裳很旧，鞋子胡穿。

他挤了进去，果真躺着一具死尸。有两个女人跪着在哭，一个三十多岁，一个十多岁。三十多岁的肯定是十多岁的妈，不仅形似，而且神似。这两个女人哭得可真伤心，鼻涕眼泪一大把，特别是那个头发焦黄、脖子细长、几根脆骨头撑着一个洋葱脑袋的小女孩，哭得更是惨兮，哭得快昏死过去，哭得几乎呼吸停顿，哭得人心撕裂，山河为之变色。可她母亲哭到后来，竟然骂起了死尸的众多恶行，有玩女人，好酒贪杯，好赌，不顾家，爱打骂母女俩，后来不顾家人规劝，一意孤行买码，借了亲朋好友银钱无数，近乎行骗。买码血本无归，被逼不过，只好自尽投江以结束生命。蒋王朝听见人们在议论是装卸公司的。

他细看那个'死鬼'，鼻子和脸被狗啃了，双手在河底泡得惨白惨白，就像烂透的竹笋，脚蹬着一双翻毛皮鞋。

在不远的避风处，有几个男人在挖坑。蒋王朝正在张望，一个人就拍了他的肩膀，转头一看，是虾咪咪。虾咪咪提着一把锯子，眼睛胡睽着想发嗲赌气的样子，嘴巴撕裂得像一道伤口，恶狠狠地小声说：

"黑鬼，这是我的地盘，你可要耐得住寂寞……"

蒋王朝起先不知他说的是什么意思，后来想到他到处搜集死人信息，是不是说这？……就听到那个死者的老婆对看热闹的求情说：

"帮帮忙吧，好人，帮帮忙抬抬我这死鬼吧，我们孤儿寡母忘不了你们的……"

这一说，许多人都点头却并不动，朝别人看，有人直往后退。

那小女孩见大家不动手，就用短促的哭腔一个一个拜托了，拉人家衣裳，拉到蒋王朝，说：

"大哥哥，做做好事帮忙抬一杠吧！"

这小女孩拉着他竟不放了，许多人都把眼光投过来，怂恿他去抬。蒋王朝没有退路了，可又踌躇，那死尸太恐怖。但看到那一对母女，也够可怜的，那小女孩两眼青色，连额角都是青的，也没什么营养滋润，她妈脸上还几个大疤，整个人像傍晚没卖完的青菜，两颊坍陷而又颧骨高昂，一看就是副造孽相。没有选择啦，也义不容辞，他就定了，与另两个男人去准备破船板与绳索。

可还差一个人，四人才能抬，他去找虾咪咪，虾咪咪捂着眼鼻正往人缝里钻哩。蒋王朝就一把薅住了他，虾咪咪反应不及，抬扛已经压在肩头。

"喂，大、大姐，你就没想到，搞一口棺材埋？"

这小子又在拉业务！有了棺材就必须有棺钉，那他就又有几十块钱提成啦。

那女人哪在想棺材的事，只求赶快把丈夫丢进沙坑里埋了了事，免得引来更多野狗把他啃吃干净了，还有正在春风里苏醒的苍蝇。

"大哥，哪有这个花费呀！"

这一笔业务显然泡了汤，虾咪咪明显心中不快，没了动力，抬尸的步伐不协调，一个趔趄，大家都趔趄，死尸从绳子里滑了出来，跌到地上，腾起一股臭味。那两个可能是死者亲眷的男人就去拽死尸，重新放好。抬到挖好的坑里，丢了进去，几个人就铲沙土填埋。

不一会儿，坑填平了，那女孩的母亲跑过来，就一顿猛踩，哭着发狠话说："踩死你！踩死你！你这下不得出来买码了！"

这女人把沙土踩得严严实实，有人就给蒋王朝和虾咪咪发花露水，在场的看客人人有份，按人头点。另一个老头上来，拧开一瓶花露水，就在蒋王朝身上前后左右乱洒，就像进行一种神秘古老的仪式。也对虾咪咪洒。洒得香喷喷了，连向他们说"谢谢"。失望的虾咪咪拿起锯子，香喷喷地走了。蒋王朝也就香喷喷地走了。

一个人手里还拿着一瓶花露水。

"其实，"虾咪咪在一个地方候着他，说，"我晓得五多的妈拿不出棺材钱，可只要有一线希望，就要做百分之百的努力嘛，你说呢，黑鬼？"

"五多？"他问虾咪咪说。

"五多哭得多有味儿。五多越哭越靓丽，天生的美人坯子，我要是有她这张脸，就是当婊子也值！"

那个小女孩就叫五多。

四

五多来了。

五多是来偷铁的。

先说这天晚上，晚上一夜未睡，师傅朱聋子一夜梦话，侃侃而谈，天现亮光时才平静下来，蒋王朝这才眯着了一会儿。这一天晚上是令人气愤的，朱铁匠一个劲儿在蚊帐里追问他：

"喂，我钱都给你了撒，那个镯子咧，弄哪儿去了？"

蒋王朝莫名其妙，师傅咋在半夜问我这话？什么钱？

"钱？哪个给我了？"

"你说给我生个崽的呢！"

"我给你生个崽？"蒋王朝直恶心，大骂道，"个鸨妈我会生崽？"

他突然想到是师傅在说梦话。

"你睡撒，聋子，你要把人整死的！"

"哪个肿死了？"

"呸！我要呸你！"

"赔我？"

"π！π等于三点一四一五九二六……"

"喝酒吃肉？"

"芝加哥。"

"给我烧纸？"

"黎巴嫩来打船钉！"

"床灯？"

"我爱米兰，我家小花猫，朱铁匠聋子！"

"疯子疯子，小羊疯子……"

随即打起了鼾声。

这个师傅在梦中还能跟人对话，完全是天下奇闻。蒋王朝就想另寻个地方搬出去住，起来到处乱窜侦察，就发现了船业社一栋老旧的房子上头，有一层阁楼。他突然记起来这地方也是闹鬼的地方。听说若干年前，有人被关在这里面，后来吊死了。那吊死的人是一个会计，常常在阁楼里喊叫，发出被绳子勒出的咯儿声，像鸡被杀时的声音。过去蒋王朝是不敢朝这边看的，可今天他无意识地走到了这里，是个死墙旮旯儿，尿骚味儿厚重，地上的砖石已铺上了厚厚一层尿垢，发出白冽冽的光。一条绿色蜥蜴正趴在上面打盹。他掏出家伙就朝那蜥蜴一顿猛射，蜥蜴鼓起灵活转动的凸眼瞪着他，受不了啦，赶快爬走了。那摇摇欲坠的、断了两级阶木的梯子就在这里，在外头的廊檐里。现在的蒋王朝是一个火气旺盛的青年，他根本不怕鬼了，倒是有一股子对恐怖邪恶世界探究个一清二白的好奇心。爬上去！爬上去！说不定在这里可以找个安乐窝哩！

他紧了紧皮围裙，把那双宽大变形的球鞋跺了跺，就向楼上爬去。

一个门，有锁，一把大铁锁，锈了。那是打不开的，但死劲儿去扭那个门锗，嗬，开了，从朽门里给拧出来了！推开门，一股老霉味儿扑面而来！一个昏暗的阁楼，头上还有两块亮瓦哩。阁楼异常干燥，到处积有寸厚的灰尘，堆着一些塞船缝的麻瓤。原来这里是堆麻瓤的！一屁股坐下去，有如腾云驾雾，深厚的霉味儿从里面挤出来，灰尘滚滚。站起来，一脖子灰，看到前面有个只剩两匹叶片的纯铜螺旋桨。这家伙可是个重物，还值钱呢！

他怀着发现了一个新天地的巨大兴奋往里走，那吊死人的恐怖几乎不存在，全是探索的新奇，犹如一次梦境般的历险。踢到了一个什么东西，阁楼里便响起了尖锐悠长的碰撞声，仿佛在地道里穿行。

好多没有上锁的箱子。他跪下来，借着幽暗的光线看，嗬，全是一些账本。那不就是会计的？往里翻，啊，一堆碎纸片里，一窝红嫩嫩的小老鼠！吓了一下，就只一下。抬头一看，一截绳子赫然吊在梁子上，就陡然想到吊死的会计，莫非就是这截绳头？旁边一张床！嘿，有床咧，有床就可以在这儿睡咧！收拾了倒真是个安乐窝，至少安静，听不到人说梦话。床光光的，有一个小桌子，小桌子上有信笺。看不清了，就从皮围裙的兜里掏出打火机，揿亮。这书和信纸还多着哩。红色的火光照亮了阁楼，真的不错哦，有桌有床，还有书。拿起一本《学习手册》，翻开一页，嘿，这书怪哩，这书好看咧，好有意思！可一只老鼠跳出来，从梁上"咚"地一下跌到楼板上，一个活物。再朝头上一看，那断绳上还爬着一只老鼠，发出吱吱的叫声，就像在上吊一样。再大的胆也吓破了，蒋王朝拔腿就跑。跑出阁楼，跑下楼梯，来到阳光和尿骚味儿中，好像做了一场梦，美不胜收。于是畅快地拉了一泡尿，甩几甩，逾墙而走。

红炉车间的门是掩着的，没有听到师傅叮叮当当的锤声，却听到了铁堆后头传来的响动。走过去一看，一个小女孩正在那儿躲着偷铁，提篮已经满了，全是小铁块儿。那就是五多，那个哭爹的五多。五多惊慌失措，想把篮子往铁堆后头藏，可已经来不及了，黑煞神一样的蒋王朝就站在她的面前，这下可就跑不了啦！跑不了就哭，于是，虚张声势地哭，哭爹一样地大号起来。

"哇——哇嘿呃——"

这一哭，蒋王朝蒙了，站在那儿不知如何是好。那女孩更加大嗓门，像死了一百个爹似的，比上次还哭得惨，乌黑的沾满铁锈的手揉着眼睛，脸上三把二下就花里胡哨了。

五多想用哭来解脱的战略战术凑了效，蒋王朝站在那里真还不知如何是好。那五多用哭先把蒋王朝镇住了，就不哭了，戛然而止，歪着头看他。

"哭呀，哭呀。"他说。

五多不哭，噘着嘴看他。

"胆子大咧，哪个要你来偷的？"

"虾咪咪。"

虾咪咪？那个狗日的。

"你还想偷什么？"逗她。

"偷人。"

这个女伢精怪，还笑了起来，还说：

"偷黑鬼哥哥。"

就叫上了哥哥啦，还晓得他的诨名。蒋王朝也不恼，就坐下了，那五多也坐下了。给他说，她妈妈被安排到装卸公司开拉坡机去了。她早就下了学，想捡点破烂帮妈妈还债。

"光捡铁？铜要不要？"

听说有铜，五多就说要。蒋王朝就自告奋勇带她去了刚去过的地方。"从来没有人叫我哥哥哩，这丫头子嘴甜。"蒋王朝心里也就甜了，被喊甜了，什么坏事都可以带头去干了。

这就带着她爬阁楼。可五多说怕，他给她打气说不怕，说他天天来的，堆的麻瓢，有好大的铜。

拉着五多就上了阁楼，直奔那个破螺旋桨而去。船工叫"车叶子"。

"好大的车叶子，搬不搬得动？"他说。

有一两百公斤，他搬不动，五多也搬不动。

"搬不下去的，这个我不要，不敢要。"

"敲嘛。"

蒋王朝就找了块砖头，敲那个家伙。声音太大，也估计敲不动，五多就要他莫敲了。他感到也奈何不了这么个庞然大物，但仍不甘心，说：

"废纸要吗？"

五多点点头。

点燃打火机，照到那堆装账本的箱子，又没有绳子，就看那梁上的那根绳子，吊过死人的，也解不下来，就解开自己的皮带，捆账本，短了，捆不了几本，就对五多说：

"你的皮带呢？"

那五多也不怕什么，就解开了自己的皮带，一根小的窄的皮带。一黑一红，一大一小，一男一女两根皮带，被蒋王朝连在了一起，再捆，就捆了一大捆。就对她说："皮带不要卖哦，卖了纸别忘了把皮带还我。"

那丫头就"嗯"了一声，就嘻嘻笑，说皮带不会卖的。蒋王朝又问："你裤子松不松？"那丫头就说是牛仔裤，还好。蒋王朝说："我也还好，也是牛仔裤。裤子掉了，就出丑了。"并要她下次带根长绳子来。

太阳可能进云里了，阁楼更暗了。蒋王朝捆出一头老汗，就说坐坐。他一屁股坐进麻瓢堆里去，一拉五多，五多也坐进松软的麻瓢里了，还紧紧靠在他身上。两个人闹腾起来的灰呛得两个人打了几个喷嚏。五多说：

"黑鬼哥哥，有没有鬼呀？"

"屁的鬼！我不信鬼！"这就把五多揽住了，手就揽到了五多的胸脯上，动不敢动，就这么坐着。

五多仰起头望着他，说："这地方还有人住吗？"

蒋王朝说："我想搬来的。"

他讲话见五多的嘴离他很近，就俯下头去，啃她的嘴。啃了几下，没啃出个滋味来，两个人就出来了。就这样，蒋王朝就亲了女孩子的嘴。在晚上他兴奋了一晚，没睡着，对着说梦话的师傅说：

"我啃了女伢的嘴。"

师傅说："你碰见了鬼？"

"嘴！女人的嘴！"

"鬼？你们的鬼？"

五

去拿皮带的蒋王朝跟五多往五多的家里去。因为这天五多说皮带忘了，放在家里了。这样船工子弟蒋王朝就第一次走进了一个孤儿寡母的空荡荡的家。

家在虎渡河边的一条杀牛巷里。那杀牛巷血流成河，苍蝇沸腾，到处是霍霍的磨刀声和嗷嗷的牛哭声。走过五多家旁边的那个杀牛场，蒋王朝看到几个老头子用一根横杠绑在一头老牛的双角上，几个老家伙将横杠子使劲儿一扳，那牛就倒在地上，四蹄朝天。一个大胖子就操刀向牛的脖子砍去，脖子开了口，血找到了出路，争先恐后往外飙洒，冲出有一丈多高，一场血雨！那杀牛人又一刀砍去，牛的脑袋就掉了，就身首异处。大胖子舒了一口气，已成个血人。这时，那无头的牛身却挣扎起来，竟挣扎着站了起来，四腿站得稳稳的。而那牛头，这时睁着流泪的眼睛，望着自己的身子，嘴里发出低沉的"哞哞"声，好像是唤自己的身子过来。那身子——庞大的身子竟走出了两步，好像是要与自己的脑袋会合。走了两步，实在坚持不了啦，四蹄就像电击了一样，一下子软了，轰然倒塌，倒塌在牛屎、血水和稻草堆里。那牛头这时悲惨绝望地叫了一声，长睫毛的、大大的、充满流泪的眼睛就闭住了。一切都结束了。

蒋王朝没想到县城还有这样的去处，心里惊悚，也很刺激，踏着血红腥臭的水洼，看到巷子里的孩子们在那里玩耍，大家都以向对方泼污水为乐。这就来到了五多家，因为看了杀牛惊魂未定，一头撞在低矮的门楣上，头上鼓出鸡蛋大个包。这个鬼地方，比咱烂糟污臭的船业社还不如哩。就见五多的疤脸娘站在门口，手捧着他的牛皮带说，不好意思，不好意思，我家五多不懂礼性，下了你的皮带咧。蒋王朝摸着头上的大包说："不碍事，不碍事的，我的是牛仔裤。"五多的疤脸娘说："你这皮带旧了，赶明日我让杀牛场的老师傅给你再割一根好黄牛皮带。"他就说谢谢姨娘，谢谢姨娘——这就叫上了姨娘。姨娘说："小蒋，你可是大好人了，你帮我们五多敲铜咧，还背了一大捆纸她卖了二十多块钱。"蒋王朝说没事没事，再拿大麻绳去捆。姨娘说："你多大啦？""十八九岁了。"姨娘说："我们五多十六了进十七，就是不长肉，没啥吃的哦。你初中毕业？我们五多初中读了一年，她爸那死鬼只顾买码就没钱读书，连家里电视机都当了，逼债的天天上门，到现在他死了还是这样。你来不要账，太好了，太好了——来我家全是要账的，今天一定要请你吃牛杂碎哦！"

这姨娘就去杀牛场买牛杂碎。牛杂碎不知是牛身上哪个地方剥下来的残渣余孽，又烂又臭牛屎色，一锅煮。刚煮是臭味儿，像煮一锅潲水，放了干辣椒、桂皮、八角加生姜，就恶狠狠地把臭味压下去了，把香味儿抬出来了——锅里一片欢呼，咕咕咚咚冒香泡，冒辣泡。姨娘就说："小蒋吃啦，抹桌子五多给小蒋哥哥添饭。"五多添了饭，就说黑鬼哥哥吃，就给她妈说："我叫黑鬼哥哥，船业社都叫他黑鬼的。"蒋王朝见五多这么说姨娘就拿眼看他，把他看得不好意思了。这姨娘蛮会说话，说太阳晒黑为美，黑点健康，打铁有灰，没洗干净，洗干净了就好了。五多坚持说他是这么黑，不是没洗干净。她娘就拦她说："瞎说，是没洗干净的，你也不比小蒋哥哥白好多。"这就给蒋王朝解了围。

这一顿，可吃得太美了。天下最美的菜就是牛杂碎啊！过去咋没发现？这是蒋王朝自七岁在岸上独立生活以来，吃得最爽快的一次，也是第一次与自己不相干的女人一锅捞菜吃，像家人一样，没有礼让，不讲吃相，吃出了一头臭汗。牛杂碎呀牛杂碎，你比黄牛肉水牛肉都好吃，胜过山珍海味、大肉大鱼！五多的娘也就是那个新认的姨娘一个劲儿给他撩菜，自己在嘴里舔了的筷子又给他撩，五多也给他撩，也是在自己嘴里舔过的筷子再给他撩。这可以原谅，五多的嘴是他哨过的，两个嘴里的舌头交换过唾沫，就融为一体了，不分你我了。她的筷就是我的筷，她的人说不定就是我的人咧，这个家说不定就是我的家……就这么吃着互相关心互相爱护互相帮助的奉菜，三大碗饭，加十几个尖辣椒加一大锅杂碎，就这么消灭了。舌头辣成了炭火色，脸上辣出一层疹子。生活是如此美好啊，人与人还有如此亲切的劲儿啊！

蒋王朝酒足饭饱走出这个家的时候，还真有点想掉泪哩，五多的娘依依不舍，说慢走哦，以后常来玩哦。蒋王朝辣着，就真的流出了泪。姨娘比妈还亲热咧。他踏着污脏的巷子，踏着水洼，就像踏着康庄大道。巷子里牛粪味儿浓郁，灯火闪烁，可有一种温暖，一种他从未见的温暖……

五多送他，送到河堤上，他胆子就大了，就抱着五多哨。这一回，哨出点名堂来了。女孩儿的嘴可不是一般的嘴，一般的亲物，粉刺老师讲得对，别人的女儿真有味儿咧。闭上眼哨着滑着，就好像身子动了，身子飘了，身子硬是在什么什么东西上坐着飞翔咧。是白鳍豚！在白鳍豚背上，白鳍豚赐我一命时，那感觉就是这样的。这样舌头就愈发搅得欢溜了，搅哪儿哪儿都是快感，带动全身，热气走蹿，身子火烧火燎。这五多也会搅，他搅哪儿她就迎合到哪儿，两个舌头追逐缠绕，做着生动活泼的口腔游戏。又去摸五多的胸脯，五多胸脯太小啦，简直可以忽略不计。那手仔细探索研究还是有点小软糕的感觉，就像学校门口挑担卖的蒸"挺挺糕"，一毛一个，又小又甜。埋头啃了两口，大货车来了，两个人就分开了。他就说：

"长绳子啊！"

长绳子是一定的，长绳子没有半个月，就把船业社自一九五〇年合作化以来近六十年的账本搬光了。又卖铁，趁师傅不在，就给她传信来偷铁；不是偷，就是用篮子装，装多少是多少。这样就赎回了她爸爸当去的电视机和几件家具。

铁是少了咧。师傅说："铁消得快呀！"老总来了，说："铁到哪儿去了？"师傅就对虾咪咪说："棺钉还得付成本咧，扣你十块钱。"虾咪咪说："棺钉几个铁？人家偷了找我的歪！"

有一回，虾咪咪看见蒋王朝往杀牛巷走，先是酸里酸气地说："黑鬼，嫖娼去的？"又说，"老子晓得铁是哪个偷了。"虾咪咪上了假睫毛，睫毛扑闪扑闪的，就像准备挨刀的牛。蒋王朝不理他。蒋王朝幸福着哩。

蒋王朝可以常到五多家去吃牛杂碎了。牛杂碎成了五多家一道家常菜，饭一端上来，就是个咕嘟咕嘟的牛杂碎炉子。牛杂碎都是蒋王朝出钱买的，给五多娘也就是姨娘丢了两百块钱，够吃了。还帮她们偷了那么多铁和账本呢，还弄回了电视机呢，这就很受欢迎了。有一回，姨娘叫他王朝哥哥，五多说王朝是葡萄酒。姨娘就说还真想喝点葡萄酒。蒋王朝说，那就去搬——那次他从东方超市硬是搬了一箱王朝葡萄酒。五多娘说："喝王朝咧。"五多说："喝黑鬼哥哥。"一家人就碰杯。就是一家人啦！衣裳，拿来洗；被子，拿来洗。五多说，"我的鞋破了"。蒋王朝就给她买了一双。五多说，"虾咪咪还穿连裤袜咧"。蒋王朝就给她买了一件。五多穿了连裤袜，还买了香水。又说，"虾咪咪有假睫毛"。蒋王朝就给她买了一副假睫毛，也扑闪扑闪了。蒋王朝说："五多，是个洋娃娃了。"五多差不多是个洋娃娃了，胖了，天天有牛杂碎吃，腮肉就出来了，胸肉也出来了，由"挺挺糕"变成了大包子。五多就说："黑鬼哥哥，别人都减肥咧，我也要减肥。"蒋王朝给她买芦荟减肥茶喝，喝了后，疯狂腹泻，泻得有气无力，大包子又将变成"挺挺糕"。这天，虾咪咪就闯进了红炉车间，丢下一把刀子，说：

"打把刀子！"

那聋子师傅正在打铁，看到地上蹦出一把刀子，又看到是假睫毛扑闪扑闪的虾咪咪，说：

"生意来了？"

"是刀子！"虾咪咪说。

"钉子撒？"

"刀子！"

"销子？"

"刀子！"

聋子师傅终于弄清楚了，看着虾咪咪说：

"哪来这么大的火气？"

"晚上河滩上见！"虾咪咪对蒋王朝说。

蒋王朝莫名其妙。"我如何得罪他了？"可也就明白了，有几次，蒋王朝都在杀牛巷口看到虾咪咪拦路，对他恶狠狠地说："老子赶牛去杀咧。"又说："嫖娼大王哪，黑鬼！"蒋王朝可不想惹他。可五多提他，五多不齿他，说："虾咪咪不男不女咧。"蒋王朝说他要做变性手术的。"可他要跟我耍，"五多说，"我烦他，他问我胸罩要买多大的。"

"老子不变性了，今天也要跟你拼个你死我活！"

这天晚上在河滩上，在埋着五多爹的沙滩旁，虾咪咪向蒋王朝发出了决斗战书。

"如果是别个，老子也就算了，是五多，老子就不干，打死也做回臭男人！"

"五多不能让你得！这么清爽靓丽的女娃，你个黑鬼也配！我呸！……"

这个夜晚啊，河水哗哗。这个晚上，在月光里，蒋王朝看见虾咪咪的嘴像马嘴一样撕扯开了，看见他四肢抽搐，手握着寒光闪闪的刀子。这个夜晚，月亮铺了银子的水路，把河水送上了天空，月亮像一颗砍下的牛头，死尸般的眼珠子瞧着阔大星空，瞧着河岸平川，瞧着两个在河边决斗的年轻人。苇丛黑魆魆的影子摇动着尖锐的声响，夏日即将来临，汛水汹涌上涨，夜鹭惊慌失措，叫声逶迤蹒跚。

那一刀啊那一刀，那一刀可把蒋王朝致命了！那一刀深入腹部，把完全没有防备的蒋王朝肾脏刺破。蒋王朝捂着腹部，还是还击了一刀。他不还击是没有道理的。他捂着腹部大笑着说："虾咪咪，有种！有种！还留着我给你打棺材钉哩！"那一刀啊那一刀，只不过刺到了虾咪咪的皮毛，把他准备造假奶的胸部划了一道口子——他刀子孬，没准备，是从废铁堆里捡的一把刀子，磨了磨，仓促上阵。就这样，他就倒了，血溅到月亮上，溅成了太阳，唤醒了船业社的人和他的父母。

蒋王朝在医院昏迷了七天七夜，输了四千毫升血，割了一个腰子，后来醒过来了。

这一次可花去了不少的积蓄，这一次属于斗殴，也就是让虾咪咪赔点医疗费。可虾咪咪检举蒋王朝与捡破烂的妇女里应外合偷单位的铁和账本。蒋王朝丢了一个腰子和一脚盆血，还要丢工作咧。他的肥娘就跑去了杀牛巷，去骂五多和五多的娘，说："老子家是什么家，你一个捡破烂的小叫花子、小婊子跟老子儿子睡，为你这样的小逼争风吃醋把命都差点丢了，你们不就是看老子儿子憨，老实，骗他几个钱吗？"那五多的疤脸娘哪吃这肥船妇的一套，当下两个妇人就在杀牛的污血里打起来，五多在一旁哭劝。两个妇人打架，杀牛的拍手欢呼。那五多娘哪是蒋王朝肥娘的对手，在船上做活儿的，力量惊人，肥娘三把两下就把对手打败了。

然后肥娘加爹一起提了烟酒找经理老总说好话，说千万不要开除他，偷了什么的他们赔就是了。但经理老总说几十年的账本赔多少钱也难挽回损失。不过经理老总看到他们提去的两条黄鹤楼满天星（烟）和两瓶五粮液，也就说留厂察看吧。

六

蒋王朝病愈后那脸就黑中带黄了，身子软塌塌的就像被人抽了筋一样。师傅问他，他就不死不活地沉默。拿起锤砸，铁就真像铁了，有一下没一下的。

"留厂察看咧。"师傅说。

他就扑哧扑哧拉风箱，拉得灰尘滚滚。

"不晓得轻点？报复哪？"

几个老船工推门进来，说：

"放烟幕弹？这娃子，一个腰子还这么大的劲儿！"

蒋王朝就拉得更起劲儿。师傅就赶紧抢他手上的拉杆，大喊：

"师傅的朋友咧！"

"不进来了，不进来，还没打怕哩，如今的伢们骨头痒！"

师傅没面子，抢了拉杆已呼呼喘气了，气愤地说：

"要是过去当学徒，老子不罚你跪三天瓦渣子！"

蒋王朝不太信邪，没听说跪三天的徒弟，就把大锤往地上一蹾，那锤柄一歪，正好砸到了师傅芦柴秆的腿。师傅疼得嘴都歪了，也不知哪儿来的胆气，过来就掴了他一耳光。他看着胆大包天的师傅，这聋子还这么张狂啊？抓起一把热滚滚的煤渣就朝师傅脸上撒去。师傅"哇"的一声大叫起来，捂着眼睛跌在铁堆上。这当儿，他拔腿就往外跑。后面的师傅嗷嗷地惨叫。

蒋王朝懒得理他，就往河边走去。

蒋王朝想在河边能碰见五多的。可一连几天，一连好多天，也没碰见五多。五多没来这儿捡破烂了。他就想到杀牛巷，那好吃的牛杂碎，那个他还躺过几晚的人造革旧沙发，那个头上撞出了大包的屋子，还有那个把人头变形的电视机。他想起还一双球鞋让姨娘洗了没拿回来哩。于是就不由自主地朝杀牛巷走去。

多日不见，犹如游子归来，心中五味杂陈，见到了杀牛的熟悉场面，见到了小孩子们泼污水斗争，见到了熟悉的房子，见到了熟悉的人。没见到五多，五多的疤脸娘在门口端着筲箕在择蚕豆哩。

"姨娘……"

那女人抬头一见是蒋王朝，说：

"你来啦？还找我们五多？这儿没五多了，五多被你娘骂死了！"

"死了？"

"骂死了怎的？就是死了，你这下安心了，我们家也不攀你们那个高枝了。船业社好呀，天下第一好单位，个个都是百万富翁，我们穷家小户，高攀不上呀！"

"姨娘……"

"哪个是你姨娘撒！姨娘就跟你娘是姐妹呢。你娘在这儿骂大街，哪个是婊子？咱们五多清清白白，黄花闺女，哪个跟你睡了？快走快走，不屙泡尿照照自己是啥样的，这么黑，黑得像根叫驴子鸡巴，少开洋荤哟！……"

蒋王朝站在她家门口，她这么故意大声嚷嚷，杀牛的、街坊邻居就都出来了，都看着。他知道他不能多待了，他想那一双鞋她能给他……可容不得他说什么了，那么多人，他要找个地缝钻进去才好，只得赶紧溜掉，就溜掉了。有一辆三轮摩的开来，他就爬了上去。他就轻松了。杀牛巷也就拜拜了。

回到船业社，他就卷铺盖。还是像来时一样，把那双娘做的布鞋掖在腰间，可他真不知道往哪儿去，无家可归，无地方可去，世界根本没他立足之地，心中凄伤。师傅这时进来了，拉住了他说：

"哪里去，个杂种！老子还没找你算账呢，你想跑啊！"

师傅的挽留给了他个台阶下，他就犟着脑壳坐在了床沿上。

"老子不跟你计较了，大人不计小人过，宰相肚里能撑船，我打了你一下，你撒了我一把灰，抵消了。我们现在和平解决。"

蒋王朝说："我要上船。"

师傅说："你老爹说了的呀，坚决不许你乱跑，好好跟老子学技术。你也不小了咧，游尸舞荡，不走正道。要改邪归正，重新做人。"

蒋王朝已经决定留下来了，大声喊问：

"那你还打我不？"

"哦？不打了不打了。"

"再打是什么？"

"再打是婊子养的！"

师傅像个小孩一样，又咧着没门齿的嘴笑了起来。

七

有一次刻骨铭心的见面。

——已经很多天了，已经很多天很多天了。过了夏，过了秋，快到冬天。蒋王朝每天在河边徜徉，先后看见了十几只死猪十几只死狗七八个死人，还见过一条几百斤的死去的中华鲟。他埋过几个死人。就是没见着他想见的五多。可是有一天，天冷得让人想死，河边浪大，他看见了五多，在河边捞浪渣。

"五多！"

是五多。

五多没跑。五多见了他，他以为五多见了他就跑的，可五多没跑。五多捞了不少浪渣，那是晒干了当柴烧的。

五多站在那里，在河边。

"五多！"他又喊。他还是扎着皮围裙，像第一次见到她一样。

"五多，我娘骂你，我没骂你。我跟虾咪咪打架，都是为你，他说我去你那儿，是去干坏事的。"他没说"嫖娼"两个字。

"别说了。"

"我要跟他拼了。他检举我跟你里应外合偷盗……"

"别说这些了。"

他过去要拉她的手，可她缩回去，不让拉。风很大，浪很森凉，哗哗哗哗响得人心烦。人心凉透了，鼻子里全是冷气，看人睁不开眼。看她头发吹乱了，头发是染了的，染黄。染黄了，年龄显得大多了，好像一下子成熟了，成大姑娘了。可她的眼睛躲他，五多躲他。不喊他了，不再喊"黑鬼哥哥"了，什么都不喊，形同陌路。多么无味啊，这世界再没哪个喊他黑鬼哥哥，这世界就干瘪了，死了，冷了，像这冬天，像这浪打沙洲的冰凉日子。

"你明年……清明节时能帮我给我爸烧几张纸吗？"

"行行，我会烧的。"他说。那不远，没几步，就是埋她爸爸的地方，那地方在一个高坎上，记着的。可一想不对，她不会烧吗？她莫非要到哪儿去？

"那你……"

"我要到广州去。"

"广州？干什么去？"

"你娘不是嫌我们家穷吗？我到广州去工作，有人领我去。"

"广州？"他无力阻止她，他只是这么说。

她就要走了，就要从他身边走了。

可他想起来他要送她点什么，因为是去广州，很远的地方。他就搜荷包，还好，还有几百元钱，一股脑儿全搜出来，除了硬币，全一把抓了，四百还是五百，差不多这么多，一大把，就赶上去，就塞到她荷包里。可五多不要，要抠出来退给他。他把她的手紧紧按住，不让她抠出来。终于按住了，他先她跑了。他不让她退钱的。他快快地走了老远，回过头来，看到五多还站在那儿，站在风中，手放在他塞了钱的荷包里，朝他看着。她围着一个红围巾哩，那红围巾被风吹起来了，像一团火锅下的火哩，上头煮着牛杂碎的火，烧着，在冬日的河边，火扬了起来，远远地烧着。

他回到了红炉车间，火也在烧着。他拣起了沉重的大锤，照着师傅引锤的位置，师傅一下，他一下。他又开始砸起生活来。

八

这蒋王朝就更懒了，下了班，吃了饭，不洗碗，不洗脸，不洗脚，倒头就睡。这被子一年四季不洗，鞋子臭得蟑螂都怕，屋子里连老鼠都稀少。师傅就急了。师傅说："你咋这么懒了哩？是不是少了颗腰子的缘故？"就给他爹妈说了。朱聋子说这伢是失恋哩，肯定是失恋，革命的朝气就没有了。

父母都在船上，与这个社会完全不相干，认识的全是浪花。就给朱聋子说："朱师傅，拜托你给咱孩儿说个亲吧，我们的儿子就是您的儿子，以后，我们的孙子也就是您的孙子。"朱铁匠说："我乡下倒是蛮多亲戚的，留个心眼去问问。可王朝是城里户口，就怕他瞧不上乡下人呢。"蒋王朝父母说："现在还讲什么户口不户口，乡下比城里还富些。再则，我们王朝就这个样子，又长得黑，掉了一个腰子，过去还让他爹打断过腿，没啥条件，只要看着周正就行哩。"朱铁匠说："是这咧，你这一解说，我心里就有底谱儿了。"

这么，还真的说到了一个女孩，是朱铁匠的表侄女，跟蒋王朝一年生的。朱铁匠就拿来了一张这女孩的照片，给蒋王朝父母过目。蒋王朝父母一看，蛮标致呀，不错呀，有模有样，一看就是个能干女孩。又听说她父母年纪不大，只有一个弟弟，已是修摩托车的师傅了，在镇上开了个修理店。这女孩在广州打过一年工，现在在家，准备到县城来找个事做的。人家家里有五亩多田，有一口大鱼塘，有一亩多田的橘子，每年养的鱼可卖几千块，橘子也是几千块，还每年养几口大猪，基本没有负担。家境又好，人又有样儿。就跟蒋王朝说："见个面看看？"蒋王朝没有兴趣，说："要见面，你们见去。"

这伢崽，他的肥娘铁了心要这门亲事，就提了些礼物去了，说是路过，主要是想探探虚实，到底是否如朱师傅说的，也看看女伢的真模样。一看，比照片上的还经看，皮肤好得不得了，一把捏得出水来。这不就改良蒋家的品种了！女孩知书达理，高中毕业咧，没哪一样比蒋王朝差的，就只没有城市户口。肥娘回来给他爹说："那可真是不错，有山有水，人家家里也是楼房，在村里是绝对殷实人家，女孩父母身体好，都是能干飒辣人，家里还有摩托，对人又热情。乡下就是好啊，空气好，山清水秀，还有一个大鱼塘，咱们在水上一辈子，岸上一寸土地一间房子也没有。以后，跟他们结了亲家，就住到他们那儿去嘛，那可是养老的好地方，天天钓鱼都行。"

可蒋王朝就是不去，打死也不去。

僵了半年，碰上了虾咪咪，这才让他答应了师傅和父母的请求。

虾咪咪从广东回来了，说是变性去的，拿着两三万块钱，根本不够。有人传虾咪咪在手术台上，刚割了半条肉鸡，医生一问他的资金，就说不行，跟你割了不能挖女性器官，你不男不女，多痛苦呀，就给他把肉鸡缝上了——如今虾咪咪的肉鸡上伤痕累累。虾咪咪回来就给蒋王朝说，他看见了五多。说五多在广州哪干正经事，就是当小姐，卖逼。蒋王朝不信，说："你这是胡说，诬蔑。"虾咪咪发毒誓说："我说了假话，不得好死！"

蒋王朝还是不信，或者说将信将疑，师傅就催，说："秋天了咧，不去乡下钓鱼？是好是歹你看看，又没哪个逼你。"

这就要说到这年古历十月初十这一天了，师傅算了个吉日，就与蒋王朝换洗一新，去乡下相亲了。两个人都穿皮鞋，两个人都把鼻子里的煤灰挖干净，两个人都戴上了新帽子，两个人——一老一少，一师一徒，一前一后，提着超市买来的大红礼盒、旺旺雪饼，清晨就出发了。

搭了车，还得走路，路是乡间路，路上全是风光。

有山，山上修竹茂林，红黄陈杂，朝气蓬勃。一些田坂丘陵上到处是成熟的橘子，一树树挂得枝头欲断，密密麻麻，有的树下还掉落了一地。苞谷一个个胳膊粗，全包在衣壳子里，煞是好看。向日葵脸盘圆溜溜的，亮在太阳底下。田坂里稻谷也熟了咧，稻谷金黄一片，丰收在望。牛在悠闲地吃草，东一头，西一头，青草黄牛，这牛不是那杀牛场的牛，这牛才过的是生活，那牛是在地狱。敢情杀牛巷是个地狱啊！这些牛，或站或卧，真是幸福安详，无忧无扰啊！这天，这地，这水塘鱼在游咧，鸭在叫咧，鸡在到处斗殴咧。还有村狗，见人叫几声，又不叫了，看天，吐着舌头好安逸。全是休闲店，这乡村处处休闲店，人畜都在休闲，干活儿的农人也是休闲一样地干活儿，还有晒太阳的老人，玩泥巴的小伢，在屋场上端出桌子打麻将的人也是休闲。这麻将打得清风悠悠，天高地阔，哪像城里的麻将室，人们局促在小窝里，拼命吸烟，烟又出不去，烟雾腾腾，人一进去就要闭气，不中风几个人才怪哩！这乡下打麻将就不存在了，安静得很，空气极佳。还有村庄房舍，也错落有致，不像城里那么挤，都有一定间隔，一个大屋场，还有菜地，有篱笆。蒋王朝哪里来过这样的乡下，过去在船上，还小，后来在学校，住船业社那鬼屋，再后来打铁，除了煤灰就是师傅的梦话，看到的全是污浊，全是垃圾，全是大便，这才是清凉世界啊，这才是广阔天地啊！

心情不错，进了未来丈人丈母娘的屋，还是蛮新奇。那女伢就出来了，就落落大方给他们倒茶，喊朱聋子伯伯，就不喊他。朱聋子师傅说："按生辰你大他一个月，喊王朝哥还是弟都不好喊，那就不喊，嘿嘿嘿嘿。"朱师傅多话哩。

未来的丈人说正请人在摘橘子，问他们钓不钓鱼。鱼已经用麻罩罩了几条来了，作中午的佳肴，未来的丈母娘又去捉鸡，杀。杀了，未来的老婆叫玲子的就帮她娘去厨房忙了。

"今天我徒弟高兴哩，你看他在笑。跟了我三年，这是第一次看见他笑。"师傅给蒋王朝的未来丈人说。

蒋王朝哪里是在笑，笑是在笑，是见了那些辣椒笑。辣椒肥大，一个个串挂在墙上，蒋王朝就想，这些辣椒可以做雪人的红鼻子。前一天他梦见了大雪，跟五多在河滩上堆雪人，用的就是辣椒做红鼻子。雪人鼻子冻得通红的，寒号鸟说："冻死我了，冻死我了，我要做窝。"后来五多把红鼻子摘了，放进牛杂碎火锅里，一下子吃了，辣得呼哧呼哧，寒号鸟说："辣死我了，辣死我了，我要结婚，我要生崽……"是这么，蒋王朝这么想，才笑的。

蒋王朝回过神来了，回到现实，坐在堂屋的桌子前，师傅问他钓鱼不，蒋王朝不置可否，师傅就跟他的表弟也就是蒋王朝未来的丈人出去了，就说："不钓也可坐坐休息等饭吃，我去看看。"就是去商量事情去了。师傅说这里是他老家，其实没有家，是一个人，老鳏夫，没有后人。

蒋王朝无事可做，肚子咕咕叫，本来不抽烟的，见桌上放的那包红金龙香烟，便拿过来，又不抽，就套烟，像有些烟瘾大的人，一支一支将烟套接起来。他发现技术不错，套接了五支。五支也没掐过滤嘴。船业社有个人，掐过滤嘴套接了抽的，一次套接三支，说过滤嘴没烟味，抽得不过瘾。就是这样，蒋王朝套接了五支差不多一尺长。一尺长的烟还能抬起来，抬起来就栽在了嘴里，做抽状。恰好未来的丈人这时进屋来拿东西，见他呷着烟在嘴里，还没点燃，就殷勤掏出打火机对他说："抽，抽，来——"火机就揿燃了。

蒋王朝"嗯嗯"地就把烟抬过去，一尺多长的烟，未来丈人竟给他点燃了，看他吸了一口，又吐出一口。烟栽在嘴上，像一根轮船上的烟囱。

这不是玩杂技吗？未来的丈人看他抽着，他旁若无人，自个仰起脑壳，抽他的加长烟。这未来丈人就出去，抓住朱铁匠说：

"表哥，小蒋是怎么样搞的，这么大的烟瘾？就是家有金山银山也要烧完撒！"

朱铁匠问得糊涂了，说："王朝不抽烟的呀。"

"这么长的烟，"朱铁匠表弟做了一个比画，"这门婚事我不干了！坚决不干了。"

"莫反悔哪老表！"朱铁匠说。

"我反鸡巴悔，八字没一撇咧。这小子还左一个不同意右一个不同意，原来是个烟鬼咧。表哥，你可莫把你侄女往火坑里推！"

"我徒弟王朝他可是个好人了，老实人，不烟不酒，不要冤枉他。"

朱铁匠正在钓鱼，有鱼咬钩，又不想走，急了，说：

"真没有的事。你莫搞冤假错案。"

"不信你去瞧瞧，我说了假话不！"

57

朱铁匠好不愿意放下钓竿，进了屋一瞧，果然，这个徒弟正在吞云吐雾抽那支一尺长的烟哩！

"放下，王朝！"

蒋王朝正抽在自己的意境里，忽听师傅一声断喝，并打下了自己嘴里的烟。烟火落了一地。

"什么事撒，肚子饿，不抽点烟难受咧。"他空了嘴巴嘟囔说。

"差点醒黄了，王朝啊王朝，你不争气啊！"朱铁匠就把蒋王朝拉出来了，让他看看未来老婆家的前水后山环境。又把他拉到一个土墙小屋里，是个杂物间，拉开门来，是一口棺材。师傅说：

"我把钱给他们帮我打的。以后我百年归山，就是归这里，老家咧。我不想火葬，烧得疼哩。我死了，你可要把老子偷偷送回来，我这个都备好了，只差自己给自己打棺钉了。"

蒋王朝直直地去看师傅。师傅背驼了，头发掉光了，人老了，日落西山了。他惊异地看着师傅，看着这个单身老头，好凄凉。他鼻头一阵发酸，痒痒的，眼泪差一点掉了出来。望着那用稻草盖着的棺材，看着这个对自己最后睡下的东西指指点点的人，心里好不是滋味。

吃着饭时，又听未来的丈母娘说玲子在广州做一年钱没赚到，看着玲子白净的脸上长了几颗骚痘子，想到在广州不就是做小姐，做小姐不就是得性病，这骚痘子不就是性病吗？骚痘子反正不是什么好东西，反正很痒，这女的……

回去在车上，师傅说："你那几根烟，差一点毁了一门好亲事，玲子瞧不瞧得中撒？人家强过你一万倍，你还是个半残身子咧，挑精选肥的，快定下来，我等着喝喜酒。"

他没决定，那边却不同意了。一问，就是说蒋王朝抽烟厉害。玲子的爹怎么也不同意，说："他不抽烟，骗得过我？脸都熏黑了。"师傅为这事又回去过一次，强力解释，还代蒋王朝赔罪，买了两瓶十年白云边陈酿。说："这孩子天生的黑皮，在船上长大的，从小晒成这样的，也不影响后代。如果他真是抽烟，我说了谎诳了你们，你们以后不埋我，行吧？我还指望你们以后逢年过节给我烧点纸的呢，我骗你们！"

那边好歹说通了，这边蒋王朝却不点头。

九

不点头，说个道理撒，却没道理，闷着。师傅说："老子不管你了！"师傅就呛得转不过气儿来。

全怪这烟煤。经理老总节约，买来的煤全是孬煤，说煤涨价了，将就着用。烟煤含杂质，烧出来全是硫黄味儿，呛得人难受死了，就像胸口堵了件破衣裳一样难受。

爹娘开辟第二条战线，又求他人介绍。介绍了几个，还不如玲子哩，有的还是寡妇。爹娘宽自己的心说，还小哩。可这样下去，像个痴子，不找个女人暖和他，怕就痴呆了。师傅又是个聋子。可师傅拼命咳嗽，还多话，话说得磕磕绊绊，骂老总是个抠鬼，老子打了一辈子的铁烧了一辈子的煤，还没见过这么孬的煤。就要蒋王朝死劲儿拉风箱，灰更多，黄烟暴暴，全是黄烟，没有红火。

师傅二人在重重的硫黄味儿和黄烟中打铁，师傅就喘得不行了，夜里梦话加喘，折磨得人更难受。弄了些药吃，也不顶事。师傅本来平时就有些喘，又抽烟，现在就喘上劲儿了。有一天，师傅在炉前打着打着，一阵喘，一口气没顺过来，腿一软，就歪倒在炉子前。送到医院，怎么也没救活，就死了。

师傅最后吩咐的一句话是："给我打棺钉。"

师傅哮喘加重的那几天，是说过要给自己打棺钉了，到时就来不及了，可真没想到，一个人说死就死，就像好玩一样。

现在，轮到他一个人给人打棺钉了，而且是给师傅。一个人打棺钉，一个人升火，一个人拉风箱，一个人化铁，一个人打。他发现，他根本打不了。过去，是跟着师傅打，师傅的引锤打哪儿，他打哪儿。怎么锤形，怎么淬火，将一块铁一点一点打成个东西，他没用心啊。现在他一个人又打引锤又打大锤。实际上没了大锤，他就是引锤和大锤，一个人砸，又是师傅，又是徒弟。而且，他站在了师傅的位置上；他成了师傅，徒弟的位置空着了，那个蒋王朝，那个造蛋的，沉默寡言的，喜欢做点恶作剧的，多灾多难的蒋王朝去了哪儿呢？他成了朱聋子，朱师傅，驼着背、在火里夹铁、研究着砸成什么形状的朱聋子。钳着还要夹紧着，要动，要翻，一只手还要打，当师傅还真不容易啊。

无论怎么，他也要为师傅把这十八只棺钉打好的。慢慢地，他就有了感觉，就像师傅，能打钉子了，那种扁的，上大下小的，端端正正的，淬火之后泛着莹莹蓝光的钉子，一颗颗成了。

他把师傅送到了他的老家。他给师傅披麻戴孝，还要骑棺咧——他和那个玲子代表后代骑棺，他骑在前面，玲子骑在后面，两个人像骑着一匹大驴子，玲子用双手抱着他的腰。他想着玲子在广州，脸上长了不少的骚痘，怕她的手，怕传染了什么脏病。两个年轻人头上披着麻袋，两个人双双跪到坟头。蒋王朝就想这是拜天地吗？这有点像拜天地的夫妻撒。蒋王朝看着师傅入土了，就大哭起来，哭得惊天动地。蒋王朝从来没这么哭过，不知道眼泪是什么玩意儿。现在，只觉一阵想哭，就哭出来了。山上松风飒飒，野草摇曳，天高地阔，鸟影嗖嗖，他哭得好不伤心，连自己也不知道是为什么。

这伢！这伢孝顺哩，孝子哩。未来的丈人——玲子的爹这就铁心看中他了，就要坚持留他在这儿住上两天。可他不干，当晚就回去了，回到船业社那个与师傅共同生活过的小屋里去了。

没了师傅的哮喘声和梦话声，没了师傅的身影。晚上，孤零零的电灯下孤零零一个人。他坐在床上，看着对面的床，空荡荡的，恍然又回到了七岁时一个人在岸上上学的情景，就像是真的，自己也变小了，害怕了。就一阵大喊大叫，跑去了河滩，下到河里，不顾冰冷的河水，洗澡。

水淋淋一个人上来，碰见了几个人，几个社里的人，老人和其他人，看着他："这伢是不是疯了？救人了？冬泳？"

"黑鬼，搞吗事？"

这伢横竖不说话，就去红炉车间开炉，半夜了，还开炉，硫黄烟子大作，扯风箱，就去砸铁。没有砸出个什么东西来，把那块烧红的铁泥一会儿砸扁，一会儿砸圆，一会儿砸大，一会儿砸小，砸了一夜，第二天早上，退休的老工人进来看到，炉火熊熊，那块铁还是铁，在砧子上，像块没擀好的面团咧。

十

从此后，红炉车间就只有一个人的单调的叮叮当当的砸锤声了。真的很单调，没有两个人的应合来得热烈。黑鬼就去看电影。他喜欢看电影，深更半夜回来，也不与人打交道。船业社到县城电影院，要经过三里地的荒堤，近些时常有劫匪拦路抢劫，一到晚上便路断人稀。可蒋王朝不怕，一个人来来去去，半夜三更，从没碰到过什么劫匪。

那玲子来过两趟，那年春节，还上了蒋王朝家的船，提来了二十斤大鳇鱼和几刀新杀的年猪肉，还给蒋王朝洗了被子衣物。可蒋王朝根本没陪人家，一个人不知去了哪里。还给爹妈说："还小哩，我的事你们别管。"

奇遇就在某一天发生了。

蒋王朝晚上从广场电影院出来，就一眼看见了五多！五多从天而降，五多回来啦，五多拿着手机，在高高兴兴跟人打电话哩。五多穿着暴露的衣裳，两个奶子一半在外头，五多穿超短裙，红色高跟皮鞋，屁股大了，也野了，一身臊气，两个耳环大大的，头发是时兴的玉米烫。两个不像本地的男人抽着烟，在她旁边，旁边还有一辆车，挂着"粤A"的车牌。两个男人很帅，很有钱，很黑社会很流氓很恶的样子，仿佛你惹他们，他们就一刀子刺死你的样子。

"五多！"顾不得那些了，蒋王朝就喊。

五多在电话里兴奋，终于也听到外界有喊她的声音，转过头来，在人堆里探找，好像看见他了，又好像没看见他。

"五多！"又喊，就跑了过去。

五多还没看到他。可看到也就看到了，没跟他打招呼。那身旁的两个男人这时朝他看着。他站在那里，又说：

"五多，你回来了！"

五多向他笑笑，也许没笑笑。根本像不认识的，没打算跟他说话，收了那翻盖的手机，放进她那大大的闪光的黑色时尚包里，拉开车门，钻了进去。

车就开了，走了。

五多长大了，五多是个大姑娘了。他这么想，心里因为惊喜，咚咚地跳着，惊叹着，五多越来越漂亮了。可车子一溜烟跑得没了影。

没有了五多。

他就去吹牛巷，坐了个三轮摩的。好多日子他都没来了，不敢来，像忘记了似的。可当他来到吹牛巷，看到五多家的房子，房子还在，但拆了四壁，成了敞棚，拴着一些牛，一些待宰的牛，五多的房子成了杀牛场啦。

五多不见了。

他爬上河堤，夜里河流哗哗，不舍昼夜。河滩上寂寂无声，连鬼火都没一颗，一切都结束了，一切都没发生过，就是这样。

他打开红炉车间，对硫黄味儿的空气喊道：

"师傅，师傅，你去了哪儿啊？"

他拿大锤。他用大锤砸，仿佛师傅还在使引锤，夹着铁，引导他砸。

他一下一下地砸着空砧子。后来，他坐了下来，望着冷冷的炉火。

这以后他又经常去杀牛巷了，反正人家已不认识他。他老是围着那个敞棚牛栏转来转去，看别人杀牛。

（原载于《中国作家》2008 年第 6 期）

八里荒轶事

风雪弥漫。这当然是冬天。森林像巨大的围网在黄昏里窥伺，在这块荒凉的、乱石滚滚的八里荒，农妇端加荣拄着牛舌镢，看着自己开垦的田地——它们翻开了身子，就像一只只小兽躲在新覆盖的雪下，雪的气味和新土的气味在寒冷的空气里依然强烈，这她感觉得到。"我已经开了十一块了。"她说，"有两亩多地了，我一定要开出五亩，开出二十五块半，我就不求村长，也能维持我和两个女儿的生活了。"端加荣抽着鼻子，脸上因为兴奋而被风绷得紧紧的，眼睛发胀。不过她已经快冻僵了，脚上的套鞋就像是双冰鞋，特别是在停下时。她搬运最后一块石头，要砌石堰；石头上有些人工雕琢的纹饰，如蝙蝠纹、万字纹——这是墓石砖。这证明当年的八里荒是有人居住过的，但已经不知是多少代之前。在不远的某一年，听当地人说，一个大队干部带着五个武汉知青要在这儿开垦，学大寨人大战狼窝掌，结果没几天那五个知青都在这儿挂树自尽了。不过，那时候端加荣还没出生，或者说刚刚出生。端加荣今年三十五岁。

这是块有鬼气的地方，有人这么说。端加荣往回走。狗在窝棚那儿朝着风雪和黄昏吠叫，告诉她回家的方位。家就是个窝棚。她让二女儿二丫先回去了，刮洋芋煮饭。她往窝棚走着，却看不到窝棚。风雪太大，在挨黑时更加迅猛癫狂，好像拿着个雪筐子往你头上倒一样。雪还砸人，砸得人头上脸上生疼。这雪不是雪粉，是霰子，像猎人的枪弹。在这样的高山上，雪都变成了霰子。她从树丛里穿过去，树是些高山海棠，长着苹果样的小果，极其酸涩，人不能食。这些小果在雪的猛砸下簌簌往下掉落，就像掉冰块，就像有一群爱闹的山鬼，在树上嬉戏。

可以想见端加荣回到棚子里的愤怒：二丫和小丫根本没等自己，已端着碗在那儿有说有笑呼呼大吃。端加荣的愤怒到了极点，她突然真想挥起她的镢头一镢砸过去，把两个讨债鬼脑袋打烂，她真是这么想的，有一种玉石俱焚的绝望，打死她们，自己就找根绳子往树上一吊算了。她哪会有这么恶毒的想法？她就强忍自己，知道不会做这种事的，就放下镢头自己去锅里添。洋芋也不多了，加上汤汤水水，添到碗里，就这么闭上眼睛往嘴里塞。还咸，就像盐不要钱，在雪里扒的一样。吃着，咸着，心就软下来了。二丫也才八岁，八岁就煮饭，还与她一起早出晚归地搬石头挖土，鼻头就酸了。吃了个半饱，就趴到地上去吹火，火塘里的火半燃不燃，熏得人直掉泪。还真从心里掉了泪。

"放下，我来收。"她对二丫说。她收碗筷，看着二丫那肿起的手背和一串冻疮，她说。

她也有冻疮，可这不要紧，她是大人。就在给二丫泡脚的时候，二丫强烈反抗，当脚被摁进热水里去时，二丫发出了惊天的、旷世的尖叫："啊！……"这叫声在这个窝棚里像是杀人一样，这叫声让人不停地打战。

"讨债鬼，不要叫啊！一叫把野牲口叫来了！"她说。这双脚不泡咋办？肿了，烂了，流水。八岁妮子的脚，整天穿一双水鞋，跟她一样，跟在她屁股后头，泥一身，水一身，在泥水里滚啊，爬啊，为了开出那些荒地，为了开出五亩共二十五块半田来，让明年咱有吃的。我必须这样，我只能这样，我只能狠心。她给二丫抹着蛤蜊油，就等于像糊泥巴一样往那裂口处糊。一个小妮子，脚上的裂口深不见底，谁见了都会掉泪。可端加荣不掉泪，她自己也一样，也有深不见底的裂口，蛤蜊油不够再糊猪油——猪油是洪大顺拿来的，除了吃，还能滋润手脚，这是端加荣的发明。

二丫噙着泪噎着喉爬上床去，小丫给她让开了一个地方。风声像哭，山和森林更深了，河水更远了，天气更寒了。

端加荣进了被窝之后，她细细听着山里野兽的咴叫，还有那像丢失了亲娘的娃娃鸡的叫声，觉得自己还是幸福的。一点点的幸福，被圈圈在这个暖暖的窝棚里，人比兽还是幸运一些。

"你们听见了什么吗？"后来她问，问两个女儿。

也许她不该问的，孩子还小，就算有什么，也不能让她们知道。何况这只是疑惑，一个大人的疑惑。这么一问，就把问题在心里明晰起来，就等于自己吓自己。在这里，可不能自己吓自己，她已经吓怕了，吓得太久，吓麻木了。可她正在迷糊和混沌之时，正往梦乡滑去的途中，好像听到了苍凉的嗥叫声。人啊？兽啊？鬼魂啊？——狼？！她是这么想的，端加荣是这么想的，心里咯噔一下子，人又清醒过来。是梦里听到的声音吧？

"坏了！"她又想起来，尿盆还搁在外头，没有拿进来。尿盆是一个狗食盆，白天让狗吃食，晚上人拉尿。端加荣想寻找棚子里的替代品，没有，就一个脸盆，又洗脸又洗脚的，不成。几个碗，一口锅。不成啊，就这么些东西，这哪是家，就是个栖身的小窝，跟自然界的鸟雀一样，再有就是三只背篓了，两只小花背篓，两个女儿的；一只揸背篓，大的，自己的。还有几件筋筋缕缕的衣服，搭在一根竿子上。

端加荣咬咬牙起身去，从门闩里抽出刀（防贼又压秽），拉开闩子，冲出去就拿上装满了雪的破盆，再接着闪进来，把门又死死地关上。这个过程简直只有两三秒钟。

盆子放下的声音惊醒了狗灰灰，没有吠叫，倒是摇摇晃晃从床底下走出来，走近盆子，嗅嗅，残雪。狗舔了几下盆沿。狗总是饿着肚子，在这里，狗跟人一样，半饥半饱地生活着，饿了就去林子逮蚱蜢和蚯蚓吃，有时候啃木头。

现在，风在外呜呜地吹着，风的叫声一片混乱。"我把所有鬼魅都关在了外头。这没有什么可怕。"她想着第二天开荒的事。人一醒来就睡不着了。在阴风中怒号的就是阴魂啊，而不是什么野物。这儿，这儿有往年生活的游魂，有山野精怪，有那五个武汉知青的阴魂。那么，他们也在这里搭过窝棚？可我没有发现，连个采药人烤药的茅棚也没有。那三男两女为什么要吊死呢？是不是他们也夜夜被这阴风惨惨的黑夜吓得绝望了，觉得没了路了？——夜夜都是这样。白天安静的荒野，一到晚上，就会狂暴无常，各种稀奇古怪的声音一起朝这儿猛泼过来。可在深处，在那些混乱的、危险的声音深处，端加荣发现了从未出现的一种声音——就是虎狼吧。这不是野兽下山的春天，它们应该往山里扎去，扎到巴山和秦岭那边去，莫非它们也没有东西吃，在四山乱窜寻找着可口的食物？

天亮了，一切都好说了。鸟在雪地上乱叫。

"二丫，二丫呀，起来呀！"

雪天易晴，要赶在晴天多挖一块，要挖到二十五块半。可是二丫不肯起来，缩着小狗一样瘦丁丁的身子，那身子也许还没有一条小狗重。拉开门，雪已把门封了，至少有两尺深的雪。这样的雪如何挖地？这么大的雪还没见过哩，至少在这几年，在二十五块半坳子里没见过。从窝棚檐上垂下的凌钩子有几尺长，大地一片封冻，只有鸟在早晨号叫，那也是因为饥饿。

那就不上工吧。让可怜的二丫休息一天，我这就下去背苞谷种，也要去找找村长，要到田——如不需要开就不开，有现成的田撒种就行了，这苦不吃就不吃，娃们吃不得了，自己又有妇科病，肚腹使力就疼，整个阴部都下坠得厉害，胀痛难忍。

"我把门锁上，你们就不要出来啊。"她吩咐两个孩子。三下五除二，给孩子们煮好了洋芋，收拾东西。那双给老大王天的棉鞋已经纳好了，放进揸背篓里，想又能见到十二岁的大儿子，心里漾过一丝幸福。离婚后大儿子判给了他爸。他爸也就是前夫的鞋她就不管了，这个人不是人。再说，给大儿子的鞋也花了她不下一个月，都是收工后晚上一针一线纳的，棉花还是找二组的李登凤讨的，两个丫头的棉鞋说做说做，到如今还没做，可见她心底里还是向着儿子。儿子没妈在身边，跟着那个无能耐的前夫有什么好日子过啊！

太阳真的出来了。太阳只是晃了一下就落进森林。她得快快走。她估算着到二十五块半就到了中午，再背着一背篓苞谷种上来，至少要到五六点才回来，这儿的夜路一个妇道人家可不敢走，就算你拿着刀。

她要先到草浪坪，就是二组，就是洪大顺、村主任和李登凤他们住的地方。雪太厚，跋涉了三里地——两个坡，一个垭子，才到了草浪坪。草浪坪卡在山缝里。走到李登凤的家时，已经是一个雪人。李登凤开门时看见端加荣，吓了一跳。端加荣要她帮忙去喊洪大顺。李登凤说："不行啊，加荣，你这样不到他家去，他父母不肯认你，他也下不了决心的。"端加荣看到李登凤一副不情愿的样子，心想人情冷暖啊。可端加荣就笑，说："我是有别的事找大顺，放个钥匙在他手上，让他帮我看看两个娃子。"李登凤说："放我这儿不行吗？"端加荣说不行的。端加荣就走了。

其实，端加荣是个有心人，这两年为求得大顺和他爹妈同意，也给大顺的二老做过棉衣棉鞋，还给他们一人买过一双带毛的高帮力士鞋——这种高级鞋她自己也没穿过。端加荣病病歪歪的，却总能做出一些温暖的东西来暖洪大顺和他爹妈。可尽管这样，尽管洪大顺对端加荣无反感，非常同情（如这个窝棚就是他相帮搭建的），但与端加荣母女合一家的事，也曾点过头（可能是酒话吧），却有许多解不开的死结。比方村主任说，端加荣不管跟谁结婚，都得先结扎，也就是说，就算能生育也不能生了。洪大顺是个独子，他父母还要抱孙娃传宗接代的。就算他全家点了头，那第一道就是结扎，她这副病快快的身体如何能结扎？不结扎就要交一千五百元保证金，保证不生育的。这笔钱端拿不出，洪也拿不出呀。一道一道的坎就这么拦住了她与洪大顺的结合。何况她还大洪大顺十岁。女大男十岁在乡下是个惊天数字。就算洪大顺喝酒喝醉了或者与她缠绵时说要与她合一家，端加荣也会婉拒说："你待不得我的。两个娃子，凭什么你给养？"就算这一切都不是问题，前夫王昌茂还要搅局哩，他说了，哪个敢娶端加荣，他就杀哪个。有几次，有好心人给她介绍了外村外县的男人，但听说了王昌茂在村里的放言，谁都不敢贸然行事，怕真有个三长两短。

端加荣来到洪大顺家。他爹妈明显冷淡，说洪大顺不在，话不肯多说，也没让她进屋烤烤火的意思。后来听了一句好像是说上山了，听说山上下雪有岩羊子。有羊子却没有说狼。反正下套子逮羊这事让端加荣有了一些安抚，男人总有对付野牲口的能力，不像女人家怕这怕那。女人呀，总归是女人。

端加荣像根霜打过的黄瓜在大顺爹妈眼里看到了怜悯和绝望。她能给他们什么呢？能给他们儿子什么呢？她来，就是让大顺到他这辈断种的吗？还要养两个仇人的娃儿，王昌茂的娃儿。后来王昌茂把大顺另一只腿也快打断了。大顺有次说："我要到了你前夫借的钱，就跟你合一家。"他去找王昌茂要钱，要那些过去欠他的贷款（约有六七百元），王昌茂扯起棍棒就朝他打，说："老子还赔你个鸡巴钱，你把我老婆都勾跑了，让老子妻离子散。

世上有杀父之仇，夺妻之恨，老子不找你算账，你还倒找老子……"

端加荣是想把钥匙给洪大顺让他去打打两个女儿的照扶，怕自己在下边耽搁了，赶不回来。两个女儿没有她那就塌了天，还是反锁在棚子里的。看见了村主任的家，心就烦了，就闯了进去，她一腔的怒气就倒在了村主任身上，巷子里赶猪直来直去地就问村主任究竟几时给她划地？——本来，她就是蓄着火去找村主任发的，她已经给逼到悬崖上了，她想无论她发多大的火，都不是她所期望的那个温度。村主任烤着火，刚从床上起来或是从厕所回来，有准备下一步吃喝的悠闲打算，披着羊皮袄，满脸是枕头上压出的肿迹。村主任说："你若是把二组的所有人思想做通了，我就给你划地。"

他还是那句不进油盐的老话。他就是不划。准确地说：不调，不把她的地从三组的二十五块半调到二组的草浪坪来。

"村主任，冒这么大的雪我来求你，你又不让我结婚又不给我地，把我往死里逼啊？把我们母女三个往死里逼往崖下跳啊！"端加荣鼻头一酸就哭起来。村主任的老婆和媳妇都来劝她，给她端来茶水，要她坐下烤火烤烤鞋垫，说不急的不急的。

"你们去看看我们娘母子过的日子吧！八里荒除了鬼就是我们娘母子三人……"

"可你是自讨的端加荣，你是自讨的，你为什么不回去咧？"村主任说。

"王昌茂把我往死里打，村主任您不是不晓得，他见了我就要扒我裤子跟我睡觉像赶鸡子一样我过得下去我不过吗？村主任你为什么不给我划地，不让我结婚？"

"不是我不给你划地，不是我不让你结婚，"村主任说起狠话了，"像你这么胡屎乱搞，整天告状，还想怎么样？！"村主任进了房里，把门关上了。

"我，我胡屎乱搞哇？"端加荣往二十五块半走去的时候木木地问自己。她是第一个踏今天雪路的人，雪有时没过膝盖，她在雪地里艰难地爬行。她揩着泪，泪已经风干了。

"我胡屎乱搞？我是胡屎乱搞的人？"农妇端加荣抽泣着，咬着牙问大地，问雪野，问天上那厚厚的云层。雪没有下了，斑鸠闷闷地叫着。"扑通"一声，她踩到了虚处，滚下岩去。"我是找你们解决问题，不是告状。我没有胡球乱搞，我不是胡球乱搞的人！……"

等她爬起来的时候，背篓都压瘪了，脚也崴了。她还得继续上路，她不想哭了，只有愤恨。对村主任，对前夫，对这个世界。

她走了近三个小时走到二十五块半，看到了自己曾生活过的家，这个十几户人家的自然村子里有鸡叫，有狗咬，有烟囱里热情爬出来的炊烟。她不想让人看见她，她往小路上走。她不想让人看到她这一副失魂落魄的寒碜样子，像被土匪赶出来的。在这里，她不会这么在下雪天行远路背着个揸背篓。她现在一样在火塘前吃着茶，纳着鞋底，四平八稳地唤猫狗。或者在门口腌腊肉晒豆皮，或者从邻居家出来，手上拿着一碗别人给的酱菜。

现在，她背着揸背篓，作为一个外人，来找前夫要苞谷种的。

"王昌茂！王昌茂！"

这已经不是自己的家了，她踏进去时故意让一种回忆的亲切感远离，她因为愤怒而鼻塞，像一个冷冰冰的仇人喊她的前夫。

王昌茂不在，屋里冷冷清清，这么冷的天大门大开，屋里没有生火，风在屋子里呼呼乱响。

接着她的冤孽出来了，那是她的老大，大儿子王天，一个硬生生的少年。这个衣衫褴褛的少年出来就向他的亲妈大骂撵她滚：

"你个不要脸的，又来了！滚！滚啊！"

王天用他茅草般的头一头向端加荣撞来，牙齿呲起有五寸长，就像一个狰狞的猴王。端加荣没防备，被王天撞得朝后一倒，后脑勺撞在了门上，一阵苦疼。等她让开这个小杂种后，抓住他的头发就劈手一巴掌，打在他的嘴巴上。

"小狗日的你反了不是！啊！啊！"端加荣声嘶力竭地阻止儿子的疯狂举动，想把他打醒。不是王昌茂这时候闻声进来拉住王天，还不知会发生什么哩。

"个狗杂种！"王昌茂死死拉住了王天，拉住了要操门背后一把猎叉的王天，缴了他的械，把他一掌推出了后门，推进了后面的菜园子里。

接下来，王昌茂就像狼看见了羊一样，惊喜地把端加荣的背篓下了，把他往房里拉。

"你干什么啊王昌茂，我是来背苞谷种的！……"

端加荣本来就恨他，今天更甚，饥寒交迫，连一星火也没见着，她今天就是死也不从。

"王天，王天，你进来呀！"她这么喊。

王昌茂的欲火就是这样被端加荣弄熄了，像个泄了气的皮球，像个打蔫了的茄子，说——正正规规地说：

"你今日想背什么背什么。"

"我只要苞谷种。我只要铁籽白，不要五花糙！"

"五花糙也能吃，二丫、小丫也能吃。你不吃，你金贵些，你他妈是贵人，是贵人咋生到这深山老林里扒土种地，瘦得跟鬼似的！"

"那你就不沾我，不缠我，我快死了，我就是鬼，我端加荣快死了，我死了你才高兴咧！"

端加荣把背篓里的东西拿出来，是一双灯芯绒面子的厚厚的棉鞋，是王天的。她把它放到地上，两只并排放在一起，抹着泪，无声地抹着泪，打开黄桶，到里面去装苞谷种。

"你哭啥哩？又没哪个打你！"王昌茂怔怔地说。

"俺哭自己的命。"端加荣说。

端加荣不敢装，可今天王昌茂却主动给她装，装的全是做种的铁籽白，"多装点，要吃哩。二丫、小丫还好吧？"

"她们好不好关你什么事？是死是活由不着你来假充善人。"

"她们是我姑娘我咋不心疼？回来吧，加荣，我去接你们……"

"回来？你把我名声败了，你把我打惨了。"

"我败你名声？二十五块半哪个不知道你跟那掰（瘸）子鬼搞！你这婆娘还猪八戒上城墙倒打一耙！你搬到八里荒不就是想跟掰子结婚吗？你休想结婚！你要结婚，我让掰子过不了年！"

"不许你胡说！不许你跟掰子过不去！你把我整得这个样子了，为什么还不放过我？啊？！"

"我不放过你？我家破人亡妻离子散，我不放过你？你自己跑的，想去享福的……"

"你逼的，王——昌——茂！"端加荣把她前夫的名字一个字一个字塞进牙缝，用冰水冰了，再一个一个吐出来。

"贱！女人就生得贱！……村主任说了，说不给你土地。"

"是的，村主任说了。"端加荣说。她想："不给土地我也要过下去，我绝不回来。"

端加荣就这么离开了二十五块半吗？她就这么离开了二十五块半。连儿子都不理解她，她还不离开吗？雪还是雪，还那么深。雪后风冷，风从山背后冒出来，就像一瓢瓢凉水往你内衣里灌。二十五块半，她嫁到这里来时对这个地名还抱有好奇，怪哩，还带有憧憬。二十五块半是很久以前一个从秦岭来的开荒人开出的，他开了荒，数数只有二十五块，咋丢了半块呢？后来一拿开自己的斗笠，唔，盖住了半块。这就是二十五块半村民常常呱天的内容。当年，二十五块半的王昌茂还不是像现在这样邋遢糟糕，那时的王昌茂整齐的中山装上口袋里，还插着一支钢笔，还能在村小学的水泥黑板上写板书——他当了两个月的代课老师——还有人见了他的面喊他王老师。跟王老师结婚后只有两个月大家又喊回了他的原名。王昌茂想富哩，什么都干过，熬过黄连素粉，打过"金钗"（一种名贵草药），还下河炸过鱼。有一次炸鱼，把同行的一个伙伴——就是吴老发的三儿子炸死了，以后再也不敢干了。可不敢干，生了三个娃子，要吃要喝。眼看家底子越来越薄，三个娃子连墙都要啃穿了，他找不到生财之道，就想有几百块钱可以买些椴木棒子来种香菇、木耳，慢慢发展兴许弄成气候，能每年赚个一两千块钱，只要把生活过过去也就行了。

可王昌茂哪有资格贷款呢？因为王昌茂无还款能力，村主任不给盖章，他只有干瞪眼。一个没有还款能力的人想贷款，他必须要攻破驴脚拐代销店那个掰子洪大顺。洪大顺有一年把脚给摔了，就摔掰了，他就在峡谷口驴脚拐开了个代销店，后来银行不知怎么让他的代销店成了信用店，就是信贷员，搞小额贷款。因为洪大顺是初中生。洪掰子——大家都这么背着叫他——自当上了信贷员，那个代销店的生意也就好了。他一脸白净，梳着三七开分头，早晨分头用山溪水洗了，丝毫不乱，两只手戴着蓝色的袖套，坐在用柳木板拼成的小店里，待人和蔼，彬彬有礼，就像是从城里来的工作同志。因为是掰子，也没有哪个女人找他，或者说他还瞧不上一般的女人呢。一个单身汉，嘴上刚刚长毛的毛头小伙子。王昌茂想了想自己家里，想尽了一切，都拿不出什么攻破洪掰子这个人。后来，有一次，他看着自己的老婆端加荣，看她洗澡穿衣时，胸前多出来但已下垂的两坨肉，清瘦的髋骨和平坦的阴部，他心头一亮：只有这个虽然生育过度但多少还有点年轻的老婆了。算一算，老婆大洪大顺十岁，但老婆的眉目间还是有魅力的。征服一个百事不晓的毛头小子，应该是不难的。心头不算很亮，也有了七八分的把握，不过心还是虚，就怕老婆不肯……

老婆成了他改变家庭环境或者说实现一点小致富计划的牺牲品。一分钱难倒英雄汉，人到了穷处就没什么顾忌了，唉。

这一天，王昌茂到驴脚拐——离二十五块半有三四里地，他凑了几天凑了一块五毛钱去买了包纸烟（他抽叶子烟），给洪大顺说："对不起呀，上次赊你的一包烟，过几天再还。"洪大顺这掰子是个好人，也没找他讨要，给了他买的烟，说行的行的，不碍事。"大顺哪，你可是这个——"王昌茂伸出大拇指来，他又说，"明天到我家吃饭去。"

第二天晚上，王昌茂精心安排的晚餐就开始了。杀了一只生蛋的鸡，要儿子提了些四季豆去到下面喊洪大顺来吃饭。一锅鸡和一壶酒这就拉拉扯扯吃到了九十点钟，又下起了小雨，又出现了罩子（雾），王昌茂精心地把二十啷当岁的小伙子、心地单纯的残疾人洪大顺灌醉了。灌醉了就留宿，让他到客床上歇息去。从来就只知顺从丈夫的农妇端加荣并不知道丈夫恶毒的计划。那应该是一个冬天，端加荣只记得她收拾完后脱下棉衣要上床睡觉了。丈夫王昌茂说："加荣，给掰子送点水去。""我要睡了，你送去吧。"端加荣累得只想上床歇口气。伺候酒饭，灶前灶后，桌上桌下，都是她一个人忙，王昌茂是甩着手不干的。可这天王昌茂不让她睡，把她往床下推，并说：

"我又不欠他的鸡，我是想贷点款，去林场买些椴木棒子，花栎木也行。你去再加加温。"

"咋个加温？"端加荣被丈夫推下床了，懵懵懂懂地问。

"你不会来事啊！"王昌茂吐着酒气埋怨说，"人家的老婆啥都赶不上你，还把村主任乡长哄得团团转！伤鸡巴心！"

端加荣这就愣住了，说她迟钝也不至于迟钝到什么也听不出。她听出了，要她去哄他。"我咋哄他？我咋个样来事儿？"端加荣一脸茫然地站在那儿。

"就要我给他送茶啊？"端加荣问。

"走啊，去啊！像截呆木头！……"丈夫拍着床沿小声而严厉地说。

端加荣披上棉衣，就去找杯子找水瓶。她提着开水推开客房的门，那个姓洪的年轻的掰子早就醉得睡过去了。端加荣说："我给你送点水来的。""我怎么哄他呢？我笨嘴笨舌，再给他说说贷款的事？……"端加荣没有五分钟就回到了自己的房里。可丈夫说："你咋就回来了呢？"端加荣说："天冷哩，我不回来我怕冻凉了。"丈夫说："你去呀，你缠缠他，把咱们贷款的事搞成……啥事咧，你让他怎么都成，我说得还不明白吗？老婆，你头脑咋就不开个窍呢？"

到这时候，王昌茂把话说明白了，端加荣也就全明白了。他是让我去陪他睡觉，把他勾引了，拉下水，贷款就成了。端加荣看着自己的痛苦的男人，看着眼前这个跟自己生活了多年的男人，她没想到他会这么黑心，把自己的老婆当诱子去达到他的目的。

"孩子他爸，这可不行呀，咱就是不要这个款也不能这样……"

"莫非咱就天生的穷命，噢？为咱家，为三个娃子你就胆大一点不行吗？又蚀不了个什么！"

"孩子他爸，你说这话，这可是你亲口说的……"

"是我亲口说的，别争了，去去！……"

丈夫霸着床沿，不让她近身，端加荣那是第一次发觉自己无家可归，就像不是这屋子的人似的。她在这个屋子里结婚生子，生了三个娃子，每天里里外外，忙了田头忙灶头，忙了白天忙黑夜，忙了丈夫娃子忙猪子羊子鸡子狗子，可她发现她在这个屋子里连栖身的自主权都没有，这个男人一句话就可以把她赶走。可怜的端加荣就是这样怅然若失、失魂落魄地再次进到客房的。"丈夫怂恿我跟别的男人……在眼皮子底下……"农妇端加荣进去浑身都在颤抖，那是天冷或者心冷。她把那个客房的闩子插上了，她走到洪大顺床前，灯捻得很小，洪大顺说："是哪个？"端加荣说："看你喝了茶没。"她说话喉咙发硬，说不出来。她坐到了床沿，抓到了洪大顺的手，洪大顺醉醺醺地说："大姐，你是咋的啦？"他发现她抖得厉害，手冰凉。端加荣听他问，更加抖，她知道丈夫要贷的那三百块钱就押在她身上了，让她做那种她从没想过的坏事，坏女人干的事。端加荣还是说："你、你、你喝了吗？"洪大顺说："茶我喝了，谢谢你了。"端加荣不知道下一步应当怎么做，就把他的手抓起来贴到自己胸前，隔着一层内衣。男人应当喜欢那里的，当初王昌茂与她相处最早就是去那里，摸那个东西，以后娃子们从肚里一出来，眼都没睁就抓那个东西。现在那个东西稀稀朗朗了，不再是做姑娘时那么有分量了。一次又一次地哺乳，增大、缩小，增大、缩小，增大、缩小，虽然她才三十岁，可那儿已经松弛，就像被掏空了一半的面袋子，但那时候她还在给小女儿哺乳，也不至于太难看。这里果真管用，洪大顺就把手伸了进去。就是这样，端加荣挨着他躺了下来，甚至无耻地把那个东西送到他嘴边去。端加荣心里咚咚地，直想哭。洪大顺把那个东西叼住了，她还是想哭。洪大顺吮着她急切切地说："昌茂哥睡没？"端加荣说睡了。可洪大顺虽吸了几口，却兴趣不大，端加荣去摸他下身，他说："我还是个小娃子，不会做这样的事。"

当然，这样的事端加荣是会做的，就这样，端加荣把洪大顺的童贞给缴了，洪大顺的童贞丢在了端加荣的身上，就在她丈夫王昌茂的眼皮子底下。

端加荣回房去的时候，鬼头鬼脑的王昌茂还没睡，还脸朝着里面的墙壁唱歌："姐儿住在三岔溪，相交哥哥打铳的，听到对门枪一响，姐在房中笑嘻嘻，晚上又有鸡子吃……"

"王昌茂，你唱啥啦？"

王昌茂嘿嘿笑说："我唱'晚上又有鸡子吃'……"

就这样，王昌茂的三百块钱就贷到手了。第二天，端加荣找邻居借了两个私章——洪大顺说要几个人的章一起贷，王昌茂一人贷村主任不批，就把钱从驴脚拐代销店拿回了。

王昌茂拿着这些钱，甭提有多高兴了。手头活了，能干事了，抽烟也抽纸烟了。得意忘形之际，跟洪大顺一个乳臭未干的娃子称兄道弟起来，经常接他上来吃饭，还时不时让端加荣和孩子给他送些蔬菜下去，让端加荣给他洗这洗那。有时候高兴了，就对她说："晚上你就别回来了。"这人不是没了人味吗？王昌茂的确就没了人味。可村里的人都服他，他是怎么跟洪大顺这个掰子搞好的？要想找洪大顺贷款，都得找王昌茂去说个情。端加荣当然晚上还是回来，可渐渐地，村里就传出了风声，没有不透风的墙。洪大顺成了王昌茂家座上客，端加荣经常在代销店出入，人家也不是傻瓜，长了眼睛不会看！这就有了闲言。加上贷款的次数多了，洪大顺就躲端加荣。端加荣被指使了去贷款（就是借款），赊烟，她不想去，王昌茂就发狠地说："你去不去？你还不去呀，你这么厉害！"端加荣知道他恫吓她的理——自己的软捏在了他手里。他又从不说穿，就是要她去，一次比一次凶狠。只要去，就容忍她在洪大顺那儿待的时间。端加荣哪敢多待，村里的议论她也感受出来了，她是个敏感的人。而且，去洪大顺那里，一次比一次难开口。洪大顺一次比一次不情愿，甚至不愿近端加荣的身。端加荣知道洪大顺是在嫌弃她，她这个样子，清醒时的年轻小伙，是不会对她感兴趣的。可就是自那一次，端加荣勾引醉后的洪大顺那一次，她就在王昌茂面前没了说话和做人的狠气与底气。因为她做了丑事，做了一个良家妇女不该做的事。有时候王昌茂跟她睡觉时，酸酸地说："你莫有了洪掰子把咱甩了呀！"端加荣发现自那以后每一次睡觉他越干越狠，像干别人的老婆一样，在她身上疯狂。端加荣见他这么酸酸的，说："王昌茂，你说什么啊！咱们是夫妻！"王昌茂说："人家年轻呀，有钱呀，人都想吃口新鲜的，我是老鸡巴一条了，你没兴趣了。"

——从此后，端加荣不能拒绝王昌茂的要求，例假也不行，妇科病也不行。如拒绝，就是那种带暗刀子的话，就说："跟别个有兴趣，跟老子没兴趣！"

洪大顺终于要钱来了，要他还贷了。你猜王昌茂是什么反应？王昌茂是从端加荣口中听到要钱这个话的，他当即摔了碗，破口大骂道：

"你 × 都卖了，他还敢找老子要钱？"

原来，他认为那个钱就是不还了的，是端加荣卖 × 的钱。端加荣一听到他这么恶毒地把话说白了，就急了，说：

"你说话咋这么难听啊，孩他爸？"

"你不是卖了 ×？你的 × 就白给他这个掰子捅的，他就不付钱？"

"没有！你不要瞎说啊王昌茂！"端加荣否认，她当然要强烈否认，可她的否认是无力的，明显中气不足，后来求饶似的对他说，"都是你闹的，你的鬼点子。当着孩子们的面，你可要小声点呀！"

"要钱没有，要命一条。"

端加荣就还是厚着脸皮去找洪大顺，她说："你我发生关系，王昌茂知道。"她只好使出了吓唬他这一招。

洪大顺说："知道，他写的有条子，你也要还。不还我的账抠不拢。"洪大顺不在乎，洪大顺就是要他们还钱。

端加荣有什么办法呢，只好回去。她没能完成任务。她记得就是那天晚上，一个又雨又潮又冷的日子，她与王昌茂又为这事吵了起来。王昌茂终于动手了，不仅说话恶毒，而且出手凶残，拿起扁担就砍，将端加荣腰砍伤了，头砍出了血。那是往死里打，几个娃子一起呼天抢地。王昌茂不让娃子们拉他，边打边还骂："打死你个骚×，你这卖×的偷人货！"

端加荣若是跑得不快，那天她就会死在王昌茂手上。她跑了出去，往二组跑去，跑到好友李登凤家里去。娃子们的呼叫被她狠心地撇开了，越跑雨越大，越跑山越陡，越跑路越滑。可是李登凤不在家，回娘家去了。端加荣站在大雨里，无家可归。她在黑咕隆咚的山道上又溜又滑又摔跤。摔跤不算什么了，爬起来又走，浑身泥水，腰更疼痛，头上的伤口在冷雨中仿佛凌迟在刀刃上，头皮像被人掰开了似的，脑髓给雨水泡烂了……山林里雨水轰响，那是山溪发出的惊天动地的吼叫。到处是泥石流崩坍泛滥的碰撞声，到处是野兽失魂落魄的号叫声。端加荣在山里喊哪，喊自己的亲爹娘，亲爹娘太远，隔了几个县，不会管她了，她已是嫁到这深山里有三个娃子的女人了，娘家已经越来越淡越来越远了。端加荣就是这样跑到了驴脚拐，没摔下河摔下岩没被野物啃掉，拍开了代销店的门。

可是，洪大顺没有把她拒之门外，给她烧水洗，给她包扎伤口，给她把泥浆衣裳鞋子也洗了，升起火塘给她烤衣服。年轻的掰子洪大顺是可怜她。她躺在洪大顺有着男人酸臭味儿的被子里，在屋子的融融火光中，疼痛和惊悸被这个年轻娃子慢慢抚平了。洪大顺给她洗衣服，可王昌茂从来没给她洗过一次衣服，没有，仿佛洗衣物天生就是端加荣的事情。自嫁到二十五块半来，生成了一辈子就是要洗男人和娃子所有衣物的，生就是王家的奴狗。洪大顺给她端茶喝，热气腾腾的茶水端到床头，可王昌茂从没在她生病或坐月子期间给她端过一杯热茶，都是自己下地自己倒着喝的。端加荣要说感谢，洪大顺说，什么也别说了。

她发现她喜欢上了这个细心体贴的残疾小伙。这小伙腼腆，她勾引过他，不错，她夺去了他的童贞，她是一个荡妇，这都不错。可这不是她的错。她欺负了他，可她感觉到这小伙子的善良、单纯、不谙世事、小娃子般的可爱。她后悔，有负罪愧疚感。

可是，当王昌茂得知那天晚上端加荣是在代销店借的宿后，厄运就落在了她身上，不仅打她，还要与洪大顺拼个鱼死网破。有一次，李登凤请客，把端加荣和洪大顺都请去了，吃到结束时，王昌茂赶了去。洪大顺知趣出来，还是让王昌茂从背后给了他一石头，打破了脑壳，当即倒地。端加荣上来制止，也被王昌茂给打翻在地，踏上一只脚。洪大顺毕竟年轻，爬起来与王昌茂对打，将王昌茂身上也多处打伤，让他歪着腰哼哼叽叽地跟跄去乡派出所报案，说是他捉奸却被洪大顺打了。这样的事，派出所见多了，按惯例，双方各罚五十元，还要写下保证书。王昌茂罚了款，洪大顺也赔了钱，没有正义，无所谓对错，谁伤谁倒霉。这以后，王昌茂就报复，见到洪大顺与端加荣在一起，就邀人去打，打洪也打端。洪反击，也邀了一些亲朋打王，只凭自己的拳头，自己打死自己埋。打得洪大顺再不敢找端加荣，端加荣也再不敢找洪大顺了。打端加荣是关起门来打的，谓之关门打狗，打得端加荣三昏六醒，五青八紫。可他自己呢，常言说得好：好打架的狗子没张好皮。王昌茂也被洪大顺打得够惨了。村主任也管不着这三个人的烂事。直到有一天，法官来到村里，宣布端加荣和王昌茂两个人离婚。这个婚离得村主任也舒心了一大截，离得端加荣看到了一线人生的阳光。从那个设在村主任家的法堂里走出来，端加荣该是多么轻松啊！她看到的是天高地阔、白云朵朵，是红花绿叶，她如脱笼之兔、离绳之犬，终于摆脱了王昌茂的魔掌，自己能成为自己的主人了。虽说断给她两个女儿，可精神轻松了，魂儿又回到了体内，生命和希望像一双强劲的翅膀，借着这高山的气流，要开始自由自在地飞翔啦。

可是她高兴得太早了。她还是得住在二十五块半，还是得住在王昌茂家隔出的一间屋子里，共一块菜园，撇成两半的田地还是连在一起，只是端加荣自作主张用石头垒起了个田界。一起下地，一起收工，一起做饭，一起喂猪；同一条路，同一个屋场。这哪是离婚哪，这就是两口子怄气。刚开始，端加荣还无法犁地，无法使牛，要耕地使牛，还是要求王昌茂，就要丫头去喊；病了，她挑不了水，只好请王昌茂挑。儿子王天吃饭，有时还是过来吃，甚至王昌茂死皮赖脸也过来吃；背重的，端加荣背不得，被王昌茂打残了（基本上残了），只好要王昌茂背。王昌茂也残了（被洪大顺打得吐过血，躺在床上半个月），可毕竟是男人。王昌茂瘦，瘦得有骨头，端加荣瘦，瘦得像根筋。问题是：只要求王昌茂帮忙干活儿，王昌茂就要跟她睡觉。离婚以后，王昌茂性欲更旺盛了，就像跟别的女人偷情，田头山坡、竹园牛栏，都是王昌茂的发泄场，不睡不给干活儿。高兴时性交，不高兴时就打，跟婚内一样，甚至比婚内更残暴。说要把她打死，谁要她离婚跟洪大顺的。

有一天，她喊道："救救我！"这是向天呼唤的。端加荣，向天呼唤着救命人。有一天，她带着两个娃子，来到了二组（她不是来投奔洪大顺的，是想离李登凤近一点，李登凤的娘家跟她娘家是一个村的），想要村主任给她母女三口调一下田，调到二组来，躲开那个像鬼一样缠住她的前夫。可是，没调，不给，端加荣就只好到八里荒搭了个窝棚，决定自己开荒养活自己。

端加荣受了儿子的气从二十五块半出来，在雪中哭着走着，她想到乡政府去。她想找乡长评理去，要乡里解决她的土地问题。当她踏上另一条去乡政府的路时，又记起了钥匙在自己手上，两个娃子还被反锁在窝棚里。如果现在去乡政府，晚上断是赶不回来了，就要到路上讨歇。她没有办法，背着苞谷种，只好先往八里荒赶。

现在，就来说说这天晚上所发生的事吧。端加荣总算在天黑前赶回了八里荒的"家"。两个孩子在棚子里哭得昏天黑地，特别是小丫，她姐姐二丫打了她，因为她尿了床。想生火，又没有软柴，门被锁了，不能出外寻柴。两个女儿你抓我，我打你，在地上滚得像两个泥人，敞着衣，赤着脚，锅朝天，碗朝地，狗也被心烦的二丫打得嗷嗷乱叫，也是因为饥饿。家里像遭了劫一样，心也烦得吼，各给了两个女儿两巴掌，就生火，做饭，烤衣，喂狗。好在从二十五块半背了些蔬菜和懒豆腐，一锅煮。

正吃着时，听到了敲门声。问清楚是洪大顺，开了门，洪大顺掰着腿背了块血淋淋的岩羊肉裹着一身风雪进来了，且脸色苍白，一副紧张惶恐的样子，进来就迅速关上门说："不好了，有野牲口跟上我了！"

听说有野牲口，屋里大人小孩三个人都瞪大眼看着他。端加荣问："你咋知道的？"洪大顺说："进了八里荒垭子口，林子里就有响动，有个野牲口一直跟着我。"

"是啥哩？"端加荣问。

"好像是狼。"

"是吧？！"端加荣说。她想起昨天晚上听到的声音，这更加证实了昨晚她的感觉是对的。八里荒虽然有些鬼鬼祟祟的野物，可白天是安静的，晚上也相对安静。有一天，端加荣在地里收工晚了，拿着工具正准备回家时，曾看到过一头小熊在林子边打量着她。不过她一声大吼就把熊给吓跑了。不管怎样，野牲口总是怕人的。特别是那些獾啊狸啊山猫啊野羊啊，见了人就跑。

"你这两天是上山下套子去了吗？"

"是下套子去了，几个一起去的，是听说狼来了，大家去套狼，从秦岭那边过来的，套到了几只岩羊子。"

"你这么背来，狼闻到了腥味哩，"端加荣说，"你不该这么背的。"可一想，他是给她们母女背点肉食来的，他是一片好心。可好心看来办了坏事。昨晚的狼兴许是在这一带游弋，没吃的就走了，下山也好，去巴山也好，秦岭也好，反正八里荒没啥它可吃的。这下，狼来了，问题就难办了。

端加荣心里乱乱的，洪大顺就劝她不要着急。今天反正是招了狼，不能回了。当晚就把那岩羊肉煮了，棚子里的四个人还吃了一顿羊肉消液。棚子从中间拦了一道，前边用木桩子搭了个客铺。端加荣与洪大顺睡在客铺上。雪应该是住了，风也停了，外头正悄悄地、精心地冻着凌，把大地冻成一块死尸般的冰壳。可是，他们听见棚子外头有什么走动的声响，并且，窝棚壁子有什么扒动的声音。

"果真啊！果真啊！"端加荣说。可傍着一个男人，端加荣没有很害怕，手只是紧紧地箍住洪大顺，箍住洪大顺温热的腋窝。

"不要怕。不要怕的！它陪我来的！"

"果真啊，是狼？"

狼见过，可狼今日在八里荒。好在有一个男人，可也正是这个男人，把狼引来了。事情就是这么，你感激他，你埋怨他。

狗很灵敏，狗叫了起来。

"不要怕的，我说了，就是狼，明天我喊村里的人来，它也不得活的。"

"妈，妈呀！"两个女儿在喊。

端加荣只好去照顾两个女儿。两个女儿吓得抱成一团，往被子深处拱。洪大顺睡不了，他也有点恐慌，寻刀，又去火塘拨火，把火烧大，抽烟，说："狼见了烟火味儿，就会走的，它不得活的。"他反复说。

端加荣说："这么大的雪，它们肯定没吃的，见了这些肉，它们哪不想吃一口呢，肯定不是吃咱来的。"

洪大顺说："肯定，是啊，它咋吃你们呢，人这么容易被它吃？"

端加荣问："没有拦你的路啊？"

洪大顺说："我照见林子里有两只牲口眼睛，绿莹莹的。它不敢轻举妄动，就证明它没有成群。"

"一只？"

"就一两只，我估死了，狼跟虎豹一样，都是独心独肝。不要怕的，不得活的。狼现了身，在这里不得活的。"

"可这不是在草浪坪，是在八里荒呀！当初你为何不把肉甩给它算了？"端加荣说。

"人都没吃的，给它？"

"现在咱把煮熟的甩出去喂它，行吗？"端加荣问。

"不行的，喂白喂了，明天先看看再说。"

后来，洪大顺看着端加荣，看着这个大自己十岁的女人，看着这个棚子里的一切，说：

"住这里，也不是个事。"

这时候，狼，狼的叫声真的清晰地传来，是在风中，起风了，河谷在低低地吼叫，荒野浩荡，那声音像一把剑横扫过来，发着寒光。

"那又住哪里？我愿意的吗？我疯了！有地方住，会往这里跑？我不开荒翻过年我们娘母子三人吃啥？村主任又不调换地，你说我能住哪儿去？"

她最后一句话是想洪大顺接荏儿的，如果洪大顺下了决心，把她们母女接走，接到草浪坪他家去，那不一切就解决了吗？

　　洪大顺不接茬儿，他欲言又止。端加荣故意这样说的，让他很不自在，逗逗他，有时，让他弄得浑身不自在，端加荣会在心里笑，笑过之后轻松些。洪大顺毕竟是个小青年，整整他的蛊。端加荣见洪大顺又卡住了，就说：

　　"大顺，我不是逼你呀，你不消吓得。"

　　洪大顺说："我又不是吓大的，我晓得，反正……反正你们住在这儿，总让人捏一把汗……我要是接你们走呢？"

　　端加荣说："你搁不得我的。大顺，算了，我知道自己的命，我就这个命。你这么说，理不直，气不壮，声音打战哩，我不会当真的。"

　　她这么说，洪大顺就越觉理亏，就越想把那句话铁板钉钉决定算了，可……

　　"我来这儿，又不是像别人说的，是来投奔你的。我住这儿离你那么远，我不住草浪坪，我住孤魂野鬼住的八里荒，看哪个嚼舌根子去！你接我，我都不去的，我就要争这口气！"

　　他们撕着苞谷，他们听着外头的风声。雪不知还在落没落，雪落是无声的。

　　"明天，我到乡里去！"端加荣说，"大顺，明天劳烦你照看娃子，就打一天照扶。"

　　"还开不开荒呢？"洪大顺问。

　　"开呀，咋不开？没看我苞谷种都背来了吗？"

　　"你果真要在这儿长期住下去？"

　　"我说了一百遍，长期。"

　　"换给你田也在这儿住？"

　　"也！"

　　女人的声音有点嘶哑，可很决绝、干脆。这个女人！……

　　早上一打开门，就看见了雪地上有零乱的兽迹。端加荣喊出了洪大顺来看，洪大顺看后，果断地说："狼的，说不定不止一只哩！"

　　"那它们去了哪儿呢？或是藏起来了？"端加荣问。

　　洪大顺掰着腿，踏着狼的脚印看了一段，指给端加荣看，说："它们去了北边的林场，估计是那儿羊多。"

"林场养的羊子啊？"

"正是。"

这么说，端加荣心就放下了一点。不过，她依旧放心不下，问："它们还会不会来呢？或者，藏在对面山上的林子里了？"

——那儿，离端加荣开的荒田不远，那儿也有些兽迹，乱七八糟的。

"甭怕哩。"洪大顺不在乎地说了这么一句。他又补充说："昨晚咱一个，还背着这么好的肉，它也没敢上来，兽总是怕人的……"

端加荣就无话了，就要去乡里。

雪没有化的意思，踏在上面像一个硬壳，每踩一步都要下很大的劲儿，好像要捅破一层玻璃似的，令人心惊肉跳，还格外吃力。路上已有些脚印，路两边的雪地有许多神秘野兽的脚印，大的，小的，零乱且多。雪下过之后，通过这些脚印，清楚地感觉到昔日死气沉沉的山林里是很热闹的，熙来攘往。不过也平添了一份寂静的恐怖。她就这么去乡里。她过去就没有去过乡里吗？去过一百次，可乡长是县里派来的（不是当地人选的），三天两头找不着，人家住县城里。就算找着了，事儿多呀，这点调田的小事就打回村里去，要村里解决。听说现在新调来一个乡长，这就让端加荣下了决心再去找一次，人与人总归不同的。"但我该跟他咋说呢？……我要说，我不是'搬'到八里荒，我是'逃'。我是逃跑的，从前夫非打即骂、整天追你强奸的魔掌里逃到八里荒的。我是在村人的指指戳戳甚至是家人的误解下逃离村庄的。是呀，我不再有能力承受那样的流言蜚语，我内伤严重，精神崩溃，走投无路，最后跑出了人们的视线，跑到山林里，成为野人，带着我的两个女儿，成为与野兽为伴的山林孤客，没有亲人，没有田地，没有住处，无家可归。我先是住山洞，后来洪大顺和李登凤见我可怜，帮我搭了个窝棚，可也四壁透风。前不沾村，后不靠店，每天对着荒山、太阳，在石头缝和荆棘丛里开荒寻地，垒石填土，过的是比野牲口都还艰难的日子。我躲避了，心情轻松了，身体完蛋了，两个娃子嗷嗷待哺，上学更是奢望，可村主任还说我是自讨的，是胡球乱搞，我这样一个形同叫花子的女人莫非是个坏女人？……"

端加荣想得心潮澎湃，想找一个好乡长倾诉一下，积郁太深，心里要发泄，要找人评评理，让世人明白是非曲直，好坏善恶。

可是，乡是个小乡，进入乡政府小院的门口两边，是几家农户的猪圈牛棚，散发着稀奇古怪的臭味儿，每来乡里，心情就坏了，乱了。乡政府院子里断砖遍地，野草深深，雪没人扫，走了进去，没见一个门是开的，没一点声气，没一点光明，几只铜嘴八哥在雪地上寻草籽吃，发出苍老的叫声。雪地上有几串黄鼠狼和大山猫的脚印。

澎湃的心海骤然间止息了，冲口而出的火炭般的话语咽下了，跑了，无影无踪了。脚下冰冷，头昏眼花，找个人问问都不行，拍门，无望地拍门。走到前面的农家——一个代销店问问，代销店的老板是人称"瞟花"的斜眼老孙，他家里其乐融融，老伴儿正抱着被大红大绿毛毯包着的小孙子笑呵呵，儿媳刚生过娃子，脸红红的。看看别人的家，看看别人的幸福与温暖，端加荣的眼泪都快掉下来。可她忍了忍。这家人家知道她来的意思，说这么大的雪公路不通，封了山，汽车开不进来，都到县城去了——又是一个从县里调来的乡长！端加荣几近绝望，就去选镢。她还要一把镢头。就选个镢扳，镢柄儿要洪大顺配配。

老孙他们知道她目前的处境，还是同情的，看她选镢板的那双手，那双比男人还糙还破、血痂累累冻疮片片的手，就说，田总是村里的事，总不能没田还让人活吧！端加荣笑笑说："你活是你自己的事。"她眼是肿的，红的，嘴上都有裂口，血水往外渗，舔舔是咸的。可这一切她并没在意。她精心选好了一把镢，又买了两盒蛤蜊油，还把那柜台上的棒棒糖抽了两个下来，给两个小女带回去。她背上揸背篓，迎着风就开门走了。

"这不算什么。"她鼓励自己。

"这根本算不得什么。"她对自己说。她想着那个蓄得白白胖胖的媳妇，那个抱孙子的大娘，那一家人，泪水流了出来。"这没有什么，"她揩着泪说，"我也会有幸福的，以后，我也会挣来我的幸福……"

天色晦暗，前面碰到一个在雪路上赶羊的人，跟她打着招呼说了几句含含糊糊的话，那话被风抢去了，那话在那人匆匆地走过后让端加荣回忆了半天，说的好像是狼。狼？！

狼与这风雪，这天色，这羊和挥鞭赶羊的人……

端加荣是走到她的八里荒地头遇见一只狼的。本来她可以迅速地回到她的窝棚，可她看看自己戴的电子表，时间还早，虽然天色看起来快近晚了。她在路上想着："如果我不去这么求他们，如果我自己能刨出二十五块半不求他们，刨出五亩——我现在已刨出了十一块了，我还有劲儿，心中的热望还没冷却，希望还没死去，我就省得这么一遍一遍找各级领导了。因为我拥有了五亩地，又离前夫王昌茂远了，就算洪大顺不答应，他家不认我，我也不靠男人，我能生存了。要男人干什么呢，我所见到的男人，想依靠也依不了啊，他们哪叫男人啊，就像是些没有目标的野牲口，像些没头苍蝇，你无论怎么努力也难换来一个男人对你的温热，不是让你遍体鳞伤，就是让你声名狼藉，遇事了就用酒来麻木自己，或打老婆娃儿出气。我如果努点力，拼点命，我会比他们活得更好！……"这么想时，她就站在了自己这一个秋冬搬石挖土砍树根垒起来的一片田地面前。可是，她看到了田头蹲着一个黑乎乎的家伙，那家伙眼又闭着，使你看不清它是个什么活物，仔细想想该不是自己砍的来不及火烧的刺蓬吧？可记忆不会这么糟糕，我的田块里从来收拾得干干净净。就算不干净，蒙了雪，也不会黑乎乎一片。就想到鬼。这八里荒是有鬼魂的，还有山精木魅、山混子、野人"家家"（外婆）；有那五个武汉知青的冤魂哩……这样的念头都是一闪而过的，端加荣的判断最后只在野牲口进而在熊瞎子和狼之间，最后的意识定格在"狼"上面。

"哪个？！"自己的寒毛已经竖起了，话一吼出口，身子就提紧了，就拿出那个买的镢头。

没有回音。那东西还是那么蹲着，蹲在雪地里，透着诡诈的森凉。

"我砸啦！"她这一声喊去，手上的镢板也就狠狠地掷去了，可惜没有打着，打在雪地上，溅起雪粉，那东西倏地就跑。端加荣从喉咙深处发出了比野兽更恶躁的嗷叫："嗷呀——"她同时跑过去捡镢板，从那雪地上摸到了镢板，又朝前面奔跑的东西砸去，又捡石头，一块一块地向林子里砸去。

后来，她害怕了，腿软了，连镢板也不要了，拔腿就向自己的窝棚猛跑，边跑边喊："大顺！大顺来呀，打狼呀！……"

端加荣发着高烧，洪大顺给她烧了一碗姜汤端给她喝，还给她的颈上和背上刮了痧。这个女人的颈上、背上全是骨头，皮肤黄黄的，松松的。他去摸她的脉，脉跳得凶快，就像是跑了几天几夜没停下来似的。还说着胡话，喊"娘"，喊"爷老子"，喊"王天"和村主任刘绍五的名字。这个女人张大着嘴巴，像一条旱坡上的鱼喘气，气急，带着死亡的呢喃，基本上疯了，认不出人，眼前金花四溅，被鬼魂缠身。两个女儿睁着小羊般的眼睛望着乱喊乱叫的她，不停地颤抖。

这个屋里鬼气袭人，叫天天不应，叫地地不灵。深夜的风在林子里放大了声音，像一群发病的病妇，像端加荣们，在外头与她呼应。洪大顺端着那个散发着辛辣气味的碗，看着这屋子里病的病，小的小，他掰着脚不知如何是好。有时候同情心大增，有时候又恨不得抽腿拍屁股跑了。

后来，床上的病人渐渐平息下来了，世界安静了。洪大顺翻出来两根棒棒糖，给两个小女说："你们的妈给你们买的。"

他看她们吃糖，小心翼翼地吃糖，四只巨大的眼睛像四颗寒星，可怜地瞅着他。洪大顺直打瞌睡，对她们说："你们睡吧。"

第二天，端加荣醒了，可头依然沉，像有千斤磨盘压在头上，昨夜的经历像梦一样。可她的烧退了。洪大顺就说他有事要回去一下，到时再给她弄些生姜来。洪大顺说："那我走了，你们小心一点。"端加荣知道留不住他，可没一个男人，她毕竟心虚。他发现，在这样的地方，身边不能没有男人。她想错了，没有男人她会十分可怕的。

"走吧，走吧。"端加荣不耐烦地说。

洪大顺心里想飞跑，可脚步又期期艾艾，欲行又止。这样的男人真是难受。她又说了一遍："走吧，走吧。"

洪大顺满脸歉意，加上没睡，年轻的脸上蜡黄蜡黄，眼睛充血，就像用红色染过一样。

"你今天就不出去了，特别是晚上，要把门关好。"

"晚上你不来啊？"她问。她傻乎乎地问。

"晚上……"洪大顺总是不想来的，洪大顺说，"晚上再看吧……我去田头转转。"他拿起了一根当柴烧的树棒子："肉还有，我到时拿些白菜来……"

狼就是他的肉引来的，是洪大顺引来的。可他不会这么说。他也是好心。端加荣和两个女儿吃着在吊锅上煮的野羊肉和一些杂拌菜，想着下一步怎么办的事。她当然还得去搬石头开荒，她不能因为狼就把她的宏大的计划给中断了。她不会这么容易半途而废，落荒而逃。她咬着牙，每当这时她就要紧咬牙关挺过去，不能打退堂鼓。

"回去吧，妈。我们回去好吗？"二丫突然对她这么说。

"不。"

她的二女儿已经背上背篓了，双手揽在背绳上，手上的冻疮看着都心疼。

"不。"她又说，这是对自己说。她背上背篓。

那个她恨的男人，那个她的前夫，如果把他叫来，对付一阵子，也就好了。把两个女儿送回去，她一个人在这儿？这当然也好，可是，她就打败了，就等于是向前夫屈服了。为了争这口气，她要把两个无辜的女儿绑在这儿，绑在一起，成为悲壮的胜利者。

有一会儿她真的是想下去叫前夫王昌茂的，可当女儿这么一说，她却打消了这个念头。

这个晚上，发生了一点事。

这天因为风雪又起，刚出门的端加荣又回来了。到了下午，洪大顺顶着风雪给她送来了白菜。她的心一热，她的心很热。洪大顺脚一颠一跛的，在这么大的雪中，走这么远的路又跑来，给她送白菜和生姜，着实让她感动了一阵子，就赶快做饭给他吃。还有酒，是洪大顺自己带来的。正开锅喝酒时，她的前夫从天而降，推开棚门，是一个被白雪覆盖了全身的雪人，是来看他们的，提着一只毛锦鸡，是只死的。

"你？！"

"你！"

两个男人就这样怀着微笑的仇恨打过了招呼，两个人一个站着，一个在木桩凳子上拿着筷子，抹着嘴，却动弹不得。

两个女儿就去喊她们的爹。这一喊把紧张的气氛就冲淡了。端加荣就说："你吃饭了没啦？"

他就坐下来，王昌茂就坐下来，就望着洪大顺的筷子和酒、咕噜咕噜的锅里。

"那就吃啦。"

端加荣拿来杯子，给前夫倒酒。

两个生死冤家的男人这就坐下来一起吃酒，一起喝。这种一起吃酒的时候过去有过，过去王昌茂要贷款时经常这么吃过，喊洪大顺掰子这么吃过，还碰杯，杯子碰得咣啷响。今天没碰杯，也没有发生战事。过去发生战事也多了，两个人打得死去活来，鼻青脸肿，动锹动扁担，打得两个人都瘫了，加上端加荣，都瘫了，瘫在床上像快死的病人。今天各自喝了几口，搛各自的肉吃，王昌茂就要把沉闷的、快爆炸的气氛冲破。王昌茂张着牙齿说：

"毛锦鸡吃了，饭我给你剐，我给刘村长也提了两只去了的，我要他一定不给你调地！"

他大声地说，大大咧咧地岔着腿，在洪大顺洪掰子的面前。

端加荣知道他从大雪里进来，火烤了，酒喝了，暖过来就要闹事了，他肯定心想不见自己的仇人，可恰恰在这里见到了仇人，见到了最不想碰见的人。也恰恰，端加荣心里大呼悲兮——咋就在这里让他们两个碰上了的！

"你为什么还要管我？不让我调地？"端加荣问。

"我就是不让你调地，不让你到二组去。我说你搬出来就是为了他，果真你就是为了跟他在一起。"

"他就给我拿了两蔸白菜来，就走的。"

"这肉呢？这野羊子肉难道是你偷来的？"

"你姑娘在吃咧，不是我一个人在吃咧！"端加荣提高了嗓音。她要镇住王昌茂，她生气，他一次次阻止她，阻止她的幸福，像一个恶魔缠住她。为什么还给村主任去说这个？村主任的口气会慢慢松的，可他这么一闹，调地不就要彻底泡汤了吗？

洪大顺不说话，洪大顺不说话是对的，吃着，还烤着腿上湿湿的裤子。他不说话，却不能走，走了王昌茂就占了上风，说不定会闹起事来。他不走，就可以镇住王昌茂，至少与他形成对峙。洪大顺那么吃着，搁着酒杯，很少喝。王昌茂喝去了几杯。

"你不让村主任调地，是不是想逼死我们娘母子三个？逼死了，有你哪一点好？啊？"

"老子就是不准你跟别人。我今天把话说在这里，哪个想跟你，我就跟哪个拼命！"王昌茂说。

"嘿嘿！"洪大顺笑了，主动跟王昌茂碰杯，"来，把这个干了。"

洪大顺今天拿捏得很准，没让王昌茂发炸，这样就把场面控制住了。洪大顺说狼，他转开了话题，说端加荣昨天让狼吓了，对王昌茂说她让狼吓病了。

"狼？"王昌茂当即脸就变乌了，说，"我还不是今天要到这里睡的！"那是撵洪大顺快些走。他看他不得，看了就不舒服。

洪大顺把酒倒进了嘴巴，还只吃了个半饱就说走了。

可天黑了，本来洪大顺是可以在这里住下不走的，这么晚的天，冰天雪地，又出现了狼，他一个掰子走夜路那一定是危险的。洪大顺本来就不打算走，也可以照顾照顾端加荣母子，可王昌茂一来，就没他的位置了。

洪大顺要走，端加荣就赶紧说："王昌茂你跟他一起去，去登凤家讨个歇。"她这么说，是想让王昌茂给洪大顺做个伴儿。可王昌茂一听跳了起来，说："啥？赶我走啊？我是娃子们的爹，狼来了，我不护住她们谁来护？你野老公来护？"

"不要你，这里不要你！这里我哪个都不要！"端加荣说。她打开门，要发誓把王昌茂让出门去，让他跟洪大顺一起走。

风呼呼着灌进门来，人禁不住籁籁发抖，那是旷野深寒的雪风，带着阴森森的气息。

"走啊，你们都走啊！"端加荣喊。

王昌茂就只好走了，两个男人都走了。端加荣给了他们一个竹子扎的火把。两个男人举着火把，踏进雪原，火把将那条隐约的雪路照得通红。雪野里，那个火把燃烧着，两个男人深一脚，浅一脚地渐渐消失了，消失在火光的尽头。连同火光，一起被黑暗吞噬了。

端加荣又感到自己突然寒战起来，牙齿咯咯地打架，连锅碗都没收就赶快钻进被子里。闭上眼，眼前又出现了各种各样的幻觉：鬼、神、兽、妖……

没多大一会儿，就听见棚外出现了呵斥声，端加荣从迷糊中清醒过来，仔细一听，确是外头发出的声音。有什么人在外头争吵。她披上衣服跳下床，到门缝里朝外看，感觉到是两个人，听那声音是前夫和洪大顺，打开门，用电筒往那边一照，在雪地里，果然是王昌茂和洪大顺在厮打，打得雪粉纷飞，打得衣衫褴褛。端加荣看到这个情景，就冲了出去，对两个男人大喊：

"别打了，你们别打了！"

两个男人还是恶狠狠地踢打着，在雪地上翻滚，爬起来又打。电筒照处，两个人脸上都淌着血，头发凌乱，敞着怀，张牙舞爪，打得难解难分。

端加荣上去死死地拉着他们，想把他们拉开。后来终于把他们分开了，让他们站在两边，两个人喘着气。端加荣又说："你们为啥要打啊，有什么话不能好好说啊！……快进去呀，在外头要冻死的！……"

两个男人发恶地吐着血水，捋着袖子，跟着端加荣进到了窝棚里。这两个男人，端加荣看到洪大顺一只脚已没有了鞋子，穿着尼龙袜子站在地上，太阳穴那儿有一道深槽，正从鲜肉那里沁出血来；王昌茂的棉袄已经破了，拉出一挂棉絮来，脖子上她过去给织的毛线衣也拉开了一道口子，露出肮脏的球衣领。

"为什么要打！酒喝多了，发酒疯，是吧？！"端加荣泪水四溅，大声嚷嚷。

两个男人现在心平气和了，互相指责。王昌茂说洪大顺他在后头砸树，吓掉他的魂哩，干脆就拿石头砸他，他以为是狼。洪大顺说他走不快，在后头走，看到树上有只灵猫，以为是豹子老狼哩，就拿石头去砸，砸下来的树叶掉到王昌茂头上了。王昌茂就恼了，跑过来就与洪大顺打起来。

"你们都滚！都给我滚啊！"端加荣听后发起了脾气，赶他们走。

"你们这些吃多了没事干的，给我滚远点！我不要你们，都不要，一个也不要！看见你们就烦！"

端加荣不管他们衣衫鞋袜，不管已近深夜，就把他们往外推了。两个女儿在床上哭着喊：

"不要让爸爸走，爸爸太远了！"

王昌茂可能喝高了，醉了，这时蹲下去，在雪地上大声地呕吐起来。吐够了，气息奄奄地站起来对端加荣说：

"好，我走，我走。让你跟掰子享福，在这里享大福！"

王昌茂摇摇晃晃地走了。洪大顺呢？洪大顺用一把干茅草包住了脚——

那只掰脚，也没给端加荣打一声招呼，抹抹额头上的血，也走了。留下端加荣在那儿哭喊着："走吧！都走了，就留下我一个，都走光了才好！让我一个人在这里，我一个人待在这里！……"

可这时候，王昌茂又摇摇晃晃走回来了，对端加荣说："你提醒我了，我想把二丫、小丫带走一个，这么晚了，总要有个人做伴。"

端加荣不干，说这么晚了，让一个孩子跟你行夜路不行的，"我不会让她们跟你走的"。王昌茂一定要带走一个孩子，说："是你说的嘛，就留你一个，说她们跟你在这里受的是哪门子罪啊。不饿死，也得冻死。"王昌茂就要上床去扯小丫。说："小丫，跟爸爸回去，回二十五块半去。"端加荣说："二丫、小丫判给我了，与你不相干。"王昌茂说："你养不活的，我给你减轻负担，还不行吗？你看看她们手上脚上的冻疮吧！"端加荣说："到你那儿冻得还狠些。"王昌茂哄着小丫，小丫竟心动了。王昌茂再一次被挤出大门后，小丫竟哭着下了床，大喊着"爸爸，爸爸"，光着脚丫子追了出去。端加荣气不过，追上去，给了小丫一巴掌，把她提起来就拽回了棚子，把门砰地关上了，任王昌茂怎么敲也不开。

第二天，天放晴了。

端加荣睁开吃力的眼皮看看门外，天已晴了。蓝色的天与白色的雪就像一个脸盆的底和沿，干干净净，一尘不染。昨晚两个男人的打斗没留下什么痕迹，有一些脚印，也加入了一些兽迹。两个男人是死是活，这又关她什么事呢？没有他们，心里还一阵别具一格的轻松，就像跟这干净的天空和雪原一样。经历了这些，她更加坚定了要尽快开出那剩余的十四块半来，要在八里荒，凭她一双手，不，还加上不到八岁的二丫的一双手，母女的四只手，重开出一个二十五块半，在八里荒，造出一个村庄，只有她一家的村庄，在这里建造她的幸福的生活。不要男人，她也应该有幸福安宁的生活。

二丫被她强行拉起来了，强行拉入空气依然凛冽的荒野中。假定两个男人都死了，冻死了，讨虎狼狗熊吃了，那不更好吗？端加荣就是抱有这种让人畅快的恶毒的想法，背上背篓和镢头，走上大石坡。

那些大大小小的石头像披着孝衣窥视在雪原中的怪兽，像一群吊丧的精怪。而那天晚上那只狼蹲的地方，只有阳光在那儿红红地印染着，后来的风雪已经把那儿抹平了，仿佛没有任何野物光临过。风摇动衰草，石头拖出阴影，更远的山坡下，森林晶莹剔透，树挂雍容华贵……

端加荣一镢头刨下去，就刨出了一个吼子（竹鼠），在洞里伸出两颗大啮齿朝她大吼，蓝闪闪的毛皮煞是好看。

"我得惊扰你们，快搬家吧！"端加荣刨地，扒开积雪刨地。她不想打死那只吼子。

二丫搬石头的手套有几只指头伸了出来，端加荣见状，就把自己的手套拉下来，戴到她的手上。自己就光着手，刨石头挖土。

上午真的挖得很快，流了一场大汗，身子竟然好多了。挖出了一大堆草根树根葛藤，又点火烧着了，端加荣和二丫在火边烤火。将这些东西烧了，又会成为肥料，一举两得。当火噼噼啪啪在棕红色的新土中燃烧起来，周围的雪野都似乎映红了，雪地上出现了蹦跳的小松鼠，火焰腾到高空，仿佛春天就要来了，泉水就要解冻，冰雪就要融化了。如果我一开春种上三亩地的苞谷、两亩地的洋芋，在石缝田边种些南瓜、蛾眉豆、刀豆、芝麻，那一定是一幅兴旺的景象。到了秋天，再搭一个守秋的棚子，人住在高高的棚子上，望着自己成熟的田地，晚上睡在厚厚的茅草里，看着八里荒格外明亮的星星、通红通红的森林、雪白雪白的瀑布、满山的野葱野蒜；有猪，有狗，有鸡，给女儿们讲着古老的故事，唱个山歌子。如果身边还有一个能疼自己爱自己的男人……没有男人那也是十分惬意十分美好自在无拘无束的生活啊！……端加荣在火焰燃烧的幻景中看到了自己的未来，不禁泪水涌出。

可是这一天她总有一点惴惴不安，心里好像有什么隔着一样，好像有谁催她回窝棚去，窝棚有什么唤她回去，当她匆匆拉着二丫回窝棚弄中饭吃时，还没到窝棚，就看到窝棚顶上升起了一股青烟。她飞快地跑向窝棚，打开门，棚子里烟雾弥漫，床上已经着火了！是床上，她冲进烟雾，同时喊小丫，听见了小丫在壁角那儿哭泣。她向水缸冲去，菩萨保佑，还有半缸水，她用脸盆舀水向床泼去。终于将火泼熄了，可被子和垫絮都烧掉了半边，棚子里一片狼藉。问小丫究竟是怎么回事，小丫呜呜呃呃哭诉说她冷，就吹火想烤烤火，把火星子吹到床上去了，燎到了床沿的茅草，火就烧起来了。

91

端加荣只有庆幸，得亏回来得及时，否则后果不堪设想，窝棚没了，连小丫也会烧成灰的。

看着这个屋子的一片惨状，欲哭无泪，娃娃还小，打也无用，大难不死，就是万福了。只好收拾屋子，烤那未烧光的被子，好在客床上还有一条被子，晚上还能有个栖身的地方，有个东西挡挡寒。

下午，当她再一次出去的时候，小丫就不干了，不要一个人被锁在家里，跳着脚哭着，紧紧抱住端加荣的大腿，要跟她一起去。端加荣怎么也脱不开身，怎么哄也不行。她心软了，只好给小丫的头上围了一条枕巾，把她带到山坡上去了。

野外的风就像锐利的镰刀，砍得人身上生疼，热气全无。小丫又不能站在身边，碍手碍脚，看她冻得清鼻涕直流，就找了块避风的大石头，又给她抱了些上午砍的枯草葛藤，点燃了，让她烤火，并吩咐她不要乱跑，就在这里好好坐着。之后，端加荣就和二丫一起干活儿去了。

下午的进度非常快。端加荣搬运着土石，甚至忘了大石头后面的小丫。有一会儿，当她想歇口气时，陡然想起了小丫来——那边没有冒烟，火定已熄了，可小丫没吵没嚷的，没了声息，怕不是睡着了？这地儿是不能睡的，气温太低，就踅到大石头后面去。上了个坡坎，一抬头，在离石头不远的粗榧间，看到了一个野物，狼！是狼！那狼一身灰白色的短毛，且很零乱，两颗眼珠子像要射出的子弹瞪着她，蹲着，就跟前天晚上看到的姿势一样！而且狼的嘴边和嘴里到处是血。那血鲜红鲜红的，就像狼的嘴被人撕开了一样，就像衔着一支红梅花！

"狼！狼呀！"

端加荣看四处竟没有可抓的东西，抓起一把雪朝狼掷去，雪在空中就散了，狼惊了，猛地向后退去，退进粗榧深处。

端加荣"狼呀狼呀"地喊着就朝小丫坐着的石头后头跑去，火熄了，柴散了，哪还有小丫的影子，就一条枕巾散落在地上，血却是格外鲜明的。端加荣嘶喊一声："小丫！小丫呀！"就顺着血迹去赶，在另一块石头边，小丫还在，倒在那里，半边脸已经被啃得没有了。

"小丫呀！我的小丫呀！这叫我怎么搞啊！"端加荣和闻声跑过来的

二丫抚着小丫的身子哭喊着，号啕着。她抬起头要寻找咬死她小女儿的仇人——那只狼。一下子就在不远的石头边，看到了那只灰白色的狼。它还没走，它还在原地，等着人走后它继续来吃这个小孩的尸体。

"狼！打死你！"

端加荣冲到田里，拿起了她的牛舌镢，对不知如何是好的二丫说：

"快去叫登凤阿姨来啊，死鬼呀！"

端加荣不顾一切地朝狼扑去，狼紧闭着血糊糊的嘴，向远处逃走。端加荣拔腿就追，她要与这只狼拼个你死我活。要把它打死，为小女儿报仇！

一口气追了两个山坡，一个深沟。她发现她紧紧地跟着它，没有让它跑掉。在雪地里行走，雪太厚，一步一步都很吃力，她吃力，那么轻快的狼也好像很吃力，走得太慢。风把眼泪溻干了，眼睛越来越明亮，她终于看到了那只狼毛色很差，许多地方都脱掉了毛，而且极其瘦弱，就像副骨架，瘪着肚子，走路打瘸。这是只饿极的狼，而且，她断定是只老狼。走了一会儿，她还突然感到，这是只孤狼，没有同伴。

狼叫起来。当它爬上一个山坡时，向着山里发出悠长、急切的嗥叫：

"呜——"

可是，狼的叫唤换来的不是狼的回应，倒是传来了人的应声。是不是有人来了？可是那声音很远，很远很远，但却给了端加荣一种支持，一种希望。

狼继续走着，偶尔回过头来，睁着红红的眼睛（因为吃了人肉，它的眼睛是红的），带着警惕，甚至乞求、无奈、绝望的眼神看着她，希望她饶了它。

"我不会饶了你的，你在打什么鬼主意呢？"

狼隐隐地，不声不响地走着，时不时转头看她。这情景又持续了至少三里地，进入了林子，进入了一片野生的蜡梅林中，里面榛莽丛生，到处是常绿灌丛，也没能甩掉她。可也让端加荣的脸上、手上划得伤痕累累。

"狼啊，我与你无冤无仇，你凭什么要咬死我的女儿？我是个苦命的女人，一心想在这里躲开前夫的虐待、村人的指戳，开一点荒，过一点清静日子，没沾惹你，你凭什么下这种毒手，掐断我的希望，把我往死路上逼啊？狼，都说人毒，人再怎么毒也不敢杀死我的孩子。我死了孩子，我活着还有什么意思，拿什么给我的亲人交差？拿什么去堵村人的嘴巴？……"

走到一片高坡处，她知道这是雨行崖，过去这里总能听见从高顶上飞下的泉声，但现在飞泉全冻成一片冰瀑，晚霞亮了，照到这里，像是花开冰崖。她看到那狼确确实实是一只又老又饿的狼！这更加坚定了能杀死它的决心。我要割断它的颈子，喝它的血，吃它的肉！我要报仇，我要把它撕成八十八块才解恨！

那狼四腿岔开，站立不稳的样子在那儿喘气，嘴巴发出含混的、呜呜的吼叫。好像是烦了，好像是绝望和痛苦。它好不容易跳上一块石头，想拉长脖子大声嗥叫，端加荣大喊一声"杀死你"，就将镢头朝它砸去，那狼吓得蹿下岩石，又朝前头跑去。

这时候，看见了如血的晚霞，照在白雪皑皑的群山之上，端加荣突然感到一阵虚脱，冷汗直冒。这两天本来人就昏沉，发着低烧，一点劲儿都没有。女儿被狼咬死了，人就垮掉了半边，又这么一步不停地在雪原上追撵了十几里地，已达生理极限。气喘吁吁，胸腔里的心脏好像要爆炸了，血已经涌到眼睛边上，要从眼眶里往外喷出。而且下腹疼痛难忍。天快黑了，要二丫去喊登凤的，不知喊了没有，会不会还有狼在那儿，把二丫也吃了？……她不敢往下想，害怕，快疯掉……如果就这一只狼，如果她喊上了登凤……可登凤一个人也不会来，会喊上她丈夫，或者喊上洪大顺。可洪大顺是个瘸子，走不快……登凤一定会去喊王昌茂的。"我叫二丫喊登凤，其实是想让她们叫上王昌茂来。是他的女儿，是他的女儿被狼吃了，昨天他还要小丫跟他回去的，小丫也赶她爸的路要回二十五块半的，咋就不让她跟去算了呢，跟去就没这个事，命就不会丢了！命丢了，王昌茂会放过我吗？他会不会打死我？……"

天黑了。天暗下来了。天青似镜，一轮明月从镜子的中央垂挂下来，像一个圆溜溜的气球。"……有一次上街，小丫要买一个气球，我硬是没给买的，要三角钱，我哪会花这么多钱给买个吃不能吃喝不能喝的空心玩意儿……现在小丫死了。小丫呀小丫，我可害了你了，你妈为争一口气硬拗着到这八里荒把你给弄丢了，弄没了，你妈我该死呀！可也是他们逼的，他们把你妈逼得没了路，我想走出条路却又把你走没了，哇嗬嗬！……"

过了鹰窝嘴。她知道过了鹰窝嘴，这狼把她引向何方呢？这狼要到哪里去呢？这狼已经快死了，却又不死，是想把她引进狼群？这狼是不是要逃到秦岭去？

狼的眼睛盯着她时，绿荧荧的，时不时嗥叫一声。它快死了，她也快死了。这两条生命在比着脚力，比着生命的长度，比着韧性。她拄着镢头，连镢头都背不动了，可没有镢头不行，要打死狼；镢头还要开荒的。"我是要开荒的，是不会退却的！"

雪地的反光刺得她眼睛生疼，她感觉到前头的狼越来越慢，就从心底聚积力气，想在这儿下手，将狼打死，或者与它搏斗一场！她这么想，当狼几近停下来时，她终于从喉咙深处爆发出憋了一生一世的力量，大喊道："杀死你！"就挥起镢头向狼夯去。

那狼突然将身子调转了方向，将屁股对着她，四肢奋起，刨出一股雪粉来。

这山上哪来的雪粉，全是雪子儿，黄豆大一颗颗的雪子，像霰弹一样向端加荣飞来，端加荣完全没有防备，被打得疼痛难忍，还迷住了眼睛。强行睁开眼一看，雪子落下处，没了狼的影子。

她揩了揩被雪子砸出眼泪的眼睛，靠着一棵大树四下看着，终于在前头又看到了那一双狼的眼睛。"我不会放你走掉的，就是要追到天涯海角，我也要杀死你，替我的女儿报仇！"

在月光下，静默的山冈，鬼蜮似的森林，深深浅浅的雪原……

已经是半夜了，端加荣困得不行，头沉如石。

一个大草垛！不知到了哪一个村子的边缘，狼绕过一个大草垛。她小心跟着，却迎面撞到一棵树，那树齐眉的地方刚好被人剁了几根树丫子，就像一束利剑朝她刺来。要是她躲闪不及，一双眼睛就要捅穿了！好险哪！她暗中惊叹。走着走着，又是一棵树，又是一排树枝桩子，刚好砍到眼睛那儿！又躲过了，脸却不小心拉开一道口子。定神一看，就是那棵树，狼牵着我在草垛边转圈哩！毒呀，这老狼！她就知道了，就停住了，手举起镢头，躲在草垛边，只等狼再转过来。

可狼没有转过来，狼不见了。

杀死那只老狼是在第二天。端加荣迷迷糊糊地跟着那只狼，不知不觉已走到东方发白。狼快走到生命的尽头，不停地哼叫，却又时常爆发一两声凄厉悠长的怪嗥，歪歪欲倒。端加荣也歪歪欲倒。她快倒下了，可她告诫自己，不能先狼而倒下。眼看着东边的山上露出了一线红光，端加荣在嘴里塞满了雪，又用雪擦了一把脸，可是她突然感到胸中一阵憋闷，一阵浓郁的植物气息扑面而来。一看看四周，这不是迷魂塘啊？

后面有喊她的声音，这也是在此刻突然出现的。那声音她没听出是谁，逶迤在远处，可精神为之一振，但是，植物和浓郁的草药的气息浓得化不开，将她熏得头闷闷的。这就是迷魂塘，有许多奇怪的草药和植物，许多采药人都是在这里失踪的——它迷人的魂！在雪没能完全覆盖的沟坎间，那冬天依然郁郁葱葱或半枯萎的硕大无比的虾脊兰、开口箭、八角莲、忍冬、苦参、鬼桑子、醉醒花草，密不透风。端加荣心想，这狼可有心计，把她引向这个鬼地方，这不是要她的命吗？——就是借刀杀人！

端加荣双手握着镢头，想扒开那些植物，却见植物上红烟袅袅，上面浮出一个红衣女子。那女子驾着烟雾竟跳上她的镢头！

端加荣记起村里的采药人讲过，那都是死里逃生的采药人，说是在迷魂塘会遇见红衣女子，敢情就是这个，这是人被这里的气味熏昏了，产生的幻觉！端加荣要让自己清醒，她记得采药人说过千万别理这女子，是迷魂塘的秽物下的幛子，你若与她拼命，几天几夜会打得没完没了，最后丢了命。

她分明听见也看见那女子在撩惹她，在唤她，糟践她。端加荣把镢头猛挥，想用镢头夯死她，可夯了几下，烟雾散去，那女子依然在镢头上。

"我是在追狼哩！"端加荣忽然记起了自己的使命，"我是来与狼拼命的，狼吃了我的女儿，我是杀狼的，你这妖魔女子，走开些！"

端加荣强令自己清醒，跟着那狼。可狼和那女子在眼际迭现，有时狼就是女子，女子就是狼。沟越走越深，雪也越来越深，而且头更昏沉，幻觉频现，林子里竟然有野兽的骷髅在飞来飞去……这都是幛子，狼下的幛子，狼借了沟里的瘴气下的幛子。这沟里密不透风，这样寒冷的季节也没一丝风。她咬嘴唇让自己清醒，再看那狼，狼正在吃一种草藤，吃沟坎下吊挂的一种草藤。端加荣也跑向前，去抓狼吃的草，拼命往嘴里塞，一顿猛嚼，一股辛辣味儿立马蹿入大脑，石头一样的头顿时清醒了。漂飞的骷髅不见了，红衣女子不见。再看那草藤，原来是钩藤子。

不仅清醒，而且力量猛增，她知道机会来了，狼没吃多少这钩藤，正倚着一块石头喘气，身上肋骨毕现，快站立不稳了。她用尽全身力气大吼道："打死你——"那一镢过去，却松松地落在了狼的尾脊上，镢头震掉在地上。她自己也快倒下了，可她不能放过狼。那狼从镢头下爬起来，正待再跑时，端加荣猛地扑上去，用最后的力量，死死勒住了狼的脖子。狼歪过来的嘴巴咬住了她的棉袄，牙齿进入了端加荣的皮肉深处。一阵剧痛，可她绝不会放手，她更加用力勒狼的脖子，死死掐住，掐住，狼终于松开了口，身体的挣扎踢蹬也在慢慢减弱。端加荣用一只膝盖抵住狼的肚子，张开嘴，嗷地大叫一声，就咬住了狼的颈子，她咬住，往深处咬，死咬，终于咬断了狼的喉咙，一股骚腥的液体冲入口中。她听到了越来越近的喊她的声音，她用眼角看到了后头一个一步一掰的人，是洪大顺。洪大顺拿着一把猎叉。

她依然死死咬着狼的喉管。

他们把那只狼和小丫埋在了一起。在端加荣开垦的田边，用石头垒了一个小小的坟，让狼垫在小丫小小的棺木下面，作为陪葬。端加荣在那天呼天抢地地哭着，没谁能拉住她。端加荣拍打着雪、冰碴、泥土和石子掺和的坟堆，哭说着："小丫呀，你可就守着咱们的地儿了，你就在八里荒扎下根儿了！你这小不点儿的妮子可啥也没看，啥也没吃，啥也没喝，跟着我托了回人生几年就去了，我该死呀！你奔着我来投我的胎，就是让我带你在这儿让狼咬一口的儿呀！……"

村主任说："你甭哭了，哭也没球用了，人死不能转来，就只当少生了一个，这个也是个超生，该罚的款你们还挂着哩，这就了啦，你们也少了笔账了。乡里会来人的，你先搬到二组去住。"

"不，我是不会搬的，除非给我调田，把田调了我就搬！"

"你这人，再被狼吃，我可不管你啦！"村主任愤愤地说。

大家都骂村主任是一个乌鸦嘴。正在劝端加荣搬家的时候，两天不露面的端加荣前夫王昌茂来了，而且还有他的姐夫、妹夫、妹妹，加上儿子王天，一大帮子人。他们不是来跟死者告别的，是来抢人和找洪大顺打架的。他们把小丫的死迁怒于洪大顺头上，认为端加荣是鬼迷心窍被洪大顺哄骗了，到这儿来的。不过，这一次他们是连端加荣一起打的。

这伙人一来就揪住了洪大顺，把这个走路不利索的人打了个半死，当着村主任的面。又有几个围住端加荣，对她也是一阵拳打脚踢。村主任去劝架，被打折了两个指头。村主任只好不管了，并且甩下一句恶话说："都是一伙儿胡球乱搞不守本分的家伙，让你们狗咬狗。"

洪大顺被几个人按在雪地上暴打的时候，王昌茂找他要人，要死去的人。说："你这个掰子真搞得老子家破人亡了，我今天不打死你我不姓王。"洪大顺被打得吐血，端加荣怕出人命，不顾一切上去护洪大顺，说这事与他无关，要杀要剐她担了。那些人又扑上来打她，不仅打她，并且要抢去二丫。

这已是她唯一的孩子了，身边的唯一的孩子。儿子王天已不属于她，今天又参与了对母亲的殴打，虽然被愤怒的李登凤拉开，但还是在一旁骂骂咧咧，完全向着他爸那一帮子人。"二丫不能给你。"当他们把二丫带出窝棚时，端加荣冲上去紧紧抱住她，忍受着那些人雨点般的拳头。

"不，你们休想把二丫带走！不！不！……"

二丫被两边的人拉得嗷嗷大叫，虽然王昌茂和那几个男将女将一起来夺，可端加荣抱着二丫就像用铁箍扎住了桶，任由他们打击，就是不松手。

"王昌茂，这是我的娃儿，是判给我的，是我的！你们不能让我什么都没有！"

王昌茂说："让狼也把她吃掉？你这个臭婆娘，跑到荒郊野地跟男人玩，把我的娃子玩没了！"

端加荣怎么也不放手，二丫就像长在她身上一样。她给二丫说："二丫，你不要离开妈呀！不要走！跟妈在一起！"

"你们不要妄想，除非把我打死！二丫就在这里！"她的头和背像被人击鼓一样擂打，咚咚直响，可休想把她那双手掰开。

"你们杀了我吧！杀了我，我就把二丫给你们！……"

没有谁敢杀她。夺不走二丫，他们就让她没有栖身之地，就一把火把窝棚烧了。

他们点燃了火，他们走了。他们抢走了她们的生活用品包括那个脸盆，一把火，就把窝棚给点着了。

这是要把她逼上绝路的，要她心回意转，没了路，回头乖乖地回二十五块半去。

可是，不！那个赖以栖身避寒躲兽的窝棚在大火中呻吟时、缩小时、爆响时，端加荣疯一样冲进了火海，任何人都扯不住她。她抢出了半背篓苞谷种、铁籽白。她一个一个把苞谷抢了出来，有烧着了的，有没烧着的，有烤熟了的，有没烤到的，有半生半熟。她后来一颗颗抠那还能做种的苞谷籽，她知道哪些埋进土里还可以发芽。她抢出了苞谷。在窝棚坍塌、化为灰烬的一刹那，她站在自己的土地上，抢出了那些做种的苞谷。她的头发和眉毛都给火烫焦了。

还有女儿，还有女儿二丫，这是唯一陪伴她的亲人了，还有小狗灰灰。有一个女儿，有一条狗，有种子。端加荣笑了，抱着二丫和苞谷种子，笑了，含泪笑了。她遍体鳞伤，笑了。她站在废墟旁，青烟袅袅。那个过去有些微欢笑的简易屋棚，有炊烟和门的屋子，透风的屋子，门口有农具和一条狗叫唤的屋子，面对着永恒寂静和山冈的屋子，没了。那个窝棚是她一镰刀一镰刀割来的芭茅搭盖的，还有洪大顺从家里背来的杉料，有他破篾扎的架子，有两个女儿一块石头一块石头捡来压好的边檐……现在都没了。不要紧，你们吓不倒我的，掐不死我的。

就是在这天，在两个人歪歪倒倒、瘸瘸拐拐去乡里报案的这一天，在结冰的路上，洪大顺忽然提出来要跟她结婚算了。她是要坚持去的，去乡里，她要找到正义，要向领导申诉。哪怕打成这个样子了，走不动了，爬也要爬到乡政府去。这个人别人都说她神经。她就走了，把二丫交给洪大顺就走了。洪大顺又将二丫交给李登凤，掰着腿去追赶她。

这是个北风呼啸的傍晚，滴水成冰。端加荣这个瘦丁丁的农妇要爬向十几里外的乡政府，去凭说道理，报案告状，她刚死了女儿，追了两天狼，房又被烧了，一无所有，噙着一辈子悲愤屈辱、无处诉说、流淌的泪水，要去那个挂有"××乡政府"小牌的小院找人主持正义，一般人是不可能也不会去做这种傻事的。洪大顺对李登凤说："她呀！"

他是去拉她转来的，没有用。即使要这样，也可以歇一宿再说，再去不迟。李登凤说端加荣是被逼成这样的，快被逼疯了，"你一定要拉她转来"。洪大顺就是这样去追端加荣。这样的女人十分可怕。她咬死了狼。她像石头，在风中越挫越硬。你就是把她打死，她也不会低头。可这几年她为什么会变得这样呢？刚开始，他与她认识时，她并不是这样的，是个逆来顺受，被丈夫指使，要她向东不敢向西，要她赶狗不敢撵鸡的驯善女人。可现在，她那几根剩下的骨头成了铁。前几天追她，她要与狼拼个你死我活，胆子比擂椒钵还大，就是不顾一切了。可她战胜了狼，一个人把什么都豁出去了，就什么都不怕……洪大顺追到大岩口时，依稀听到了夜的深处传来的救命的声音。他找呀找呀，在大岩口的深沟里，找到了摔下去的端加荣。

毫无疑问，如果不是洪大顺，那一夜，无论端加荣是铁打的还是铜铸的，都会冻死，冻成一根柴火棍子。

端加荣走得很快，那不是逃走。她明知道去乡里等待她的是什么，可没有办法，她当时的冲动就是往那儿走去，那是政府，她相信政府，这是最后能给她解决问题的地方。每次她都是这样。被那个小院拒绝一百次、一千次，吃一万次的闭门羹，她一万零一次也要往那儿跑。她自己笑自己：路都跑成槽了。别人也笑她：路都跑成槽了，腿都跑细了。就是这样，她要往那里跑去。整个胀坠的下身和闷痛的右腹部因为追狼而更加严重。因为结冰，走几步就会滑倒在地。那个电筒她花去了多少电池，她不记得了。从泥土里扒出的几个钱，都买了电池。没吃没喝，都买了一号电池。如今的电池寿命忒短，打着打着就变成了红火，就朦朦胧胧了。一步没踩稳，就摔进了深坑。她醒来的时候发现是在深坑里，四壁滑溜，她就喊呀喊呀，救命呀，救命呀……她后来又冻得昏死过去，坑并不高，就差人拉一手，结冰后的坑壁就像玻璃，想找块石头垫脚，可石头全冻在冰雪下了。可她也没有绝望。脚是摔坏了，脚踝像被人砍过一样。她不停地在坑底走来走去，大喊大叫，拼命喊叫。直到再一次昏迷……终于，她的救星来了，她预感到会有人来找她的，在她的身后，有个人一定会出现。在她追狼即将倒在迷魂塘的时候，那个人出现过。她用她的毅力，感动了这个人，这个人现在与她难解难分，不会坐视她一个人向危险的路途走去。这个小伙子，对她有了一丝依恋，他们快成为命运共同体。终于，她听见了唤她的名字，一个男人。在快与死神相会的时刻，那个人，看见了她，向她伸出了一双手。那个人终于把她拉了上去，并用自己瘦弱但还是热气腾腾的胸膛暖她，暖她的手、脚。那个人说："加荣，你是为何哩！你何必要这样哩！你吃这样的苦不划算哩！……"那个人捏着她的手、脚，想把她捏到阳世间来，那个人说："不就是要让我答应吗？我应了，我应了还不成吗，回去吧，回去吧……"这个人掰着腿，扶着一拐一拐的她往回走。端加荣胜利了，她得到了他，意外地收获到了他，在八里荒的荒山老林里。这也是一种耕耘。两个人伤痕累累，可她收获了最好的东西。那个人说："有个二丫就行了，我不要别的了，不生也行，你这身子也生得累了，活着就不易。"她紧紧地抓着他，生怕他跑了似的，抓着他并不宽厚的肩膀，可这个人实在，不打她，这就够了。后来她大哭起来，快到洪大顺的家了，很少流泪的她像小孩子一样号啕大哭："我不去，我不去你家，我要回八里荒！我要回我的窝棚！"看到家了，不知端加荣为何大哭起来，这让洪大顺很诧异。他提醒她说："不进去，咱们两个都要冻硬了。"三十五岁的端加荣却死活不走，像个小娃儿一样坚持要回到八里荒去。"那窝棚不是没了吗？小丫不是走了吗？八里荒什么都没了，你去那儿干什么？""我就是要回八里荒去！我要我的那十一块地！我要回那儿去，我要去看二丫、小丫和灰灰！……"她像个小娃儿撒刁。洪大顺拿她没有任何办法，问她："是不是怕我爹妈不认你，赶你出来？"端加荣不回答，紧紧抱住洪大顺，生怕他飞了似的，依然说："我要回八里荒我的窝棚去！……"

　　她是回去了。第二天。她要在她开垦的土地上重新开始她的生活。她什么人的话也不听，洪大顺的也不听。她喜欢上了八里荒，而不是草浪坪。虽然，草浪坪要接纳她。她要守着小丫，也让小丫伴着她，在早晨和晚上，让她的小丫能看到她的身影，能看到妈妈的身影。她在那烧毁的废墟上重新搭起了她的窝棚。依然是芭茅为顶，依然是当地人说的千脚落地的剪夹棚样式，但对付常常落下的大雪最有用，不会因雪厚而压坏屋顶。令人不可思议的是，村主任也送来了杉料，态度来了个一百八十度的大转弯，因为新来的乡长亲自指示要解决端加荣的问题。这一次，派出所也破天荒没罚洪大顺的款，而是只罚了王昌茂的款，且是一百元。王昌茂把一头小猪卖了，才交了这个钱。一个警察还让王昌茂写了保证书，并且说那一百元就算取保候审了，再犯就抓走，如果他再聚众斗殴、行衅滋事和对前妻打骂的话。端加荣的土地问题，乡里将派人来调查，与村里协商解决。

"我就住在这儿！"如果再没有前夫的骚扰，端加荣就会有安宁的生活；如果身边有个男人，那么狼和熊又怕什么呢？八里荒能开垦出二十五块半的五亩，甚至十亩，到处是庄稼，到处是鸡飞狗跳、炊烟袅袅，狼和熊就不敢来了，她也不怕了。她是这样安排自己在这儿的未来的："我买一条犊子，有牛，养几只羊，两头猪，弄一把猎叉。灰灰也会慢慢长大，它是条猎狗。再不成，还弄条赶山狗来。种下苞谷、洋芋、红苕、芝麻、刀豆，在窝棚四周种上葫芦和南瓜，让它们爬满棚顶。弄一张小桌，在夕阳西下时，将小桌摆到棚门口，我、大顺和二丫，一家三口好好地吃着自己种下的菜，喝一杯自己酿制的苞谷酒；过年杀一头年猪，一年四季都有肉吃了。当然，还可以下套子套一点与他们为害的野牲口、糟践庄稼的毛雀子。到了春天，这儿到处是野菇、野笋、野蒜，都可以采了晒干，以备日后吃喝下酒。我与大顺都有痨伤，经常喝点酒，可以除伤痛……"

端加荣美滋滋地想着，在继续开荒中等待着乡里派来调查情况的人。

在她等了半个月、开到十九块地的时候，一个硬丁丁的乡政府办事员终于来了。这个人头发快掉光了，脸色青黄不接，看上去年龄并不大，一副公事公办的样子。他又着腰在八里荒的山坡上张望了一会儿，摸摸树，又踩踩端加荣新垦的土地；接过洪大顺递去的烟，却又怪异地、从上至下地打量了洪大顺两眼，再打量了端加荣两眼，问："你就是那个咬死狼的女人？"然后居高临下道："哪个批准你们在这儿乱挖的？"端加荣感到来者不善，不是来调查她的土地，要与村里协商给她调田的吗？那个人问："你叫什么？你叫什么？多大年龄了？你家里有些什么人？你们是怎么认识的？你跟王昌茂离婚后，发生关系没有？你为什么要和洪大顺结婚？你的腿是怎么掰的？王昌茂找你贷了多少款，还过没有？你们一共打过几次架？交代你的简历（确实如此！）？你把与端加荣发生男女关系的情况再重讲一遍。到现在为止一共开了多少亩荒地？是哪个同意你们在这儿开的？村里给了你几亩地？……"那人将记录稿重读一遍后，让端加荣和洪大顺在最后写下"上述情况属实"，并在记录"错了""涂改""添加"的地方按上手印，然后签字。

"不对吗，这是为什么呢？我无家可归，生活无着，我自己开荒种一点吃的，也不可？你才管得宽哩，非但不同情人家，反而指指点点。可你有什么权力批评我在这鬼不生蛋的乱石缝里刨点土出来种庄稼呢？土是搬了许许多多的石头从深处挖出来的，到处是鬼魂的野山里，莫非你们想把我赶走？"

端加荣在忐忑中猜测着结果，她并不相信就这个阴阳怪气的人来了，就完了，她与洪大顺的结论不一样。洪大顺说，可能有麻烦呢，没吃上狐狸肉，惹了一身臊呢。她去找村主任问情况："乡里不是来人与您协商了吗？"村主任说："你等着吧，等着就是了。"

端加荣还是要在田里搬石头。天气十分寒冷，每天早晨开垦过的田里结上了一层冰，土垡冻得像石头，石头冻得像铁。她依然要把土和石头都刨松，然后一块一块、一层一层垒石堰，以免日后水土流失。她垒砌的石堰就像城墙一样，就像过去土匪的寨堡，路过的打柴人采药人看了，哪个不说这石堰垒得，就像铁打的围桶荆州城啊！

那同样是一个没有阳光也没有暖意的日子，山上冷得应该是更加瘆人，风就像老虎跑过时的样子，卷起雪粉，横刀砍杀着世界。就是在这呜呜的北风中，几个人出现在八里荒。为首的是一个乡林业站的，穿着羽绒服，后面跟着三个五大三粗的比野人还高的巡山员。这三个人穿着迷彩服，手上拿着棍子。那个林业站的来了就对端加荣和洪大顺说："你们必须马上停止毁林开荒，从这儿搬走。"

端加荣只知道天一下子黑了，这儿，这些辛辛苦苦挖出来的十几块土地将不属于她了。而且那些人要她马上搬走，不能在这儿搭建房屋。

"可不要啊！"她说，"鬼都不愿意住的地方我才来住，碍着你们什么事了？"

她后来说："这样吧，我不要你们调地，把我二十五块半的地拿了，抵这儿的地，我开出的地，算村里调的，行吗？"她几乎是哀求地说，她差一点就给那几个人跪下了。

后来村主任也赶来了。村主任说："没有办法，他们要你回到三组去，王昌茂已经答应悔改了。咱也没懂法没学法，以后都要好好学习呢。"

"我不回去！打死我也不回去！我不能回去！……"她挣脱了村主任和洪大顺的拉扯，站在自己的窝棚门口，手上操着她开荒的牛舌镢，打过狼的牛舌镢，浑身颤抖着，保卫她的屋子，不让那些人上前一步。

"就是不拆，你也休想住这儿，必须恢复这儿的植被！你开的荒交给村里，开春后补种树苗……"那个穿着羽绒服的人把颈子恶狠狠地从羽绒衣领里伸出来，暴跳如雷地说。

事情已经这样了，无可挽回了。就这么剑拔弩张地僵持到天黑。村主任只是点头哈腰吭吭着说照办，不时喊话要洪大顺劝端加荣。村主任跳着脚说："洪大顺，就是你掰子把端加荣害了！"

端加荣说："这与大顺无关，是我要来这儿的，与任何人无关！……"

就是在这一天的晚上，天晴了，一轮满月像灯笼挂在八里荒的上空，林子像镀了层银子，雪地上反射的光芒就像燃烧着某种焰火。八里荒在寒冷的空气里就像白昼。端加荣背着镢头来到了她的田头。她在小丫的小坟头坐了一会儿，积雪把她的女儿抱在怀中。在更深处，那里有她亲手杀死咬死的狼。那是复仇。"可是，在多年前，我是个爱鼠常留饭，怜蛾不点灯的女人，现在我可以用牙齿咬死一只狼。看看这大半年来我与二丫挖出的土，砍出的灌丛，垒砌的石堰，在月光下，它们像一家家房屋的山墙，衬出棱角分明的投影。这相当于我建起了一座又一座的房子，甚至正在垒起一个村庄的雏形……我这么干究竟是为了什么呢？不，不仅仅是为了给自己开出一片未来的生活，我就是要赌一口气，就是要给人看看，我端加荣不是男人手上的一样农具，用时被捏在手上，不用时被扔在墙角里……可我为了争这口气，现在，这所有付出的心血都将白费了，田将不成为我的。为了争这口气，小丫也付出她小小的生命。我以为这块自己开垦的土地会成为我幸福的归宿，它却成了比过去的一切都不幸的坟墓。我付出的代价太大了！不！田我不能交给他们，不能把我的劳动拱手让给他们。这是我的血汗换来的，是用生命换来的。我不可能就这么轻易地交到你们手上！"

一股愤怒的激情在这寂静寒冷的夜晚越烧越旺，她忽然操起镢头，朝那坚实的石堰刨去。又是刨着，又是撬着，那些石头纷纷向坡下滚去，土石纷飞。她大声地吼叫着，像一匹母兽发出的沉痛的号叫，像是恫吓和申诉，又像是撕心裂肺的噎泣，就这么，她像疯了一样毁着自己的劳动成果。她浑身发抖，同时喊叫道：

"不给你们！不给你们！"

阒寒、高远的夜空里全是她可怕的喊声，那声音一直震荡到远处的森林和山谷，叩击着满天冰凉的星星。

当洪大顺打着火把找到她的时候，她还在继续毁灭着她的"工程"。她在月光下像一个荒林中的女妖，披头散发，猛烈地与石头和土地对抗，镢头在石头上迸射出一串串火星，好像她在与整个世界战斗。

"加荣，别！你在干什么呀！别这样！"洪大顺喊道。

她无法停下来，她，端加荣，这个孱弱的女人现在变成了一架毁灭世界的机器。可是，他也看到了这个女人瘦小的身体中所散发的能量，同样让他震惊。"不给他们！不给他们！"——那团愤懑狂乱的影子在他走近时，在手上火把卷燃的火光中，越来越长，越来越大。那拒绝的吼声在这片荒凉的深夜石坡上，就像是阴魂的呼号，被带向月光的深处，变成了山峰和传说。

大约过了一年以后的某一个春天，万物花开的时候，端加荣穿着整齐的、漂亮的服装来到了这儿。有人看见了她，出现在八里荒。这一年，有传言说，有人看见端加荣和洪大顺在十堰市开了一个副食品商店，就在火车站不远。八里荒的这个窝棚并没有拆掉，倒是成了采药人和放羊人躲雨避风的极好的地方。不过那片毁弃的田地已新种上了树，是一种长势十分凶猛的笔直的日本落叶松。这松树的叶子连羊都不吃，吃了会浑身浮肿，甚至死亡。有人看见端加荣在她小女儿小丫的坟前扯着草，并且挂上了一串彩色的气球，气球就系在一棵小树上。她还烧了一个是塑料的好像是汽车的玩具，并且供上了果冻、糖果、娃哈哈、酸酸乳等一堆吃食。当然，还有一双漂亮的翻毛皮鞋。那可是真正的皮鞋。

春天在八里荒充满芬芳，银莲花、报春花、驴蹄草花，花葶高挑娇嫩，就像孩童，就像孩童的身子，散发出浓香、郁香和清香。有人看见端加荣一个人在这里悄悄地哭泣着，抬起头来，站起来，她胖多了，脸色也有了红润。

就是这一次，听说她将洪大顺的爹妈，也接去了十堰。

她在更远的地方找到了她的幸福。

（原载于《十月》2007 年第 9 期）

太平狗

一

　　程大种烦乱得直吼。自家的狗不知怎么跟上了他。他是出外打工的，可他带着一条狗。嘿嘿！哭笑不得哟！

　　天气还好，路上净是尘土，头上、身上裹着一层磷矿粉；他搭上了磷矿的一辆顺风车，走过了两个县的地界，根本连想也没想到狗会跟着他。他那时站在远安县苟家垭的岔路口上——汽车把他甩下，往另一条路走了。他看天空，舒筋骨，再拦车，就看到后头远远地向他奔来一只紫铜色的狗，扬起一路灰尘，鼻子里喷着糟气。

　　"太平！"程大种惊叫起来。我咋没见着呢？一路在车上往后看哩。"你，你是怎么？！……"

　　几百里地，离家已有几百里了，它就这么在汽车的屁股头跟着？我上车时它藏在哪个旮旯呢？

　　"快回去！快回去！"想起自己前脚才踏出门槛，后脚就有家里的东西跟上来了，这不是不让你走嘛！这鬼狗，比人还讨厌。幺儿还能哄了，说我再回来给你带糖回来吃，幺儿就不赶你的路了。

　　可那狗不服攥，一脚踢去，踢走了两步，又依依回了头，还向你摇动着诣媚的尾巴。狗不跟着主人跟着谁呢？这让那狗有点迷惘。狗是条神农架的纯种猎狗，当地叫赶山狗，嘴头粗，尾巴直，下巴上两根箭毛，是同村的蔡

106

三爹捉来给他的。蔡三爹过去是个打匠（猎人），最多家里养八九条狗。狗通红的鼻子，从小就很好看，腿长，眼像镀了层金子似的，炯炯有神；每天睁着警惕的眼睛，对着山、鸟、虫子、老鼠狂号，连虱子也不敢进他家。它就是一百把安全锁，所以就取名太平。话又说转来，咱丫鹊坳的哪条狗不是太平狗？没有野牲口咬伤人畜事件，盗贼闻见了它们的气味，一泡尿百分之九十撒在裤子里。"可我现在不要你，太平，你这哑糊苕！我这不是走亲戚，是去城里找活儿干的！滚滚滚！滚！回去！"

试了几下，一来二去，赶不走，黏上了。就火了，怒从心起，操起路边小卖部门口的一把锨，劈头就照狗砍去，那狗哪晓得主人会对它下如此毒手，防都没防，腰椎就"咔嚓"一声断了，打落尘埃，发出悲恸的惨号，爬不起来了。

主人准备继续赶路，懒得理这狗了。别人把它拖去剐皮煮肉那是别人的事，与他无关。狠心了结了一桩事，还一阵轻松。人在外，心就狠了，像毒蛇。可狗在后头哭泣着，挣扎着，那小卖部里的老倌子还出来心疼地观看，一个陌生人打一条陌生狗。看狗时，狗又晃晃悠悠地爬起来了，狗很怪，怪模怪样的，一看就是深山里的怪物，与野兽们一起长大的。那怪狗岔开四条长腿站起来，平衡了一下身子，用舌头舔了一下鼻子里流出的血泡——鼻尖通红，不是血。这狗就又向那个陌生的施暴人攥去，夹着粗壮笔直的尾巴。可那人依然不依不饶，一双山魈眼横竖看不惯它，又跑过来操起那锨，又是一锨。这一下，是尘埃落定了，狗再也爬不起来，呜咽着悲愤和绝望，听那时断时续的哀鸣，是在喊痛哩，或者还有什么，控诉一般。那个施暴人在路上暴躁地走着，拦车，什么车都拦，自行车也拦，后来拦到了一辆长途客车，跳上车去。车就被自己轮子搅起来的漫漫黄尘给吞没了，就像一条沟里的鱼搅浑水藏起自己一样。

一团黄尘在蜿蜒起伏、颠簸如浪的公路上渐行渐远。

半夜时分，昏昏沉沉的程大种从梦中醒来，感到一个暖热的膀子挨着他，这是卧铺客车，心想着旁边的人是个男的，不会离自己这么近，各自在臭醺醺的毯子里睡觉嘛。一睁开眼，一张狗脸在黑暗中闪现。狗，太平！这狗何时爬上客车来了？半路上是停过几次，人上上下下，还拉尿、加油，狗就蹲上了车？狗不是已经给打死了吗？

程大种心像刀子割，这狗可是只异狗，狗皮膏药黏上自己啦！就势一掀，将那狗掀到走廊里，还踢了一脚。狗嗷嗷大叫，好不委屈。一声狗叫，吓得那在半夜漫游的司机从鸿蒙中惊醒过来，差点撒了方向盘，只见车一个炮跃，在路上闪闪失失几下，满车人也都给惊醒了，从毯子里伸出头，一双双通红的眼里全是遭劫般的戮觫。这时就见一条狗从人的头上越过，撵狗人在走廊里高捋着袖子，咬牙切齿，骂骂咧咧。这激怒了一车人，司机在民意的支持下动了怒，将人与狗双双驱逐出车，将他们丢在了荒郊野地里。

两天以后，程大种与他的狗才到达汉口。

他是把狗装入一个蛇皮袋子里，紧紧扎着，像装一块石头一样，怕狗乱叫，又将狗两脚踹昏了，这才上了另一辆汽车。

到了汉口，那叫太平的狗还没能吸一口城里的空气，还蜷在自己的屎尿里，在黑暗憋闷的袋子里煎熬着。但从车上下来后，它已经醒过来，浑身疼痛难忍。一阵冷水，浸到心中去了——那是主人程大种在一个自来水管前浇它，是怕它有股子臭味。这样就背到了程大种的一个姑妈家里，可是亲姑妈。这姑妈是随自己在神农架林场的丈夫进城的，在省林业厅一个下属的木制品厂做技术活儿。那男人——也就是程大种的姑父早死了。姑妈住在一栋灰不溜秋的老房子里，从楼房外一个砖石砌的楼梯上去，进入黑咕隆咚的走廊里，找到姑妈家，就说：

"姑妈，我给您背一只狗来了。"

那意思是说：您杀了吃吧，神农架的特产，肉狗啊。程大种倒出那狗来，那狗像得了软骨病一样的，已经快不行了。哪知姑妈误会了他的意思，以为是让她养这只狗，这只巨大的、长相怪异的猎狗，立马变了脸色，大怒狂呼道：

"还不甩出去！"

狗像一床破棉絮，被扔了出去。这神农架赶山狗太平趴在楼梯口那个露天平台上，费了好大的劲儿才清醒，一看是异乡世界，心里火烧火燎，几天没吃没喝啊。

又站起来了，狗的生命力是顽强的，特别是猎狗，野兽只要不把它的身体吞吃，只剩下一块肉，这块肉也能行走。现在，它急切地寻找它的主人，他蹩回去，抓门，啃门，无济于事，就趴在了门口，依然不吃不喝。不见到主人，它是不会吃喝的。这狗偏。

半夜之后，城里的风渐渐加大了，喧嚣小了，冷得不行。水泥地忒冷，像趴在冰窖里一样。太平就用两只前爪垫着自己的肚皮，也就垫了自己的身子。肚子里咕噜咕噜地乱叫，嘈嘈切切，吵吵嚷嚷。它就站起来，想松松筋骨，又疼痛难忍，在黑暗中嗅，看这走廊里有没有可吃的东西。一个洋铁罐里有一些臭水，太平喝了几口，不对味，还烧心。一只老鼠从蜂窝煤堆里探出头来，又缩了回去。太平在那儿守了半夜，没见到老鼠再出来。东窜西窜，竟在一个塑料袋装的垃圾里寻到了两块骨头。因为害怕，又吃得急切，骨头没嚼碎就吞进了肚里。那骨头就戳着它的胃，戳出肚皮，用爪子一摸就能摸到，可难受了。太平真想把那骨头抽出来重新咀嚼一遍，没什么危险嘛，何必这么慌里慌张呢？

再趴下来时，胃更难受，就像吞进去了一堆碎玻璃。三月的风蛮横无理，比神农架的风大多啦。话又说转来，神农架再大的风它也有一个草垛呀，有个狗窝呀。在城里它没有。

二

早晨程大种从门里出来的时候，一脸被姑妈数落过的痕迹，眼肿肿的。姑妈被那要死不活的狗惊吓过后，就在侄儿程大种的面前完全变了个人，像个泼妇，对他大加斥责。具体归纳起来有如下几条：

1. 你太野蛮不懂事了，弄一只活狗来让你七十三岁的信佛姑妈剐，你是个神农架的野人？

2. 自你姑爹（父）死后我就不喜欢别人到我家，逢年过节我也不让儿子媳妇回来。我骨质增生，长了骨刺呢，我这大年纪了伺候哪个吃？我自己都吃不来了。

3. 你作为一家之主，丢下老婆娃儿到城里来寻快活，地不种了，娃儿不管了？老大狗儿读初中，正要人管的时候，你不辅导他的学业，丢下不管

109

了，他学习上不去到时考不取大学又像你一辈子在神农架挖山不止，把自己弄得没一点教养没一点出息，你失职哩！

程大种想解溲，问姑妈厕所在哪儿？姑妈说，在楼下往西拐走三百米再靠左进去，有公共厕所，不要在屋里屙。程大种竟不想出去，没了一点尿意。在城里，连尿意也没有，人只有一个大脑和嘴，嘴以下没了知觉。姑妈丢给他一床旧毯子，还是姑父当兵时用过的，就这么在沙发上对付了一夜。

早上起来的时候他下楼去找厕所，带着自己的狗，那狗（又活过来啦）找了一棵蔫不拉唧的树撩起腿，排泄了几滴。虽受了汹涌的斥责，东西还是放在姑妈这里去找工作。在没找到工作前还得厚着脸皮在姑妈这儿蹭个沙发。人到了城里就没个尊严了，就把脸皮取下来让人当茅厕板子踩。自己的亲姑妈都这样对待自己，还能指望城里人什么！也是，她怕个甚！她还怕得罪你不成？她七十多了，又长骨刺，还指望重回神农架那老山里让你这侄儿好吃好喝招待她？她也不在乎你拿来的那两包木耳香菇，这东西贱哩，程大种知道城里到处都有买的，比不得过去连白糖肥皂猪肉都要票。

程大种一脸苦相黄着脸去找工作，后头跟条狗，一肚子火气，糊里糊涂地上了一辆电车。

"呀！狗！"

一声女性受虐般地疯叫，一个女子就扑向了一个男人的怀中。这女子正坐在程大种的旁边。

狗在自己腿缝里夹着，狗又没惹事，低着头，让形象缩得很小，可一个男人保护女人的豪气就冲过来了，胡睖着两只眼，说：

"把狗搞下去！"

"这狗……"程大种分辩。

"狗啊狗，这是只乡里的狗！这狗多脏，这狗定有狂犬病！"

一听说有狂犬病，车上的人纷纷挤到车门口，拍着门要下车，有人打开窗子就往下跳。一时间电车乱了，电车的辫子也掉了。程大种惶恐不已，知道自己闯下了祸，在城里这乡下人就很敏感，还自责，连连说：

"这狗没病，没有病！它是条猎狗，赶山狗！"

他的意思是说，这狗雄壮能干着呢，不是条病狗。可几个不怕事的男人就要来揍他了。因为有几个女人开始哭叫，这是男人大显身手表现自己的好时机。

"没有病！"他喊。程大种喊。想找个能支援自己的信息。目光搜遍了车厢也没有，全是仇恨和冷漠的眼睛。那狗此时也不争气，因为主人在与人争执，就像主人在山里遇见了野牲口，它当然要跳出来，虽被主人夹紧了，可头高昂着，舌头拉长着，嘴龇着，猎狗的威风出来了，只等一声喝唤，一阵风，就咬住了猎物，拼个鱼死网破。

"没有病的！"

程大种急中生智就将手塞进了太平的嘴里，紧挤它的两排牙齿，让它咬自己。那狗的上下颚被程大种狠狠地挤压，像压一副磨子。程大种的手指终于凿穿了，血从指头流出来，狗嘴里全是红津津的血，人血，乡下人的血。

"不要紧的，没有狂犬病。"程大种高兴地说。

程大种吮着自己的鲜血，走在大街上。黄磣磣的天空根本分不出是早晨还是傍晚，红尘暴土，人流匆匆。他来到了武圣路劳动力市场。那里聚集着黑压压的找工作的人，操着不同的口音。也游弋着一些坏人，眼珠贼溜溜地围着一些年轻的乡下妹子看，不怀好意。那些乡下妹子护着自己的各色背包、款包、旅行包，表情落寞，就像赶集时牛市场里那些站在粪水里等人看牙口膘色的牲口。几个卖馒头和豆浆的老太婆穿梭在人群中。一些招工的人站在一块预制构件上大声地宣传着他们的优惠条件，以吸引人跟他们走："……包吃包住，每月五百元，每天工作八小时，加班另记工资！……"可说破喉咙，周围的人也无动于衷，一副害怕受骗上当的警惕神情。招工的人只好无奈地丢下烟头，啐了一口痰，骂骂咧咧地走了，再去找另一处的女孩。

带着狗的程大种在找工作的人群里，立马就被好奇的人包围了。"这狗好怪啊？是什么狗？""你想卖狗？""这狗脏。""烂狗。"有人捂着鼻子，避之唯恐不及。但还是有许多人要问个究竟。程大种不说话，巴不得别人把这条狗牵走。狗身上有血，有脏屎，有苍蝇一阵阵向它袭击，而且因饥饿使肋骨四现，走起路来有点喝醉的样子。等有人问清情况后，就给他指点说："带着狗是找不到工作的，又是条老山里的猎狗。不带狗如今都找不到工作。这狗伤痕累累，一看就是条疯狗，你说不是，没人信。如今城里人很难信别人说的，报纸上的都不信，还信你？"

看狗的人多，雇他的人少。谈了几个，没谈拢；有的言谈时旁边的好心人还给他递眼色，意思是不言自明的。

整整一天，程大种徜徉在市场上，有时看着这狗，狗也可怜巴巴地看着他。没有结果，程大种只好回姑妈那儿去。

他走到姑妈家门口敲门，没有应声。他姑妈发誓不给这个山里的侄子开门。昨天晚上，她无端梦见了老头子，老头子变成了一只狗，狗头，而身子还是人。那狗就是侄儿牵来的那条狗，老头子说："你把我剐了，腌了吃，炖汤喝。"她不干，老头子就朝她一口咬来。"老头子，唉，老头子，你咋变成一只狗了？"姑妈怀着绝世的仇恨在屋里保护着沉默，并且准备着那个乡下的侄子破门而入。好了，总算这样的结果没有出现，那个敲门声消失了，走远了。老妇人揪着心，终于吐出一口长气，丢进一颗防心脏早搏的药，人紧张啊。

三

程大种原路踅回大街。

黄昏的城市发出冷灰色的光芒，马路牙子上到处是油腻腻、响当当的呛人声音，到处蒸腾着炒菜的热气和辣味，到处是泼出的脏水和冲出来的碗筷声。从煤气管里喷出的蓝火发出呼呼的轰响，炝锅的节奏就像是一种嘲笑，对程大种这种人不顾一切的嘲笑和抛弃。乞丐正在沿街乞讨，拿着碗，斜背着用绳子当背带的蛇皮袋子；民工正在啃干馍馍。程大种想起昨夜姑妈数落他的话：不读书就像你们一样，男的出来当苦力，女的当鸡，不是死在城里，就是伤残在城里。

程大种吃了一碗热干面，讨了一碗开水喝，然后将碗（一次性的纸碗）装了些残水，让太平舔。太平舔着热干面碗，又瞅准桌底下半截面窝，飞快地叼起来，就吃了。又跟着主人在马路上游荡，又捡了几个乱七八糟的可食东西，如梨子核呀、灰裹的硬馍呀，还有一泡小儿的干屎。

天已经黑了，风加大了。狂怒的寒风趁着黑暗肆虐，横扫着街道和路人。

一些店铺的牌子和雨阳蓬被吹得啪啪嗒嗒乱响，风沙弥漫，人睁不开眼睛。寒潮下来了。

程大种没想到会遇上这场寒潮的，倒春寒，让他一点准备都没有。老山里都已经暖和了，老婆陶花子给他准备衣物时，他坚称别带这么多，硬是把毛衣绒裤放家里了，身上就一件老婆织的旧毛背心，轻装出行。城里的风像刀子，因为你没地方可去，没有一个可躲的茅棚或山洞。到处都是人，到处都是房子，可你进不去。高楼高得望断颈子，无数个窗口和门，那不是你的。背着一个山里的背篓的程大种，带着一条与他一样冻得瑟瑟发抖的狗，彳亍在街头。今夜到哪儿去投宿呢？

狗望着默默无语的主人。程大种没看那狗，他的目光停在了高架桥下的一块地方，那儿避风。有几个拾荒人或者乞丐或者傻瓜聚集在那儿，围着一小堆半燃不燃的火。火很好，柴烧的火很好，很接近神农架。冷了，拾一抱柴，架上，点着，人就暖了。在石崖下，在山洞里，也是几个人围着。

程大种就走过去了。

一个犬牙交错、头发深长的流浪汉对着不肯停息的北风正窝着一肚子火，见一个人牵了条狗走过来，是想避风的样子，找到了挑衅的对象——在黑暗中突然给使了一个绊子，程大种就一个踉跄。

"狗！狗子！狗！"

流浪汉恶躁地吼叫着，操起一块砖头就砸那狗太平。一砖头砸在太平的头上，太平顿时天旋地转，嘴里发出哀叫声。程大种见人砸自己的狗，就拿眼找挥砖人。

"狗又没咬你。"他查太平的伤，太平浑身颤抖着。这时一个老者拦住了撒泼的流浪汉，并向程大种示意他可以不管，可以坐在这里，坐在他们一堆，可以烤火——假如他不想走开的话。

程大种因为整个的表情跟他们一样——无家可归，从装束到神色，那些人就以十分遥远的、敌意的目光接纳了他。有些人还在咕咕哝哝，估计是喃喃自语。火很小，狗和人很大，程大种挤不进去，也没想挤进去，坐在可以伸出一只手去取暖的外围。因是高架桥的下坡，很矮处没有风，几乎没有，还有一扇水泥墙，程大种就慢慢靠上了那堵墙，屁股下也悄悄塞进了一个草垫。

　　一个遛狗的人横过了马路——被一条苏格兰牧羊犬拽着。那狗看到了太平，就要来嗅嗅它了。狗嗅着狗，不管它脏不脏。一只是干净的喷香的狗，一只是肮脏的发臭的狗；一只精神抖擞、激情澎湃，一只神情怠倦、要死不活。可两只狗都十分高大，差一点就一见如故，一见钟情，但被那城市狗的主人给呵斥住了，并下力地把那城市狗拉开。两只狗以狗的语言吠叫时，太平就显示了它喉咙的粗壮，是一只喊山的嗓子，胸腔有积蓄，气流洪大，吸海垂虹，可以产生坚定堂皇的回音。它还在吠，好像是在继续与城市犬交流，表达自己的礼仪，也表达着自己的存在。以太平的见识，它没有见过这种苏格兰牧羊犬，还有一股奇异的香味儿，这香味儿带着令人沉醉的高贵，这是神农架所有的狗都没有的。多香啊。太平回味着那狗身上的香味儿，突然身体有些回温苏醒了。

　　风依然在残酷无情地吹，太平还在叫着。它的叫声听起来像是对这个城市的一种警告。至于它让城市小心什么，那是不知道的——它确有一种震慑力。

　　那些烤火和聚集的城市流浪者们这时都不敢出声了，都缄默着，抱着膝盖，不敢再对程大种怎样。那个想给他和太平一点颜色的男人也不再发难了，闭目养着神，并躲着太平。程大种这才回过神来：有一条狗多了个胆啊！这跟咱山里一样，在山里砍柴采药、出坡干活儿，跟上条狗，就啥也不怕了，坏人不怕，野兽不怕，迷路也不怕。

　　狂风依然在马路和人行道上狂吼，行道树被风吹得东倒西歪，像患了癫痫，发出受虐的呼叫。寒冷和凄伤此时像双剑刺穿了山里汉子程大种。他唯一可以抱着的就是那条狗：太平，被他几乎置于死地的狗。现在，太平是他唯一的亲人，是唯一散发着神农架深山丫鹊坳家中气息的东西，它那从肚子里发出的温热在一阵阵安慰着程大种，并且暗暗帮他抵御刀割般的寒冷和心酸。在家千日好，出门时时难哪，他在想。不出来又咋办呢？娃子要上学，老母亲死了，可自瘫痪之后，加上办丧事，亏了一笔债。收成少，人又没什么本事，不出来找点事干，怎么办呢？出来之前，瘫痪、叫唤了三年多的老母亲终于闭气了，到天堂享福去了，他也舒了一口气，就想到山外透透气，挣几个钱，然后再打理这个家。希望总是有的，特别是当老一辈的累赘卸下之后，人的担子好像遽然轻了许多，心中有一种隐隐的愉悦。这一点不假，久病床前无孝子啊。"我程大种这三年来为妈端屎端尿，擦澡洗身，尽到了一个儿子的责任，病得这么久，也该走了。"

"可是，我却走到了这里，出门不易哟！"

有一种鼻酸。这时，那个和气的老者要躺下来睡觉，也示意要程大种躺下来睡觉，还从自己背下拉出来一张草垫给他。程大种这才看到，老人家只有一条腿。程大种看他缩紧身子，把自己钻进一件黑黢黢的棉大衣中去。那些人也一个个钻进桥洞更低矮的地方，默默地躺下了。

火差不多熄了，夜往深处刺去，风越来越大，气温越来越低。程大种枕着背篓，半躺半卧着，狗像一个乖娃子偎在他身旁。他睡不着，看着城市夜空璀璨的灯火。光亮还是有啊，日夜不熄，可就是冷，阒静无人。无人的大街何必点亮这么多的灯呢？还有会跑的、会闪的、会变幻的霓虹灯，霓虹灯在大楼的顶上，孤零零地向天空传情。丫鹊坳的家没有这么明亮，可温暖，家中四壁被烟熏火燎得像刷了一层黑漆，特别是厨房旁边的火笼屋。火笼屋啊，火笼屋。他想火笼屋。火笼里总是有未燃尽的火屎，壅在那白灰里，什么时候再烧，把火屎拨出来，架上柴，火笼又燃了，发出噼噼啪啪的声音，火光撩人，人就从寒冷中回到了人间。那壅在灰烬中的火屎，早晨起来总是燃的，那就是灰中埋存的火种，跟庄稼地里的种子一样。有火种，添两把柴，一天热气腾腾的生活又开始了。冬天我们并不害怕。火一燃，将那铜炊壶的隔夜温水倒出来洗脸，再续上水烧茶，给娃子烘热衣服催他们起来去上早学。然后喝茶，煮汤汤水水的饭吃，门外的雪与风那不是咱十分关心的事了。反正是冬天，反正是要下雪和起风的，冬天就是这个屌样。可城里的春天比咱山里的冬天还冷啊！……对了，还有那挂在头顶的一排排腊肉，陈年的，熏成黑炭色；新鲜的，也不几天就熏成了板栗色，透出一股子松针木脂的香味儿。走进火笼屋，全是那腊肉香味——肉是吊在楼梁上的，在楼板上——其实只是用细竹稀稀织成的楼板——炕着因山里过早下雪还来不及成熟的苞谷棒子，靠火笼的火热慢慢炕干，就叫"火炕籽"。用这火炕籽苞谷磨出的粉做的糁子，跟腊肉一样，也有股松香味儿，吃起来那个香呀！……鸡笼也在

115

火笼屋里，农具也在火笼屋里，猫、狗也在火笼屋里；打盹儿、唱山歌子、逗娃儿玩也在火笼屋里；咳嗽也在火笼屋里。这火笼屋总像个碉堡，坐在厨房旁，与厨房相通。它不是火塘，火塘在堂屋。小火笼屋让咱家人、畜禽度过山里漫长寒冷的冬天。一坛苞谷酒，一到冬天就被搬到火笼屋里，吃饭时，取一杯酒，鼎锅煮些懒豆腐或者洋芋煮腊肉，一家人围着火吃饭，火就是桌子，满头覆盖的木柴白灰就是幸福……

太平与主人紧紧地挤着。主人在半夜迷糊冻醒过来之后，摸摸那狗，突然想到要把狗弃了，找个活儿干，有地方睡。

太平在主人决定坚决弃它的时候，因伤痛和饥饿而悲伤着。主人的两锹已让它大伤元气，无法恢复过来。主人如此凶残，让它闻所未闻，至今还大惑不解。这只狗还有一些没想明白的是：主人为何没一点笑脸？为何睡在桥洞里？为何在城里吃点东西，喝上一口水，有这么难？饥饿像北风一样呼号在它的体内，折磨着它的梦境。它想到了丫鹊坳那个芭茅草垛的梦境，还有在向阳的时候屋檐下木柴堆上的梦境。它自己在芭茅捆里掏出的洞，把整个身子蜷在里面，通红的鼻子从草里懒洋洋地伸出来。它会经常梦见一个叫火笼屋的地方。梦着梦着，它就会从火笼屋的火堆边醒来，不知道是谁把它弄到火堆边的，毛给火烤得吱吱地响，散发出一种焦灼的恶臭。它与猫拼命地打着架，猫是懒猫，一年四季懒，它看不惯它。它在火边喵喵地叫着，以求得人的同情。可狗是不可能懒的，在冬天，闲得无事的主人会很早唤醒它，带着猎叉和挠钩，奔向雪野和森林。你吃着骨头，你身子暖暖的，没有从早到晚地无望行走；你在森林里狂吠，捕食着毛锦鸡、野兔和竹溜子（竹鼠）。森林滋养你，让你豪气冲天。一只几百斤重的野猪又怎样？只要主人一声令下，你就会将它从刺丛、山沟里咬出来，与它展开绝命的厮杀！肉搏和噬咬，狂吠和奔驰，伤痕累累。可这无法阻挡你内心的狂喜，赶山狗的生命本应是这样的啊！……为什么在城里无法狂吠和奔跑呢？为什么不敢撕咬？……

四

116　　太平在没有弄清这一切的时候，就被主人程大种带进了一个乱糟糟的集贸市场。

鸡鸭在以各自的声带拼命嘶嚷着，鱼在砧板上血淋淋地跳跃……踏着一地鲜血往深处走，就是一个剐狗市场。十几个刽子手拿着刀在研究着屠狗方案。每一条狗因性情、大小不同，屠杀方式也是不同的。满地的狗血、狗毛、狗头、狗屎。笼里笼外，尽是些各种各样的狗，一边，狗与狗在调情；一边，狗在屠刀下被精心地杀戮；狗在笼子里吼着，不停地走来走去，像狼一样发出阴森的嗥叫；有的狗沉静地看着笼外走过的人和屠夫，对身边不远处被宰狗的惨叫声和喷出的狗血无动于衷，没有绝望和恐怖，仿佛永远与己无关。

太平被牵着走到一个戴着一顶帆布旅游帽子的男人那里，那个男人是个秃头，叫范家一，从小喜欢屠狗，靠着一剑封喉的绝招，在肮脏的血水与惨嗥中煎熬地生活来养活在乡下的一家人，并建造了村里最高大、用钢筋最多的房子。

太平看到范家一从他胸前挂着的一个小帆布包里掏出一百元钱给主人程大种，程大种说：

"别找了吧，就一百嘛。"

"九十就是九十，找十块钱来。"

程大种面露不情愿的神色，在他的口袋里左抠右掏。范家一就不耐烦了，用一副比狗还不耐烦的嗓子说：

"谁知道你在哪儿逮的疯狗，不是疯狗砍我的头！"

程大种说："这是条猎狗，你杀狗的人不识货啊！"

"猎狗也疯了。"范家一说，手就伸了过来，十个指甲缝里全是乌黑的狗血，非要程大种找回他十块钱。

对范家一来说，他眼里不分猎狗与什么狗，都是狗，都是一块肉，只有肥瘦不同、大小不同而已。

一个人就将太平牵去，关进了一个铁笼子里。太平本来看着程大种与范家一在挣钱的，不知怎么就被关进了一个大铁笼子里。这是太平放松警惕后犯下的一个错误，也可能导致了范家一认为这匹乡犬老实，对它下手迟而留了条命的原因。

太平被关进了大铁笼之后，它的主人程大种连看也没回头看它一眼，就

117

莫名其妙地消失了。太平进了笼子，笼子里关着许多狗，一下子置身于那些千奇百怪的狗中间，让太平无所适从。那些狗有狗味，却没有狗形——太平认为它们没有狗形，脏——全是街上抓来的流浪狗；怪——一个个长得奇丑无比。你看那没毛的沙皮，毛都没有那叫狗吗？太平还以为是范家一将它给拔了，拔净了呢。这秃狗，光光溜溜的，好恶心，城里人爱无毛的狗，还爱没有尾巴的杜宾狗。太平看见一只大约是得了狂犬病的狗，没了尾巴，以为是它惹事给手痒之人剁了呢，心中想笑，但一看，又看到还有一只。这杜宾狗，生来无尾。可太平在山里看到的狗都有粟穗一样的蓬松的尾巴，那是在追逐奔跑时的舵，随时校正着它进击的方向。狗尾竖卷起来就是一股英气，让野兽望而逃遁的旗杆。更丑陋的是腊肠狗，就是狗中侏儒嘛，这狗日的狗，无腿狗，狗为何没有腿呢？腿为何只有半拃长呢？可一条赶山狗要的就是四条好腿，翻越千山万岭，追捕飞禽走兽，赶撵着翻过一座又一座山，没有高高的健壮的四条腿，凭什么在山野中生活？狗腿是在山中奔跑的枪刺啊。如果狗是一支箭，狗腿就是箭镞。可城里的狗不需要腿，主人不让它长腿，宁愿让它变态、残疾——城里人爱的就是这种千挑万选、一代代劣胜优汰、残疾繁殖的烂狗滥狗！

巨人：一条苏格兰牧羊犬，超凡脱俗的阴森相，一张尖鼻子脸像一张挖锄，可怜只剩下一只眼睛了，另一只眼老瞎了——它是只被主人遗弃的老狗，站着像座山，可太平看到了它虚弱的部分。那色厉内荏的独眼你可以忽略。巨人犹如巨人站在笼子的最中心，以它苍茫的阅历还没见过这么一只紫铜色毛、红色鼻子且下巴上有两根箭毛的高腿厚尾狗。这狗一副响当当的士气，嘴里喷着石头的气息，一进笼就把一只叫乖乖的拳师犬给踩趴在粪泥中了。那乖乖的两个鱼鳃一样的下巴就像两片破抹布固定在太平的脚下。这又怎样，这无意的一踩莫非不是一种宣示？

八格牙鲁：一条长毛西施犬，因为烧伤被作小贩的主人扔进东湖里，它顽强地爬上岸，还是没逃脱一个专拣湖边死鱼的人抓捕——这条屁股溃烂的狗，给换了二十块钱。八格牙鲁想到那炉火的烫伤，无数的狗舌头就像是蓬勃燃烧的火，正向它漫卷。它又患上了肺炎，眼睛红红的，喘着粗气。如果洗去它身上的污粪烂泥，治好它的伤口，就会发现这是一只纯白色的美犬，它的脸小巧可爱，性情温顺，连哼叫也细声细气。

门槛：一条黄毛獭犬。

还有一条像狐狸的不声不响的金色沙米狗。

"扑——哗——"一盆铺天盖地的脏物从笼顶上泼进来，狗们顿时一个个淋了个五花八门，呜呜地躲着不知为何、受何东西的打击，再一细看，狗身上、头上都挂着一根根的鸡肠、鱼肠子。就像是被猎物唤醒了，加上置身于一堆陌生同类中的警觉，太平已经初步判断它不惧这些城市玩物狗。这些狗来自各地，还没有团结起来以对付一条乡下狗的自觉。何况，它感觉到，这些城市狗根本不懂团结，它们没有团结的概念，除了咬对方，就是向对方示出赤裸裸的性欲。它们自私，矫情，依恋高楼大厦，失魂落魄，疾病缠身，只有等死的份儿。在看到美味的禽鱼下水后，太平虽然睡眠不足、旧伤未愈，可饥饿驱使它向那些食物扑去，胃口极好，被森林、大山和野兽磨炼过的残缺不全的牙齿，恨不得掳尽天下的美味，连那些小小的玩物狗也差一点被它的大嘴给吞进去了。巨人这时结结实实地踹了它一腿，乖乖挣扎出两片腮皮后，也向疯狂争食的太平咬了一口，可太平没有感觉。

"吃呀，吃呀，这些狗东西！"

"扑——哗——"范家一又一桶连毛带水的脏物泼进来。太平与巨人苏格兰犬展开了搏斗——这是乡村巨人与城市巨人的一场搏斗。无外乎牧羊犬看不惯太平，加上在抢夺食物时太平的牙齿无意间碰到了巨人的那只瞎眼。两条狗在铁笼中代表着各自的尊严展开了血淋淋的较量。两条在屠刀边缘的狗，无视着共同的命运。虽然，苏格兰牧羊犬有着高贵的血统，也有着伟大的基因和英雄的气质，但它垂垂老矣。太平虽然没有城市生活的经验，可对巨人来说，它同样也没有在一个铁笼里像关鸡一样湮埋在一堆乌七八糟的狗中间生活的经历。老狗、疯狗、伤狗、白痴狗、残狗、饿狗，大家共同要学会的就是在生命的最后日子里如何显示自己的自私和暴虐。

两条狗扑向对方撕咬着。一个年轻的叼着烟的屠夫就喊开了：

"范家一，你的狗打架啦！"

在太平与巨人对仗时，其他的狗汪汪叫个不停，这引发了周围笼中的狗和拴在北风中的狗的回应，整个屠狗场一片啸叫之声，百狗狂吠，世界恍若末日。

太平已经听不见狗叫，它的牙齿在愉快地撕扯，哪是同类，分明是野兽！在那些狗的纷纷退让与叫喊声中，太平突然感到它又懂了不少：只要你拼命，城市犹如大山，没有什么能够抵挡得了你。

但是，面目狰狞的范家一气歪了鼻子和帽子，手拿着一根把狗皮打松的铁条，朝笼中一阵乱捅，巨人的唯一一只好眼给捅瞎了。太平看见那根捅条刺中了巨人的眼睛，再一猛力地拔出，那喷起的鲜血刹那间布满了笼子，好像笼子里在下一种红雨。这"红雨"救了太平——太平本已被范家一刺中了几下，几次都刺进了体内，好在太平的皮因狩猎传承了它祖先的厚度，又未刺到动脉。就在它无法躲避时，巨人的血遮挡了范家一的视线。范家一见巨人因瞎了双眼趴下了，还发出老人般的号啕声，就更烦了，大喊道：

"把你宰了！狗日的！宰不光你们！"

那范家一要与巨人斗争到底的样子，人犟了，比狗还犟。范家一就用一根极像猎人用的挠钩，打开笼门一钩一个准地钩住了瞎眼的老巨人，老巨人知道自己的死期到了，就张开那所剩不多的牙齿去咬挠钩，牙齿又在挠钩上碰掉了两颗。其他的狗这时不是趁机跑出笼门，而是缩向笼子深处，给巨人让路。那老巨人就给钩拽出来了。可是老巨人不会束手就擒，一阵垂死挣扎，又刨又咬，似乎知道自己是被打入地狱去的。在被摁上台板时一口咬着了一个挥刀的十五六岁的年轻屠夫，那年轻屠夫呛着自己的手指，就势一刀屠去。狗软是软了，只见抽搐，却不见出血，甚是痛苦地在台板上挣来挣去。范家一骂骂咧咧，夺过徒弟的刀，在自己的裤子上荡了几下，再一刀捅去，再抽出来，那血终于通了，喷泉一般往外飙涌。徒弟拿盆去接狗血，那巨人也就平静安详地了结了一段尘缘，回苏格兰它的故乡草场去了。

笼子又重重地关上。

五

程大种捏着那卖狗的钱出来，没敢朝后头回看一眼。虽然一阵轻松，毕竟悲伤多于轻松，为自己的那狗。狗千里迢迢跟他来到城里，却被他卖给刚狗人剐了。那是一条灵犬呀，甚至有点灵异。他伤心着，吃了一大碗红油的湖南米粉，还加了荤。辣出了几天未出的汗，把伤感赶跑了一些，又去了武圣路劳动力市场。

昨天他还要求解木——只拉大锯，今天他就不这么坚持了，甭说昨天，昨天的昨天在此游弋的人，数天在此游弋的人，都没找到工作。

市场旁汽车正在灰蒙蒙的大街上飞速运行，喧腾有如涨水时的河谷。一辆大卡车撞瘪了一辆小汽车，死人被血淋淋地从车里拖出来。刚才还是个活人，瞬间就成了死人，比山里的野牲口吞噬人还快呀！一溜的红色救火车催逼人心赶往一个地方；两个在人行道上，行走的男人无缘无故地打了起来，打得头破血流，看热闹的人刹那间围了过去，像一群见了甜的山蚂蚁。城市里充斥着无名的仇恨，挤满了随时降临的死亡，奔流着忐忑，张开着生存的陷阱，让人茫然无措。

可是我已经没有了狗啊，没了累赘。

一无所获的程大种晚上找到了专为找工作的乡下人准备的仓库旅社，两块钱一个铺位。空气污浊，臭不可闻，可没有寒冷的北风。在这两块钱一个的铺位上，程大种躲过了这一夜更加凌厉的寒潮，心中涌动着对"床"的感激膜拜。多好啊，床和被子，磨牙声、打屁声、紧跑慢行的哼叫声，在半夜里恣肆横行。程大种好好地睡了一觉，醒来时天还没有亮，上了一趟厕所。再一闭上眼迷糊，那狗太平就向他奔来……

"狗死了，可我得找工作啊。"睡了个好觉，就早起了，第一个来到劳动力市场。风依然很大，吹得人清鼻涕直下。有两个招工的早候在那里了，缩着脖子抽烟，看他背着个背篓，就知他是从大山里来的，就问他挖不挖土，二十块钱一天。程大种就说干，干。就跟着他们走了。

城市新的一天又在喧腾中开始，大车撞小车，小车撞行人，来的，去的，车大喊大叫，人不言不语。城市比起那每天静如初一模一样的山里，还是蛮有活力的，像狗也嫌的七八岁男娃子。

程大种来到的是一个修路工地，在几丈深的泥水里挖稀泥埋涵管。程大种不知道，是两个死人给他们让出了空缺——昨天这个深坑旁的挡板垮塌埋下了两个民工，再把他们挖出来时已一命呜呼。

别人给了他一把锹，他就和新来的民工跳到昨天死人的泥坑里去挖泥。那泥坑少说一丈深，两边有人在锤打着安装护泥板，但泥巴还是簌簌往下掉。赤脚站在冰得刺骨的泥水里，将泥挖进一个筐中，升降机就将那筐泥抬升到地面上倒掉。

在城里的第三个晚上，太平就挤在了一堆待宰的城市病狗和流浪犬中间，挤在屠笼里。范家一暴虐生气戳给它的血洞除了灌满疼痛外，别无其他。狗们堆叠着来抵挡寒潮中的北风，因为饥饿，体内的热量所剩无几，一只只狗都有气无力的，像一群难民，在黑夜中张着无望的眼睛，或是闭目如死去一样。这些自私的城市狗每个都各自顾着自己，巴不得削尖身子往深处钻，就像钻进自己曾经十分温暖的狗窝，就像太平钻进那个丫鹊坳的草垛。

害着狂犬病的无尾杜宾狗本就肮脏，它淌下的口涎散发出恶臭，不停地滴到太平的身上。太平嗅出它的病，这十分危险。它因为口渴，不停地发出求水的呻吟。太平必须躲开这条狗，它就干脆让出了有利的位置——因为它身坯大，那些狗都贴它而卧，这为它阻挡了寒风。现在它从狗堆里爬了出来，更多的狗就顺势挤占了那个空间。太平出来，可这又很危险，离笼门太近，就是离死亡和屠戮更近。范家一不会认谁，反正都是野狗，开了笼子，抓钩钩出来一只就杀。但是此刻是深夜，离天亮后的杀戮还早。它钻出狗堆，寒冷是寒冷，就像从火笼屋抛身旷野。屠宰场腥臭的风没遮没拦地恣意横行，数十个铁笼子和拴在墙边的狗们在绝望和苦难中吠叫呻唤，好像是在呼唤着亲人们来解救自己，或者向无边的黑夜申诉。

太平因疼痛而清醒。它在狗们那待宰的状态里突然获得了一股强烈的求生期许——逃亡！这种意向紧紧地攫住它，或者说它紧紧攥住了这根生命叛逃的绳子。对主人愤恨还不是这条狗所能具备的。它只是渴望着逃出去，与主人会合——那个在城市的街头，背着显眼的山背篓的人，那个程大种，时常对它喝吼，还给了它致命两锹的人，过去却对它很好很好，给它吃喝，还时常要抚摸它的人。逃出去！逃出去！向那最广大的世界奔去，在渐入昏冥的城市灯火深处，海洋一样幽深的陌生世界，那无尽的神秘和诱惑，突然给它旷世的激励！

因为寒潮的到来，狗肉火锅火爆起来了，这是屠宰场的屠夫们没有料到的。凌晨四点多钟的时候，屠狗声就撕心裂肺地在这个城市的角落里响起来了。太平打了一个盹，梦见了神农架的森林，睁开眼睛一看，影影绰绰的屠宰场已经有了叮当的快刀声和将狗们抬上厚厚的台板过刀的闹吼。那些城市的狗在生命的最后一刻，只是可怜巴巴地叫着，虽然十分凄惨，但并不愤怒悲壮，没有多少像狼一样的叫声，没有穿透力，仿佛这种赤裸裸的杀戮是很正常的，不是一场罪恶。一块活着的肉与刀亲吻时总会那么浅浅地叫上一声，就变成了一块无声的平静的死肉，血糊汤流地被扔进肉筐。再一块活肉再叫上那么几声相同的调，在刀下又平静了，被分解了，即将变成寒潮来临时餐馆的美味。狗肉不过是一种菜，一种时令菜，这个大家都清楚，除了狗。

太平醒过来之后，就开始拼命地往狗堆里扎，虽然饥饿、寒冷和疼痛缠住它，但它有着足够的力量，把那些沉睡的狗们掀往两边，劈波斩浪地躲进了范家一的铁钩钩不到的地方——至少第一钩抓不到它。因它的奋勇冲击，笼子里突然闹嚷起来，好在范家一没有听到，他在与徒弟剥另一些狗的皮。太平扎进狗底，那些狗用爪子、用身子践踏着它的痛处，并用牙齿咬它。太平蜷缩着身子，以减小目标，可那些狗爪狗嘴仍持续地、尖锐地制造着它的疼痛。后胛有一处非常痛，像被人用刀在里面搅。太平看到那只叫门槛的黄毛獭犬用尖齿咬着它的皮肉不放，就像在夺一块咸肉。太平回睃了它一眼，可那獭犬十分机灵，一双贼眼似乎还带着神秘的嘲笑，在晨光中明幽幽的，仿佛看透了太平的一切。太平想用腿踢打它，但这獭犬堆在狗的最高处。好在这条狗只是只流浪犬，没有病。太平费了好大的劲儿一点一点地把自己的皮肉从它的嘴里拉开，又拉出了一条口子，太平恨得牙痒痒。机会是在吃鸡鱼下水的时候，借助混乱抢食的那一会儿，太平瞅准了时机，一口咬住了獭犬门槛！它的噬咬野兽的牙齿插进门槛的皮肉犹如梭镖插进敌人心脏。那门槛在争食的吵闹声中一阵悲惨的汪叫一点都不引人注目。也许是太平的肆无忌惮和狠厉，先来的那些狗虽然见识了太平作为一条山里猎犬的优秀品质，但是后来者矮三辈，这匹粗野的山狗不仅咬了先来的狗还抢夺笼里少得可怜的食物。于是，那条极像大狐狸的金色沙米狗终于站出来对太平呛声，双爪伏地向太平张开了怒斥的大嘴。一时间，无尾杜宾狗、乖乖，连八格牙鲁等高烧得糊里糊涂的几条病犬也一起向太平发动了进攻。为了争夺食物，这些城里狗也焕发出从未有过的英雄激情，大不了决一死战，反正死到临头了。与其死在异类范家一手上，不如死在与同类的战斗中。与其冻饿而死，不如捞一口成个饱死鬼！

昏黄的太阳此刻已经露出来了，在一片低矮建筑的屋顶上，灰霾在阳光里呈现着迷蒙的灰蓝色。范家一正在屠板上喝早酒，脸上笑眯眯的。太平抢占了一个有利的地形将尾部和右边的身体紧靠在笼齿边，以防四面受敌，又能看清范家一的一举一动。然后，它向领头的金色沙米发动了空袭，先是一嘴将它掀成侧身，再快速咬住它裆里的睾丸——这是对付野牲口的绝手。这样的速度也只有在与野牲口搏斗时才可能出现。现在，伤痕累累的它实现了，在没有主人也没有枪支作后援的情况下，在笼子里，它又一次出猎，并且飞快地躲过了一只狂犬对自己的张嘴偷袭。太平咬住金色沙米的睾丸，它只是想教训一下它的，可不知怎的，当它抬起头来去看范家一时，发现所有的狗都张大了狗眼望着它，就像看一个异物。它这才发现，它嘴里是一个腥膜的东西——那沙米的一个睾丸。它把那东西吐出来，看着沙米在那儿汪汪地抽搐，就像犯了病一样。太平猛然发现自己已变得不可理喻、残暴无情了，它变成了一只野兽，不是来到城里，而是没入了大荒。可这分明是城里。

太阳在悠扬地上升，在血水成河的屠宰场。范家一的一个徒弟牵来了几条狗，这几条狗没有被立即宰杀，它们因为有绳子，就被拴在了墙边的木桩上。大小狗的宰杀是搭配的，拴在墙边的几条狗因为胡喊乱叫，被范家一烦了，一个不剩地拉去宰杀了。太平它们的笼子一直到范家一宰杀第二十条狗的时候，一直到下午五点，还没打开过笼门。虽然那个被太平咬掉睾丸的狗嘶叫了一整天，也没有人光顾它们的笼子，对它们的死活痛苦不闻不问。

五点钟过后，又是一阵鸡肠鱼肚加上烂白菜死鱼臭虾的降临。太平津津有味地抢食着，对于它来说，这就是美味佳肴了。在山里，这些年出猎越来越稀少，它除了自己去撵一两只老鼠外，其余就是主人给它的残羹剩菜；骨头不多，最多的是在猪圈里与猪一样咽糠菜。现在它吃着，那些城市狗虽然本能地去抢了一两截肠肚，可对于它们来说，是难以消受的。这些曾养尊处优的狗，这些曾在主人的呵护下过着奢华生活的玩具狗，就算流浪过，就算重病在身，还是无法适应这笼中的环境。在这人间地狱，它们依然显露出它们的矜持，但饥饿很快会狂扫尽它们的尊严。面对下三烂的食物，它们只有适应并吞下去，才能保证悲惨生命的苟延残喘。

吃了一些或者没吃饱一些之后，又一阵冷水来浇透。范家一的自来水管就势将笼里的狗一个个清洗了一遍。狗们趁机大口地舔咽着冷水，又躲着冷水的冲击，一个个像落汤鸡，被寒风一吹，就像进了冰窟。狗们奋力地耸着身子，想把那水抖落干净，但这是枉然。狗一个个打摆子般地抖着，大汪小叫。每个笼子都在重复着同样的骚动和命运。

又一天就这么过去了。

六

早晨到来的时候，太平拿眼睛去搜索那哼叫了一夜的金色沙米，看到有两条狗趴在它的流血的裆里，正呼呼大睡哩。当太平站起来想伸个懒腰时，看到那金色沙米的狐狸脸朝它愤怒地瞪着，瞪着。太平没有防备，也没有想到那沙米狗还会有一跃而起的力量，带着复仇的狂怒向它扑来，与它一决雄雌。太平本能地狂吠起来，赶快迎敌，可那沙米狗估计也是野性未泯，或者在难耐的疼痛中磨砺出了斗志，反正一口就咬破了太平的皮肉。那太平也是个伤病狗，在与己拼命的狗面前没几下就露出了自己的软肋。两条狗在笼子中撕咬着，其余的狗都夹着尾巴嗷嗷求救。太平看到魔鬼范家一向这边跑来了——他听到了打斗声和满笼狗的叫唤声。这下要遭罪了！太平想停下来，要那个"狐狸"不再发怒，否则将是它们共同的末日——末日在早晨时就突如其来了！

提着大棒的范家一这次不是拿捅条，而是拿大棒，拉开笼门就朝里面一阵乱打。那笼子是个大笼，棒子有挥舞的空间。太平只觉得头上、身上落下了雨点似的棒子，整个就被打懵了。一笼的狗都被打得汪汪直叫，一条从棒缝里逃出来的狗当场被打死了，口鼻流血。狗们被打着，趴着，跳着，窜着。也就是在这时，太平的命运发生了奇迹般的变化。

范家一还嫌打得不过瘾，就把太平和那条沙米狗牵了出来（太平脖子上已套了截绳子），再一顿好打。两条狗被打得奄奄一息，鼻子上冒着血泡。范家一又大声地骂着，指挥徒弟要他们来帮忙把这两匹狗趁早宰了。

太平在棒下想寻找逃生的路几乎是不可能的，它想躲闪也不可能，只能在棒子砸下来时以瞬时的扭摆来保护致命的部位。可它也在奋力地上蹿下跳，想一口气挣断那根绳子。

"住手！住手！"

一个年约五十的、头发花白的男子一把拉住了范家一的手，并狠狠地拽住太平颈上的那根绳子。

"这狗休得要打，老范！"他喊。

气极贩坏的范家一一看，是住在不远处的徐汉斌，徐汉斌用武汉话愤愤地骂道：

"个板妈，我信你的邪！这狗是什么狗你晓得啵？这是赶山狗，神农架的赶山狗，哪个送来的？"

范家一平时对说武汉话的人是不敢马虎的，他是个粗人、乡下人，在城里占了块地盘杀狗，还不是武汉人的地盘，虽拿着刀子，对武汉人还是毕恭毕敬的。

"拐子，你说什么事呀？"范家一别着一口不成形状的武汉腔说。

那徐汉斌就蹲下身来摸着被打得体无完肤的太平，说：

"你还不如这条狗，姓范的，它叫赶山狗，连山都赶得动的！你看这一身的紫铜毛，哪里找得到？我都三十年没见啦！你不识货呀伙计，个板妈这是真正的猎狗，咱湖北最好的猎狗，咬得死狗熊和老虎的！守家防盗，那也是最好的！熊都咬得死，强盗咬不死？！哪个送来的？"

"我也忘了，"范家一说，"病狗嘛。"

"没病。个板妈，从哪儿搞来的？神农架离咱汉口两三千里，这狗平原地区见也不会见着的，生就是山里的狗，昨天晚上我刚好梦见我那条赶山狗，今日就见着了，怪呀！……"

"拐子，你喂过这种狗？"范家一问。

"我是下放到神农架的老知青你不晓得？！老子是知青！"徐汉斌拔下台板上插着的砍刀猛力一剁，"我把它带回去！"

"一百五给您啦！"

"个板妈，你杀肥羊啊！送条狗我死了人！"

"我买来两百，拐子啊！"

徐汉斌见这人不爽快，想了想，好难受地从他的陈旧羽绒棉袄里深深地掏着，掏着，掏出了所有的钱，就是百把块钱，塞到范家一的手里："行了，行了，个板妈不懂味，小气得像打屁虫子。"

"我如何牵回去？"他又说。这老知青拣起范家一的大棒，突然向太平的头上敲去，敲了两下，这两下，太平就晕了。等它再清醒过来，就已经到了徐汉斌的家里。

"……一九七六年的时候，我招工啦，我说，大刀啊大刀，再见了，我不可能把你带到武汉去。怎么办呢？我把大刀托付给了康大爹，我说我马上就回来看它的。可是大刀咬断绳子跟上了我，我不能走啦，个板妈，这狗恋我啊。我招工了，要飞出神农架，心里甭提多高兴了，如脱笼之兔，哪能带条狗！我想啊想啊，走了二十多里快出山了，又带狗回来了。我想了想，大刀是条好赶山狗，我没吃的它给我抓过好多锦鸡、竹溜子。我一定要让它没痛苦地死去。我回来后就晚上下夹子夹了三只竹溜子，打死，提着，再走。走到野竹崖，我嗖地唤大刀，扔下第一只竹溜子下崖，大刀是极听我的话的，我想它去抓我扔的竹溜子，就会冲下百米悬崖。第一只它没冲，对着崖下狂叫；第二只我又扔了，拍打它，要它去抓，它还是没冲；第三只，最后一只啦，我就高高地一扔，大刀看着我，它似乎知道了我的心思，是要它永远地留在神农架的，它眼睛湿湿的，恋恋不舍地看着我，就义无反顾地往崖下跳去了……"

这个人在讲另一个赶山狗的故事，太平不懂。它只是虚弱地看着他老泪纵横。可它被这个人打了两棒，现在，他蹲在它对面，给它好吃的火腿肠和猪骨头，哭着，喊着一个它似乎听起来熟悉的名字——叫大刀的狗很多，在神农架。他叫它道：

"大刀，你是我那大刀吗？"

它不是大刀。它叫太平。这个人不知道。

127

"大刀，呜，喔，大刀，大刀……"那个人不厌其烦地唤它，给它摆弄那骨头上肉多的地方让它看清。

可这个人的老婆并不欢迎太平。这人的老婆是个个子矮矬、说话尖声的女人，极度害怕狗。

"哎哟，哎哟，你把它捆紧没有，死东西！"

"个婊子养的，哪儿拖回的一条疯狗，你发狗疯？！自己都没得吃的，一个下岗工人还给这条疯狗吃火腿肠？你是发神经吧？！"妇人说。

"它是神农架的赶山狗，我下放在神农架你晓得啵？！"那个人吼。那个叫徐汉斌的人，一吼，额上、颈上的青筋就像蛇一样鼓胀起来。

"赶山狗，你没看它的架势？你在武汉见过这样的狗？！"

"还不是把它丢了！"

"偷的！这样的狗你会丢？咬得死老虎的狗！"

"你看见过老虎吧？你看见它咬死过老虎吧？在汉阳动物园？！"

"滚！"那个男人说不赢那个快刀嘴女人，气得喉咙里滚动着无边的恨意，咕噜咕噜直响。

"把它扔走，莫让它咬着我了！"女人把一个桶往门口一顿，发出清脆的爆破声，桶一定裂了口。太平一惊。太平已经服帖了，两棒就被这个男人打服了，任何一点尖锐的响动都会要它的魂。

武汉的老知青男人是不会屈服女人的，他给太平洗毛刷毛，给它伤口擦药，还给它颈上安上了一个皮套、一根链子。这样虽然皮肉之伤还未愈合，但狗的架势就雄起起地出来了。这真是一条与众不同的狗，它很怪，似狗非狗，似狼非狼，洗过的紫铜色毛像森林一样蓊蓊闪闪，高挑的腿，紧巴巴的腹部，竖起的耳朵，就算它十分虚弱疲惫，就算它眼中充满了恐惧忧郁，它站在那里，它出现在人们面前，就会让人大感诧异。

这是一定的。

"……汉斌，好呀你，你的狗？！"

"这狗，老徐，这狗！啧啧……"

"徐师傅，好狗呀！牵紧点，不是狼吧……"

徐汉斌走在大街上，认识他的人争相向他打招呼。他只往有熟人的地盘上走，就是要的这个效果。

"吃皮蛋，鸡巴！它不吃皮蛋！你给火腿肠……"

"个板妈，不认识，神农架的赶山狗。纯种猎狗，专咬老虎、豹子和狗熊的，它咬死过三头老熊！……"

徐汉斌坐在有些阳光闪出的小巷口的店铺板凳上，跷着腿，抽着烟，接受着人们的赞赏和议论。许多人给太平投来食物。一个年轻人还将手上提的一块牛肉完整甩过来，太平三口两齿就给吞进去了。它不知道它为什么会得到这么好的食物，被这么多人围着观看和议论。

这个晚上，在一个风沙弥漫的大排档里，几个当年的知青抱着太平，高唱着"大刀向鬼子们的头上砍去"。他们唱着："亲爱的江城，我的故乡，我哪年哪月才能回故乡？雄伟的大桥，横跨龟蛇山，想起了故乡我泪水流……"

这几个人有一个是刚从牢房里放出来的；有一个刚割了瘤子；有一个坐在助动车上，是个瘫子；有一个是刚做了奶奶的女人；还有一个当了青山区某街的城管队长。他们喝着白酒，眼睛红红的，有的还从眼里挂出了两串泪水。泪光闪烁在高楼传递过来的霓虹灯光下，风掀动着他们无力的、花白的头发。太平望着他们，听他们在说：按神农架的喝法，敬一个，回一个。徐汉斌一时面前堆了一大堆杯子。太平知道这种喝法。它还闻到了苞谷酒的香味儿，这么熟悉啊。

"汉斌，这狗是从哪里来的？"从牢房里出来的男人两眼凶巴巴地问。

"实话说了吧，从屠宰场救出来的。"徐汉斌说。

"那屠宰场又是从哪儿搞来的呢？"城管队长正正威武的大盖帽问。

"还不是收来的！"徐汉斌说。

"这狗来路不正啊，"那个当了奶奶的女人用婆婆嗓说，"莫非宜昌、十堰就没有吗？这狗一看就是恶斗过的，满身抓咬伤，性恶啊。我那嫂子会答应你养吗？"

"哪让我养？欧阳，你牵去帮我养几天？"徐汉斌说。

坐在助动车上的欧阳卫东大嚷："我自己都养不活，还养只狗啊！嘿嘿！"

"那你养。"徐汉斌指另一个。

刚从牢房里出来的凶巴巴的人说："鬼！我还找人扯皮呢。"

大家问扯什么皮。那人说："老子出来就是要报仇的。"

大家就劝他忍了，好好安心过日子。

"这狗难上户口，还得去打防疫针。这狗恶，我在神农架时最怕的就是狗。"女人说。

"你那时才十七岁，见什么都怕，小女生啊。"大盖帽声音怪怪地说。

"你们把什么都忘了。"徐汉斌失望地说。

后来，太平听着徐汉斌以哭似的、绝望的、怪异的声音唱着"大刀向鬼子们的头上砍去"，一路晃晃悠悠地回家去了。

七

"两百？啊？！两百？！"

"一百。"

"人说的两百。"

"把我砍了我也没两百。我荷包里何时捂过两百块钱啥？！我是天下最可怜的人。"

"这狗也不值一百，你竟敢花一百，还请客……"

"我的狗回来了，我不请客？"

"你的狗？！"

"我想了三十年！"徐汉斌叭地摔碎了一个杯子，这就镇住了他的老婆。

一个人想了三十年，你是拦不住的。他老婆愣了半晌，打开门就冲出去跑了，不回来了。

徐汉斌看着狗，狗看着他。

"个婊子养的！"徐汉斌骂。

"我又不想搞女人，又不想赌博，又不想抽烟喝酒，我就想一条狗！……个婊子养的！……"

一个内心枯竭的人，突然因一条狗，泪腺像干涸的泉眼复活了，许多感情复活了。一条狗，就像一场甘霖。狗的到来打乱了他的生活。回忆像魔鬼，缠住他不放。

"我于一九七三年一月十九岁插队落户到神农架野马河……"

"我响应'知识青年到农村去'的号召，接受贫下中农再教育，如今，我已老了，一晃，就老了……"

回忆像海潮，不可遏止，铺天盖地。像一场大病，高烧不退，谵语连连。

老知青徐汉斌为了弥合、敷衍与妻子的关系，偷偷地把太平牵到了八楼顶上，在一个角落里撑了张雨布，给它安了个家。

到了晚上，思念主人和故乡的赶山狗太平终于发出了凄厉的长鸣。这是寒潮加深的某一个晚上，太平的脖子上勒着短短的铁链，它无法习惯这么一根链子。在山野，在它的丫鹊坳，它是自由的、奔放的、散漫的，脖子上除了毛就是吹拂着的村风，还有温和的阳光。它在链子里紧巴巴地睡着，虽然没有了同类的觊觎和争斗，没有了大棒和杀戮，可从楼顶望着满城迷离恍惚的灯光，它悄悄地淌下了眼泪。这是孤独的时刻。它想念山冈、黑沉沉的森林、奔流汹涌的峡谷、到处柔嫩的苞谷茎秆。它想念日落时分、早晨。这是什么地方啊？主人程大种为何要将我带向这儿，让我遭受九死一生？暗无天日的日子，孤独，离别，无法交流。灯火像星空一样，带着诡异和狞笑，无声地跳动在大地的深处。更远的地方是什么呢？于是，太平像一只狼一样嗥叫起来。它哭泣似的悠长的声音在夜晚的上空刺入城市的心脏。连它自己也说不清为什么会有这样的声音。是呼唤，还是哭泣？是长叹，还是悲号？

那一夜，汉口前进纱厂宿舍区里，听到一阵阵毛骨悚然的狼嗥，就像一种十分阴暗的东西直往人的寝榻而去，在人们睡梦的边缘固执地游荡，犹如阴魂。

第二天晚上又是如此。第三天，愤怒的人们找到了那个楼顶上的声源，一起手拿棍棒来厉声质问徐汉斌。这些人都是他的左邻右舍、同事上级。他于是牵着太平逃也似的离开了这个厂区，将狗交到了瘫子欧阳卫东手里。

欧阳卫东是一个自己的生活都无法料理的人，自打他无缘无故地下肢瘫痪后（一觉醒来就这样了），老婆带着女儿离开了他。徐汉斌虽振振有词说给他找个伴儿，可欧阳卫东被生活压榨得几近绝望。他去摸那狗，狗就虎视眈眈地看着他，极度不信任他似的，那阴森森的眼睛里藏着一万个野兽和森林，并且在晚上发出狼一样的嗥叫，使他想起几次迷路山中饥寒交迫的知青岁月。

欧阳卫东说："狗啊狗，我没法养你，我给你找个好人家吧。"他就把太平绑在助动车后面（因车内太小，装不下这狗），发动车子，带着狗往江南的青山区而去。

太平跟在一辆冒着黑烟的呛人的助动车后面，昏天黑地地奔跑起来。助动车的机声异常刺耳，车轮像峡谷的流水一样急遽。太平系在这么一个比鸟飞得还快的家伙身后，四条腿只好没命地迈动。它知道，稍有闪失，它就会完蛋，被这水泥大马路拖成一副骨架。

车上了长江二桥，宽阔的大桥上几乎没有汽车，只有它在铁链的牵带下奋力奔跑着，既不能跑得太前，也不能太后，那链子的长度让它吃过几次苦头，一个趔趄跪地，腿关节就会被路面锉开一道口子。它跟着车子跑啊跑呀，来到了长江南岸的武昌。车还在发疯地前行。不知跑了多久，车才慢慢停下来。那车上的人将它牵到一个楼房里，上了楼梯，去拍门。门半天才开，原来是那个戴大盖帽的城管队长。瘫子欧阳卫东挂着拐杖在门口说：

"二毛队长呀，给你送大刀来了。"

那叫二毛的城管队长没让欧阳卫东进屋，拦着门说：

"给我送狗？我何曾要过这×狗？"说着，就唤出了一条狗。那狗扑上来就要咬欧阳卫东和太平，那狗毛茸茸的，像条大狼，嘴里发出空旷、凶恶的叫声。好在被城管队长拽住了。

"这是条什么狗啊？"欧阳卫东惶惶地问。

"藏獒，纯种藏獒，全国就三百多只。"

"这要多少钱啊？"

"上十万。"

欧阳卫东挂着拐杖下楼来，摸着太平，摇着头，几乎快哭出声，边淌泪边给太平叮里咣啷地解链子，说："大刀，大刀，你向贪官污吏们的头上砍去吧！"那助动车发动了，突然一个急转弯，便自个儿往回路一溜烟地开走了。

现在，太平的身份是一只流浪狗，跟那些范家一笼子里关着的狗一样，身上布满了灰尘，四个爪子上全是黢黑的煤炭——那是在垃圾堆里刨食弄成的。

对着滚滚的长江，对着长江对岸灯火阑珊的汉口长吠着，它是从那里来的。在长江边上的一个破棚子里，是它跟一条破脸狗的家。

是破脸狗把它带到这里来的。破脸狗也是一只乡狗，高大正常的身体，不像城里的那些怪模怪样不成器的玩具狗。可只因为它脑门子上有一撮雪白的毛，乡下叫破脸狗，好哭死人。也就是说，这种狗的叫声像半夜的哭诉，于是这条可怜的狗就被它的主人带到城里给扔掉了。第一个晚上，太平和破脸狗在一家餐馆的大门口，在一个冰冷的石狮下，互相依偎着度过了寒冷的一夜。它们不知道，这家餐馆的大字招牌就是"狗肉火锅城"。太平第一次尝到了友谊的滋味，一个真正向它示好的同类。它们流浪在青山、武昌的大街小巷，共同啃着一块骨头，共同寻找着栖身之所。因担心危险，两条狗来到长江边，那里荒草稀疏，沙滩野静，在月朗星稀、夜风如刀的深夜，太平向着汉口的灯火长长地吠叫着，破脸狗也莫名其妙地号哭着。江水在无声地向东流，灯火的波影把城市的梦境拉曳得妖娆奇诡。两只狗号叫够了，又找到了一具被波浪送到滩头来的死猪，为了填饱肚子，在黑暗中撕扯着吃了起来。

可它不能留恋，太平。有一个影子，一种气味正在向它招呼，那就是主人程大种，狗的本性使它没有能力恨抛弃并殴打了自己的主人，它依然要向他的气味走去。在某一个夜晚，对那个气味的依恋最强烈的时候，它从寒冷的梦中被唤醒，悄悄惜别了破脸狗，沿着长江二桥，跑向了汉口。

它穿过无数的街道、小巷，在一个高架桥头，它看到了来城里的第二夜与主人一起躲避寒潮的桥洞。那个独腿的好心老汉正一如既往地蜷缩在大衣里，无声无息。它迎着那渐渐强烈恶心的血腥味，找到了那个屠宰生灵的集贸市场，又听到了它的同类们在笼子里发出的撕咬声和在屠刀下的惨号声，在深夜，那声音悠长刺耳，让它闭上眼睛就是一连串的噩梦。

主人，你在哪里？

它期望着主人程大种重现，重现在那个集贸市场的门口——他就是从那儿消失的。

尽管狗的嗅觉异常灵敏，能嗅辨出成千上万种气味，可是，森林中的气味是单纯的，冷静的，连风也不会无缘无故地乱吹。在这里，在这气味大混杂的城市街头，气味稍纵即逝，要抓住一种气味并跟踪它，牢牢地把握它，这是根本不可能的。太平躲在隐蔽的角落几天守候主人的出现失望之后，它决定在这个浩大的城市里去寻觅那微小的、像一粒蚂蚁般的气味——主人的气味。它必须行动，坐等是不行的。赶紧趁空气中那一丝气味还没有彻底消失时（谁知道呢），尽快抓住它。

那天晚上（最好晚上行动），它从下水道里捞出了一些腐烂的下水（有狗的，也有其他生灵的）吃饱了肚子，就开始了搜索和寻找。

八

包工头们为了不破坏城市的美观，将施工现场用塑料布严严实实地包在了里面；现场其实泥泞不堪，大小土堆像山一样，挖土的民工像一个个活动的泥塑出现在深坑中，机器杂乱无章，电线像一团乱麻；民工们住的工棚里臭气熏天，吃饭、拉屎都在塑料布里，塑料布外写着"我为城市增光添彩"等鼓舞人心的标语。两个民工还专门用水管子冲洗着塑料布外面的道路，使之光亮如初，让城管人员看不出塑料布里正在施工的乱象，以避免污脏了城市而罚款。

程大种开挖之后便秘了三天。三天里，他认识了与他一起来的两个老乡；讲着与他近似的土话，一打听是宜昌兴山人，这就攀了老乡。晚上，他用卖狗的钱买了三瓶啤酒，就着工地食堂的榨菜肉丝（肉丝占十分之一）请他们喝酒。下工后，他们还在一起斗地主。民工们的工作异常辛苦，晚上十点了还在挑灯夜战，一双脚已经被城市深处挖出的脏水泡出了一个又一个大红疙瘩，奇痒难耐。工地包工头后来给他们一人发了一双深筒套鞋，但必须扣除他们一天的工钱。三个人用家乡话骂着穿皮鞋的包工头和监工们。那两个老乡一个叫大嘴（只因嘴很大），一个叫王长清。三个人年龄相当，经历相近，都是为了给娃儿挣钱读书，都是在山里。对喝啤酒不太习惯，想喝地封子酒，就是苞谷烧。说，最好是有党参酒喝，那才是提热气哩。

三个老乡有时在深坑里挖土埋涵管，有时在上面拉葫芦（提升土筐）和往土山上运土。其实这样的劳力活儿很容易适应，摆正心态是很重要的。程大种想着每天的二十元钱，刨去吃喝和那双套鞋，每天可以落个十多块，一个月就是三四百元。可恼的是不出五天，坑壁又塌了方，又埋进了一个河南人。等大家把他挖出来，双腿都断了。河南人在医院里上了夹板，就被拖回了工地的工棚，每到晚上，就凄凉地悲号。大家每晚不能睡觉，白天又是繁重的劳动，就想把这个河南人赶出去，并要求包工头发发善心把他送到医院去打止疼针。可包工头骂骂咧咧道："我这段工程转了三道手，还死了两个人，又伤了一个，我哪有钱让他住医院？如今住一天医院抵老子们一年的吃喝，我亏了血本啦！"

这个河南人慢慢地开始发臭，两个露在外头的光脚都变黑了。程大种为不让他悲号，给他买了瓶"驴子尿"（啤酒）。但是他喝了依然高亢地悲号，估计是疼得受不了了。没几天，便头发深长，口腔溃烂，人已瘦成一副骨架子。等到他的双脚开始流脓，包工头才把他弄到医院去，听说双腿都要锯掉。这才让大家舒了一口气。就在这天晚上，喝了一顿好酒的程大种起来小解，在工棚门口，看到蹲着一只黑影庞大的狗，那狗呼哧呼哧地喘着气，身上散发出一股恶臭，脏得就像那个要锯腿的河南人。

"这不是太平吗？太平？！"

太平把夹了多天拖地的尾巴吃力地、一点一点地翘卷起来，向主人摇动了两下。

"你不是被宰了吗？你是怎么找到我的？！"

太平抬起沉重的头，眼角里挤满了眵糊，嘴巴脏得像一个下水道，牙齿上沾着血，估计是与什么东西搏斗过。

"你还活着？爹爹！"

狗的一只腿骨外露了，白瘆瘆的，可狗还是靠着这可怕的伤腿行走，终于找到了主人。主人给狗包扎，给它清洗，看着它，泪水哗哗流个不停。狗哼哼着，很轻很轻，很压抑，想把许多只有它知道的东西，轻轻地表现出来，或者是藏着。狗静静地舔着自己的伤口。主人望着这条狗，狗却眼里像没事一样，就像刚刚离开主人一会儿，懒懒地看了主人一眼。

"狗啊！"程大种说。

三位老乡吃着烟，决定保守秘密，暂不说这条狗的来历，只说是收留的一条流浪狗。这条狗回到程大种的身边，这让他感到匪夷所思，也让两个兴山人啧啧称奇。"狗是这样的。"他们后来承认这个现实之后说。其中的大嘴说："赶山狗，赶山狗，就是有名。"他说他们村有个打匠（猎人），就是在神农架买的四条赶山狗。那赶山狗不仅记路，还英雄啊，跟豺狼虎豹斗起来，没有服输的，被咬得脖子断了，肚子穿了，也不服输。有一次，两条赶山狗追一只獾子，那獾子也烈，追得走投无路了，就跳下了天坑。天坑几百丈深啊，那两条猎狗也不怕，也跟着跳下了天坑，两狗一獾，在落下的途中，还死命追咬哩，你说那狗性烈不烈？！大嘴说，这事之后，那打匠跪在天坑口足足哭了三天三夜，比哭自己的亲娘老子还凶，没见过这样的赶山狗啊！

瘦瘦的王长清也说，他舅子养的一条赶山狗，白刺刺的长毛，是个白化种，在从神农架回来的路上捡的，别人说不吉利，他不在乎，这狗长大后，常从山里拖回来麂子啊山狸啊大飞鼠啊吃。有一次，他舅子去镇上赶集，搭的是林业站拖树的拖拉机。坐上去了，那狗就把他咬下来；坐上去了，那狗就把他咬下来，不让他上车。他就没上车。结果，到晚上听说那个车半道上翻了，一车人全死了。你看这狗，不是神通是什么！这么说，大家一致认为把这狗养着，又听说狗被程大种打了，卖了，可狗还是找来了，就说着包工头的坏话，说包工头不是连狗都不如吗，一点人性都不讲。

说这些话时他们是在下雨的塑料雨棚里，三个人身上湿漉漉的，雨棚很矮，只能让人坐着，棚顶上汪着水，雨打在顶棚上，包工头要他们干活儿哩。多了条狗就多了份粮食，那狗嘴比人嘴还大啊。三个人商量要包工头先预支点工资。程大种卖狗的钱也花完了。三个人斗地主，输了的就输了，赢了的买"驴子尿"。他们去给包工头说，连抽烟的钱也没有了。包工头很烦，朝他们鼓着眼睛说："别带着狗来一起吓唬我，你们快把狗赶走！"包工头说："我已经忍无可忍了！在这个工地上，一只这么大的高脚狗吊着一两尺长的舌头在我面前晃来晃去，我还有威信不？是你们的工地，还是我的工地？"

程大种又得想着怎么处置这条狗了。城里容不下一条狗。可狗费尽千辛万苦找到了他。狗跟他出来，是没有罪的，先挨了两锨，又给卖了，让人去剐，但不知怎么，又出现了。这难道是太平的魂吗？程大种总是盯着他的狗看，越看越陌生。他摸着太平，摸着它身上的累累伤痕，不是他的狗，是谁的？他只有一阵阵心疼和忏悔。如果回去，讲给老婆和娃儿听，他们会相信吗？如果我讲给包工头听，他们会相信吗？不会说我是在说谎，诓骗他们？

我只求他们把这条狗留下，就是讨米要饭，也把这条狗留下，最后，完完整整地跟我一起回丫鹊坳。

程大种牵着歪歪倒倒、一走一瘸的太平在半夜里去找食。狗已经很会找食了，对钻垃圾桶有着丰富的经验。城市的垃圾堆得各种各样：有的是垃圾堆，太平几拱几拱就能拽出一块骨头或鱼刺，在黑暗中嘣嘣大嚼；有的垃圾是在烂竹筐里，有的是在铁皮桶里，有的是在高高的塑料桶里。有时候塑料桶冒着滚滚的浓烟——那是未烧尽的煤点燃了塑料。但太平却能毫不畏惧地、神速地从火堆中扒出一块食物来，而不致身上和爪子烫伤。程大种看着太平的寻食本领，十分惊讶和敬佩，他感到这条狗真有能力在这个大城市生活了，完全能在茫茫人海中找到他。这狗在城市似乎比他多生活了十年甚至二十年。它的老道、它的生存能力和生存经验，已经让程大种望尘莫及。真是士别三日啊。

狗吃饱了，就跟他回来。

有时候，他不用牵它出去，放了链子，太平也会自己离开工地去找食。有时半夜他担心这狗，去找它，突然从暗处跑出太平来。这狗为何躲在暗处呢？程大种看到垃圾箱那儿有个捡破烂的。再仔细观察，太平总是躲着捡破烂的。但只要他们在垃圾箱翻箱倒柜过后，太平就会神速地冲过去，去找食物。捡破烂的都拿着一种两齿耙，估计会对着与他们争垃圾的流浪狗狠狠一耙，两个耙齿洞就会留在狗的身上。程大种观察，这些捡破烂的常常有着怪异的举止，衣不遮体，或是身上挂着几十个塑料袋——都是些神经有问题的人。但是，面对其他流浪狗，程大种看到太平总是英勇无畏的：它先是两只前爪伏地，喉咙里像闷雷一阵滚动，然后，发出城里狗们没有听到过的恐怖瘆人的狼嗥。就是狼嗥，夜半山冈的狼嗥！宽大的尾巴紧紧拖着，拧满了警惕和决斗的意志，然后，扑上去用牙齿驱赶它们，把它们远远地逐出垃圾堆。

程大种看着太平的觅食表演，真是赏心悦目，惊心动魄。但面对走路颠三倒四、动辄向路人乱咬的狗，太平总是让着，并在程大种身边保护他，防止那些狗咬到主人。那些狗是有病的狂犬。

尽管如此，太平还是饱一顿饥一顿，甚至可以说基本处于饥饿状态。因此营养不良，面目全非，瘦骨伶仃，紫铜色的毛没了一点光泽，像一堆发黄的茅草披在身上，全身的骨头都尖削突出，肚子瘪得像一张纸，随风飘扬。加上它必须不停地与其他饿狗争斗，耗尽了所剩无几的脂肪，最后只剩下皮包骨头了。

工地的伙食差得不可再差，程大种自己都吃不饱，还要进行高强度的劳动，没有一口饭给这条狗吃的。道路正在向前延伸，可修路的伙食却越来越差。有一天，太平终于犯了一个大错误。就在那天，一个叫马二剪的工友吃饭吃到一半，气胀肚子，想去厕所解决问题，就把半碗饭放在了一个土墩上，回来见程大种收留的那条大狗正在代他舔碗呢，马二剪是先来的，底气足，气得青筋暴起，就拿砖头劈狗。

这条可怜的狗已经被人打够啦，程大种见了，就大声说了几句。可马二剪正在气头上，要程大种赔饭和碗——碗让狗舔了，那还叫人碗吗？两个人不知怎么就动上了手。马二剪的同伙儿就去劈狗，狗在工棚内外，被打得东躲西藏，落荒而逃。两个兴山老乡将程大种拉开保护了，并且在情急之下说出了这条狗是程大种从神农架带出来的，是知晓人世的猎狗。可愤愤不平的那些人一直要求把这条狗宰了煮汤喝，工地上天天萝卜汤，这狗就算光骨头也总有狗肉味。包工头早就烦了，听两个兴山人这么一说，就对程大种下了最后通牒：有狗无程，有程无狗。要不，把你们赶走。

马二剪的人都在斥责这条狗的不是，说这条狗还是什么猎狗，就是条癞皮狗，扰乱了大家的生活。这么大的骨架子，眼里全是腊月的冰块，半夜时还有事没事像狼一样嗥叫几声，听着都骇人。

已经与马二剪打得鼻青脸肿、衣衫破碎的程大种在工地尽头的一堆木板缝里找到了太平，它正躺在角落里呜呜地舔着被砖头劈开的伤口——臀部破了两三道口子，流出的血被它自己一点点地舔干净了，可是伤口却不能舔合拢，依然悲壮地裂开在那里，像无声抗议的嘴巴。程大种说什么好呢？恨它？

爱它？都没有了。他只想着怎么办，可有一种情绪是：不能让这些人给宰了，范家一都没能宰，这些狗日的民工们更没资格宰。他们跟他一样面黄肌瘦，面朝黄土背朝青天，真说起来比狗还不如哩，狗还能在垃圾堆里刨到骨头吃，他们跟他一样，一个星期吃不到一次荤。也不能让裆里满是恶疮的黄牙包工头宰这条狗。不能！这条狗大难不死，必有后福。"这条狗一定要坚持住，跟我回去，回丫鹊坳去！"

程大种扪抚着太平的伤口，太平看到主人的眼里在黑暗中有闪动的泪光，在城市的灯火下，因为疼痛，寒风挤着伤口，伤口似乎在无限扩大，要把它的身体扒开，扒一条能走汽车的大缝。其实，它拥有许多，当它泡在疼痛中回忆的时候。那深夜的山风正在森林中呜咽蹒跚，草垛吹得飒飒直响。那只因为没有主人在家而安然熟睡的狗太平，细匀深沉的鼾声正应和着一阵阵山潮哩。它攥花栎林中的社鼠，它吃猪槽的食，它梦见峡谷尽头落日的余晖。它狂犬不已，那是因为它想吠，没有任何原因。早晨的山冈上满是露水打湿的鸟声和牛铃声。它还有一个家徒四壁的屋子。它有着两头哼哼哈哈的猪，有三只羊，有一只黑白相间的猫。有两个娃儿，一个叫狗儿，一个叫毛丫，狗儿大，毛丫小。它与他们一起上山割猪草，挖柴胡，剥杜仲，下菜园。它还有主人老婆，一个整天忙里忙外吆三喝四的勤快女人，她害着鼻炎，鼻子不停地抽气，发出悦耳的响声。深夜，优美的深夜，一无所想的深夜。夜太长，在柔软的草窝里，它强闭着眼睛一次又一次地进入梦乡，日子一天一天美美地过去……

可它已经来到城市。它已经误入城市。它的眼里滚出了大颗大颗的泪珠，没让主人看见。

它听见主人说："唉——"

主人说："我们走吧。"

九

这一次，主人为了狗而离去，使他自己最终遭到了厄运。对于太平来说，也当然不是一桩什么好事。

　　天气转暖了些，程大种已有了些经验，敢再一次回到武圣路劳动力市场撞撞运气。他是想能找到更好的工作，不再在泥水里，在深深的泥坑里挖泥，两只脚都泡得稀烂了，十个趾缝里流着臭水。他尽量想修路的坏处、包工头和马二剪那一伙人的坏处，想有一个能让太平存在的地方。这样，他就来到了劳动力市场。

　　坚称还是要干锯木活儿的程大种最后被一个嘴上栽花的男人带走了。那男人说："人是活的，活儿是死的，只要工钱对，锯不锯木又有什么卵要紧！"并讨好地称赞他的太平是条好狗，他一定帮程大种养狗。

　　程大种坐着一辆乱七八糟的车两三个小时后才到一个乱七八糟的地方，一个怪味儿刺鼻的黑水大湖。程大种要去的工厂坐落在湖边，厂子里也怪味儿刺鼻，进了一个生锈的大铁栅门时，那嘴上栽花的男人就要程大种把太平交给门房的一个哑巴，那哑巴胡子拉碴。程大种把狗交过去后，才看到门房旁的一排平房雨廊里，拴着两条大狼狗。哑巴拿来一条绳子，就势套住了太平的脖子。

　　太平面对凶险的未来不是没有预料，当它挣扎着，别让哑巴的绳子把自己勒得太紧时，那送走了程大种转来的嘴上栽花的男人此刻露出了狰狞的本相，只等那狗脖系进粗壮的绳索之后，挥起一根钢筋，照太平的脑袋就是一下，太平来不及哼喊，就被打入了地狱。

　　为什么这样对待一条狗呢？为什么对这条狗有如此深的仇恨？这些人是不是与它结下了孽，或它冒犯了他们？什么也没有。原因只能说是恐惧，一条太大的狗会横亘在这些人的心上，让他们寝食难安。如果是一只小狗，命运可能就截然不同了。人们恐惧这条怪模怪样、师出无名的乡狗。如今它又因为饥饿与磨难而更不中看，简直像从非洲跑过来的一条饿狗，病入膏肓，颇有侵犯人的意图。人们只求赶快了结它的性命。那哑巴也是个天才，刚才还对着电视里的小品咧嘴傻笑的，现在却磨刀霍霍，拿出一把切菜刀来，就地想把太平的脖子切开。这是那嘴上栽花的男人的"指令"——这男人是该工厂的老板，他要哑巴"切了算了"，同时朝自己的颈子一比画。哑巴没有杀狗的经验，但有杀狗的豪情，一点也不害怕，刀刃在太平的身上荡了两下，又在太平的颈子上比试了两下。太平因躺在地上刀不好下手，那哑巴就试着用刀尖去给太平翻身。刀尖一戳着太平的身时，太平这时竟一跃而起。对刀的反抗使它残存的生命得到激活。它是不会死的，神农架的狗有无边的神力，因为它是在深厚的石头上长大的，生命与山冈和森林一样古老顽强，这是它故乡的大地赐给它的神奇力量！

——当它跃起的时候一口咬住了哑巴的手，菜刀当啷落地。哑巴用悲惨短促的号叫来证明这一切，并且捂住流血的手拼命摆动。两匹狼狗这时突然像两座黑暗的大山压过来，将苏醒过来的太平制服了，压在地上。太平看到两匹大狼狗的四颗卵子在头上雄赳赳地晃动着，它多想跃上一口咬掉它们，可两条狗把太平像钉子一样钉在地上，顾不得它只剩下半口气，用它们罕见的大锐齿撕开它的皮毛，怀着滔天的好奇，要看看这只赶山狗肉里面的秘密。它们一点点撕扯着，就像在表演拉面。那个哑巴一阵奔跑止痛过后，还是提刀来朝太平的身上一阵乱剁，那血就喷得哑巴满身满脸，两条狼狗也止不住地兴奋呻唤，加上哑巴的快意号吼，几股声音在天空中缠绵回旋，在这清冷的工厂里恣肆穿梭。太平淌着大滴大滴的泪珠，动弹不得，又一次昏死过去。

太平是在夜间逃跑的。因为被扔在地上，它的身子沾上了地气，就会从死亡中活过来。地气有一种让生命复活的伟力，只有在大地和山冈上生长的狗，才能接受到这种地气的灌注，死而复生。对地气的无比敏感和依赖，是那些赶山狗生命力会出现奇迹的根本，它们像一株株植物，承接着、汲取着大地的养分，它们的身体里有这种聚集吸收的根须。它们的生命属于遥远的山冈和无处不在的大地。

深入骨髓的持续痛感在一阵哀风的猛刮下苏醒过来，太平看见了链子锁着的那两条狗绿荧荧的狗眼，而它却没被绳子拴着。他们以为它已经死了吧。

太平摇摇晃晃地站起来，大地推了它一把，将它撑持了起来，四条腿，一一给了它平衡的力量。大地说，你是不死的，你是罪恶城市的邪火中的金刚；大地说，你必死在故乡，安然长眠在阳光的森林里，山冈上的马尾松和清风必是你送亡的见证人。一只蜜蜂在杓兰的紫花笼中为你嗡嗡念着悼词，山坡草地上的芍药是你铺满夏天的白色挽幛。鸟声啁啾，那是天上的香雨，一直穿透你的忠魂，飞入云端……

太平依托着大地站了起来，满眼泪光闪烁。那是感激的泪光。它开始寻找着逃跑的路径。

狼狗开始叫了，它不能再耽搁了，它要逃出去，逃出这个魔窟，这个静静的魔窟！

哑巴因为被太平咬了，疼痛难忍不能入睡，吃了三颗安定才进入梦乡，两只大狼狗的叫声一点也没震醒他，加上有很高的墙和带电的铁栅门（一到夜间铁栅门就通了电），所以哑巴很放心入睡了。

太平试着走了几步，刚挨着铁栅门，就被一股力量掼了回来，重重地摔在地上，所有的伤口都强烈地醒了。它又爬起来，一步一步沿着围墙和灯光的暗处走着——它寻找主人程大种时学会的一系列隐藏术又一次用上了。就像在凶险万端的大街上行走一样，它走得慢，走得无声。但是，越接近那嗡嗡作响的车间越让人头昏脑涨，刺鼻的气味像一记记闷棍朝它的大脑打来，比神农架森林里夏天那令人惊骇的瘴气凶悍一万倍，顿时刺进它体内的每一寸地方，把它泡得稀烂，浑身无力。它还是坚定地、固执地找着它的主人，它屏着息，在一个灯光模糊的大房子里，它终天看见了许多人——有它的主人程大种！那刺鼻的气味就是从那里面出来的，里面热气蒸腾，毒气一团团一阵阵向屋外涌出来，里面劳动的人在大池子周围运动着，行走着，一个个像一张张薄纸。两个人看管着这些劳动的人。那两个人脸上戴着一种突出的面罩，就像两只嘴腮突出的野兽。太平看着它的主人，主人好像病了，脚踩着浮云，在梦游一样。当他蹲下去的时候，那两个"野兽"突然在他的头上给了狠狠一棒，主人程大种发出尖锐的悲叫。捂着头站起来的程大种，只好又开始拿起一根沉重的棒子在池子里搅拌起来，那腥黄的厚重的热气一下子吞没了他。

太平心疼地看着自己的主人。就在这时，狼狗突然离它很近地狂吠起来，同时响起了叱喝："抓住他！"荒草密布的院子里出现了奔跑的人影。狼狗向这边奔来了。一个人被打倒了，发出呻吟声。太平赶快寻路逃跑。真是慌不择路，它看见一条汩汩向院墙外流淌的臭水沟，穿出墙洞，那墙洞也就只能一条狗通过。它纵身跳进沟里，臭水滚烫，浑身的伤口如千万把刀割，如万箭穿心，皮肉在烧灼着，腐蚀着。它游出了院子，吃力地爬上一个草滩，全身的灼疼使它禁不住想狂号，可它忍住了，牙齿咬出了血。它知道不能吠叫。

　　昏昏沉沉中，风把它吹醒了。它逃了出来。疼痛已经使它麻木、绝望，烫热的泪滴也像那奇怪的臭水，淌出时让脸面灼痛。它像死了一样地趴在草滩上。天空群星如蚁，银河依稀倒悬。远远的城市灯火依然不舍昼夜地荡漾。这是哪儿？这噩梦一样的地方，主人和我为何会来到这样的地方呢？美丽平和的丫鹊坳为什么把我们推向这样的地方？主人程大种为什么要遭受这种惩罚并且牵累我？

　　肮脏的大地它也是大地，腥臭的大地它也是大地。太平用肚腹紧贴着沁凉的泥土，汲取着深处的干净的能量。它站了起来，回过头看着那黑魆魆的院子，那蒸煮着地狱沸水的院子，这莫不是传说中的地狱？

　　有一片小小的林子，在一个高高的土台上。它向那儿爬去。它爬了上去。在那儿，居高临下，能多少看清楚院子里的事情。太平的眼睛还灵锐，虽然嗅觉已完全被这汹涌的异味破坏了。

　　它在那儿等着，盼着，盼着它的主人从那个生锈的铁栅门里出来，带着它，回到丫鹊坳去。

十

　　它晚上出去找吃的，白天就在自己用爪子刨出来的一个土洞里养伤、休息、避险。有泥土的慰抚，伤口在时间的流逝中慢慢愈合。不过，那被下水道的奇怪臭沸水浸过的伤口，有几处始终不能封口，往深处溃烂，形成窦道，流着黄水。

　　湖边有许多死鱼，也有扔弃的死猪死猫。为了生存，它必须学着吃那些腐物，刚开始，它不停地闹肚子，但闹过一阵，它挺过来了。再吃就注意吃稍为口感好一点的烂货，或者多跑点路，去寻些新鲜垃圾。等身体好转之后，它就在土台周边、湖边和小树林里逮老鼠。这里的老鼠泛滥成灾，而且肥硕无比，一只只比狼还凶，也是吃腐物的，可它们的肉质却十分鲜美。

　　吃老鼠的事缘于有一天晚上，它在土洞里被一股森冷的风吹醒，预感到有危险，接着就听到一阵吱吱乱叫的声音。睁开眼探出头往外一看，我的天！

有几十只壮如猫的老鼠已围在它的洞口。老鼠们缩着丑陋的鼻子，一排排尖锐的啮齿向太平发出了示威——很显然，这些老鼠是有备而来，准备在洞里围歼太平以吃掉它的。

就算它们凶狠如竹溜子，就算它们是一头头狼，搏斗，与这些不知天高地厚的城市老鼠的搏斗会激发它体内的征服激素，求生的意志也使它的牙齿和爪子再一次有了剑吼西风的英气。那些老鼠不知道太平是一条与众不同的狗，是一条神农架深山里的纯种猎狗，在这个小土台上的战斗，简直不值一提。于是，太平不顾一切地冲了出去，一个一个地咬死它们。先咬死，再吃它们！老鼠们以为这是一条静静等死的病狗，阳气全无了，可一阵狂风卷来，一会儿就鼠尸狼藉，鼠们被咬死了大半。它自己的伤口再次哗哗震裂了。可是，对敌人的杀戮使它获得了自信。它知道自己是不败的，因为它是一条赶山狗。山都不怕，何惧土台！

喝了老鼠青春的血，体力恢复得很快。它常常望着那个院子里的车间、衰草和人，想悄悄地潜进去，救出它的主人。

春天正在悄悄地到来，在这个城市不被人注意的边缘，在土台上和湖边，各种绿色的植物被一阵夜雨染绿了，不知名的野花顶着鲜艳的颜色摇荡起来，腐臭的水边也有不知情的水蒿和芦苇的芽子依然娇嫩地蹿出身，显得尤为壮美。竟然还出现了青蛙的叫声。野蜂和鸟都在各自自由地飞翔，而它的主人却在里面暗无天日地受难。

那些天，到了深夜，终于看到那铁栅门打开了，有轰轰作响的汽车开进去，然后汽车再开出来，大门就被那鬼鬼祟祟四处张望的哑巴急急地、重重地关上了。狼狗牵在他的手上。那两匹狼狗会在半夜从院子里嗷嗷乱叫，偶尔，也能听见人的惨叫声，其中有它的主人程大种。

害怕是肯定的，那种种的惨叫声会让太平听得阵阵发抖，心有余悸。每当看到那个哑巴，它就会莫名地战栗一阵子，好像患了疟疾或遇上了寒潮。

哑巴守着的大铁门是千万不可进去的。好些天，在晚上，太平围着那个院子长长的、泥沼黑臭的围墙转圈儿。唯一可走的依然是它急中生智随水流出的那个下水道。可是，望着那卷着泡沫、冒着热气、怪味儿难忍的黄水，它就怵了。它试着把爪子探下去，爪子就一阵灼疼。最后，它憋足了劲儿，屏了一口气，还是勇敢地跳入水中，拼命地向洞里游去。

程大种已经病了三天，不知道是什么病，那个嘴上栽花的男人给他吃了几颗什么药片，他就昏昏沉沉地睡了。宿舍没有窗户，难闻的气味凝滞在屋子里。他的皮肤发痒，一抓一个水疱，流出难闻的黄水，跟下水道的水一个样。恶心，呕吐，眼睁不开，呼吸困难。他感到他快要死了。他身上盖着从家里带来的被子，已经很脏了。可是那被子上的红碎点的花使他的眼前出现了幻觉，老婆陶花子就在那红碎花点中间，纳着被子朝他笑着，有时又骂着，骂得十分难听。

"陶花子！……"

他冷得不住地打着牙磕，身子痉挛成一团，胸口堵得慌。

"我可能……回不去了……还有一个……躺在那儿哩……"他的手给陶花子指指说，"老板不让、我们走，你只要说走……就有人拿大棒打你……"

稻草角落里爬着一群群大老鼠，对面床上的那个工友的脚趾已被啃了，在那儿成天哀号，估计又昏死过去了。老鼠估计又在啃他的脚趾。程大种抬起头，想去看看，在黑暗中，忽然看到有一排排荧荧闪闪的小眼睛，这么多的老鼠！是不是它们嗅到了这个工友快死了，准备来饱餐一顿？！

"老鼠！……"他想喊，可喉咙堵了，声音像从墙缝里发出的一样。

他吃力地够着床底自己的鞋子，终于拿起了一只，用尽力气朝老鼠砸去，一阵吱吱的响声，老鼠不见了。

其实他什么也没有看到，看什么都模模糊糊，头沉得像箍了个铁箍子。

他突然想，那些老鼠该不会啃自己吧？我也快死了，还管别人！他感到那些老鼠还待在屋子里，正在伺机行动，它们正向他的身体爬来。他昏昏沉沉地想着这事，手脚拼命动弹着，生怕一停下来，老鼠就会张出啮齿来啃他。

就在他本能地舞动着四肢时，手触到一个毛茸茸的东西。

"老鼠！"

他吃力地收回手来，吃力地把眼皮撑开，分明是一个大大的长毛的家伙，狗！是厂里凶狠的狼狗？不是，它舔着自己哩，是太平？是我的狗，是太平！

狗像久别的亲人一样用湿漉漉的身子紧紧地摩擦着他，舔舐着他，温热的舌头像故乡的阳光。狗尾巴不停地摇摆着，嘴里发出呜呜的呻吟，并用嘴咬着他的衣服往外拖拽。这狗是在救我，想让我出去！狗啊，它要救我逃出去！一阵感动，接着是一阵虚脱的晕眩，程大种手脚顿时冰凉，晕厥过去。那些在他脚头等待的老鼠这时候疯狂地扑上来，就啃程大种的脚趾。钻心的疼痛传来了，程大种一声尖叫，太平就引起了警觉，嗅觉丧失了，眼睛却一下子逮住了猎物。只见它用极低沉（怕人听见）但很震慑的声音怒吼了一声，就像一只大鸟跃起，朝床上的老鼠罩去。顿时，屋子里飞蹿起一只只笨重的老鼠，纷纷落到程大种的身上、被子上、头上。老鼠在被咬死时，竟发出一种令人毛骨悚然的惨叫，使人知道无辜的死亡是多么可怕。

程大种已无力坐起来。老鼠在屋里疯狂逃窜，叫声一片。它们撞在墙上，撞在门上，撞在天花板上，被撞被咬得鲜血四溅。

"好样的，太平！你真是好样的！"程大种在心里赞叹自己的狗。

一阵狼狗高亢的叫声像风暴在院子里刮过来，还伴有哑巴那含混不清、仇视一切的吼叫。

"快跑，太平！……快！"极度虚弱的程大种在黑暗中摸到狗，用尽最后的力气猛拍它一巴掌。

太平正在亢奋地咬着老鼠，它愣了一下，马上明白了。主人的指令就是一切。

就在狼狗和哑巴赶来时，就见一道粗壮的黑影像闪电蹿出门外，飞进院子的荒草中。两只狼狗马上朝草丛里扑去。哑巴没看清是什么，在那儿正搜寻着想看个明白，忽然一阵狂风，一个黑影罩来，他的腮帮子就被撕掉了一块，发出"噼啦噼啦"的声音。"啊！"哑巴惨痛地叫唤，人竟跳起了三尺高。两条狼狗急急追去，那黑影跳进滚烫的废水中，沿着下水道钻出了院墙。

太平再一次潜入院子是在五天以后，它看见它的主人程大种已经死在床上，七窍流血，骨瘦如柴，老鼠已经啃坏了他的脚趾，两个耳朵也没有了。它躲在那一人多高的野蒿中间，看到哑巴和另几个人把它的主人抬上汽车，然后车开走了。太平潜出来后，追赶着那辆汽车的尾尘，可是到了一个三岔路口，它辨不出车去的气味，空气里的浓郁怪味儿绞杀了它的嗅觉。

它在城里找了几天，后来它来到了一个火葬场，在空气中似乎嗅到了一点点它的主人的气味，那高耸的烟囱上正飘过一缕缕的白烟，它的主人程大种随那缕白烟飞走了。

"故乡！……"它在心底里大声说。它喊。它，太平，一条狗。一定是回到故乡去了，它的主人。那缕白烟正向遥远的天际飘去，在很远的地方，在川、陕、鄂交界的那一片山冈上，总有这样的烟云，像透明的梦境，从它的眼际飘过！还有一种更醇厚亲和的气味，不是这儿死亡的冷漠气味，那气味突然从很深的地方泛了出来，还没有死去，它蛰伏在太平的心灵深处。那气味使它回忆起了过去的一切；那气味拉拽着它，牢牢地拴住了它，让它不可遏止地带着坚定的步伐，向那儿走去！

它跟着缥缈的主人，跟着云端里的呼唤，在星星的指引下，嗅辨着那若断若续的来路，向回走去。

越过了千山，涉过了万水。不停地行走，不停地寻找着那从小就熟悉的气味。它已经走掉了身上的毛，走秃了脚爪，尾巴被围攻的野狗扯掉了半截，耳朵拉开了口子，一只眼睛也被顽童戳瞎了。它见过了世面，伤痕累累，流泪成河，可脚没有停下半步。它死了，又活了。活了，又死了。九条命（猫狗九条命）已经用了八条，还有一条攥在自己手里。它走着，走着，已经不是一条狗，是一个行走的魂。

在一个深秋，在百果摇曳、万树如火的日子里，狗儿和他的妹妹毛丫看到山路的尽头走来了一匹歪歪倒倒的狗，狗一走一瘸，浑身裹满了尘土，身子已像一个纸糊的架子。这狗熟啊，这不是咱家的太平吗？

"太平！妈妈，太平回来了！"他们忙向厨屋里的妈妈大喊。

听到喊声，那个厨屋里的女人陶花子从里面出来，在抹腰上揩了揩手，揉揉被灶火熏红的眼睛，朝那匹远远走来的狗看着。

"真是的！太平！太平回来了！"那狗不紧不忙地走了过来，睁着唯一的一只眼睛望着他们，面色沉静，没有表情，尖削的嘴紧紧咬着，眼神怠倦，好像是从一个深深的山洞里走出来似的。

"太平！太平！他爸呢？大种呢？他没跟你一起回来吗？！……"

女主人陶花子蹲下来一把抱住了它，摸着它瞎掉的眼睛和开权的耳朵，摇着它问着。狗依然没有表情，一声不吭。这时候，陶花子看到它的眼睛里滚出了一滴一滴的泪珠。

生活还在继续，因为日子还在继续。

丫鹊坳和神农架的人都在谈论着这条叫太平的狗，这条神奇的神农架赶山狗。这件事刊登在二〇〇×年十月的《湖北日报》上。

报道说：

狗的主人程大种（化名）音讯全无，狗却千里迢迢回家了。

我希望程大种也能像他的这只神犬一样回家，因为他的亲人们在日夜盼望着他的归来——假如他还活在这个世上的话。

（原载于《人民文学》2005 年第 10 期）

像白云一样生活

一

　　齐老和一家住在白莲垭山腰的杉木坪。他有两个娃子，一儿一女，有一个老婆，还有一个老母亲。白莲垭是一座很高的山，那儿终年云雾缭绕，偶尔现出阳光的时候，就会照到山坡上有一块耕耘得平平整整的棕红色土壤——那一定是在九十月间的秋季，苞谷已经收割了，大地露出它的本相，天空澄清，猴子的叫声越来越远。那块地就是杉木坪上齐家的土地。但下雪的时候——那一定很早，在砍掉苞谷秸秆之后，翻耕之后，霜就下来了，早晨起来，白花花一片，那就是霜。有时候霜很厚，你还以为是雪呢，果真念头一闪，雪就下来了。雪飘着，两棵柿子树就脱光了叶子，露出它们身体上琳琅满目的红果子，一颗颗大得冲人，像一块块烧红的木炭挂在树枝上。山下的人知道山上飘起了雪，因为有一条雪线，在十月之后，那条雪线就隔开了两个完全不同的世界。

　　齐老和一家住在高高的雪线之上——至少海拔两千米。风雪弥漫的日子，就没了齐老和一家的消息，好像他们冬眠了。到了四月，雪还没化完的时候，村主任、会计和一个文书会照例到山顶上去，他们记着那儿有一户人家，是他们村的。他们拿着账本，找那家人去收税收粮。粮是折合了人民币算的。

　　这家人家农特两税加起来共计一百零三元伍角陆分，粮款加起来三百伍拾元零捌角，田的面积是二十亩。这田有能收的，有不能收的；阳坡地，阴

149

坡地。所以，缴款田亩平均数低得惊人。何况田是估估数，没哪个量，就齐老和报的。也许有三十亩，也许有五十亩，也许……但，就算二十亩吧。村主任知道这一家人还活着，主人，主人的老婆、老妈、儿女。

四月的天气，行路人就觉得很有些热力了，何况蜜蜂还在飞，菜花、桃、李、杏、樱，甚至映山红都往外开放了，黄的瞎黄，红的绯红，紫的骚紫，乱了章法。春天就是个乱了章法的乱哄哄的季节，很好啊，很欢实啊，很灿烂啊。

狗还叫得十分凶。

这是很难得的，狗叫得这么凶，一定有稀客到。猴子也在路边摇着树梢。齐老和见村干部上来了，这是能预料得到的，四月二十三日，或者二十四日。钱早就准备好了，是两百。两百就两百吧，往年都是这么结的，结了，登了记，就喝酒。可今年村主任和会计就有些古怪，期期艾艾的。

"两百啊？…… 两百……"他们你看我，我看火塘或神龛上飘着的蛛网。

去年就这么结了，就昧了良心喝酒。去年就取消了农特两税，人家齐老和根本不知，世界上的事情与他没有任何关系，这一家是通过村干部与外界相连的。去年收了，说你少交一百。村主任和会计笑笑。齐老和在秋天的九月交那余款时听说要无缘无故地免他一百，人都快感动得跪下来，那一天，把自己留了上十年的一只虎胯给干部们煮吃了。今年……

今年领导很暧昧，说，唔，两百啊，两百。坐下看房子，问，不漏吧，去年冬天的雪山上下得可大？齐老和说门口有三尺厚，比门槛还高。会计就说，现在还有这么大的雪，神农架的雪都快绝种了。看了房子再看人，一家人，都还在。又看庄稼，门口田里的，再拨火（山上还是冷），摸狗（狗已经在主人的接待中知是客人，不吠不咬了，与客人们挨挨擦擦，摇着尾巴），然后就听见厨房里砧板上剁猪骨头的声音。

每年都是这样，齐老和都要为村干部留一只腊猪蹄子的，还带着座刀肉，就是猪臀肉。村主任一行喝着茶，轮番甩过来的烟接住了，就夹到耳朵上、手指缝里，就说话、就咳嗽、吐啐，就到了吃饭的时候，就喝酒了。

锡壶斟酒。是造型很有味道的小锡壶，能装半斤，或者更多一点。火锅是铜火锅，四川的那种，放白炭。酒杯、汤匙、搁汤匙的小白瓷碟儿，完全是殷实人家的做派，很见过世面的做派。每次村主任来似乎都是这一套。看来除非是贵客，否则就算过年，他们自个儿也是不会用的。

上了桌，五个男人（女人不上桌），就是五杯——人人敬你一杯，你敬人人一杯。这是一巡。第二巡再五杯。第三巡就是十五杯了。喝到四五巡之后，天就开始旋了，地就开始转了，话就开始多了，稀奇古怪的事都开始谈了。齐家儿子齐细满就拿出他前些时在山上捡的一块石头，上面有一个很清晰的虫的形象。文书说是化石，还是很珍贵的化石，这么清晰他还没见过，应该叫三叶虫，好像。

"这里有化石山喽！"文书说。

发现了宝藏，气氛更好了，喝得更勤，喝到后来，就分不清谁是谁的杯子了。腊蹄子里面放了些海带，放了些蒿本叶子，还一个劲儿往里面加肉和山上的嫩竹笋。上菜是用红漆托盘。

村里还没有这么讲究的——指住在山下的人、公路边的人。吃的，喝的，井井有条。可再一细看，看衣服呢，看这家人穿的衣服呢？露肩少扣儿。看头发呢？鸡窝一般。都是在山上劳动的装束，简直像叫花子，一屋的叫花子。酒这么敞着喝，其实也是自己酿的苞谷酒，入口绵润，知情在理，不打头，很有欺骗性。村主任一行中的文书就懂行地说细满捡的这石头，卖到外头去值许多钱，甚至是无价之宝。"然后，"文书说，"换了大钱就给你们家一人扯几件新衣服。"可齐老和知道他说的意思，就说："新衣服有，干活儿嘛。他们都有新衣服。我妈几套，就舍不得穿……"

喝到嘴麻时，太阳已经从门外斜进来了，会计提醒说，再晚就下不了山了。村长说："在老齐这儿你急什么，还让你睡地下不成！"

还是走了，恋恋不舍地放下筷子，大拇指指甲上跺跺烟，接燃，走了。过门槛时蹿了一步，差点摔了，回过头怪门槛。门槛是被狗啃过的，时间蛮长了，缺头凹脑，像一个老人稀稀拉拉的牙齿。齐老和的老妈妈就在门口瘪着嘴生气，一脸的恼怒。那与村主任他们无关。村主任也不想惹这个闲，只是跟老人家打个招呼。每次来都见齐老和的妈生气。她这一辈子就是气多，气多能长寿，总是见她活着。生气的时候打嗝儿，一个接一个："嗝……嗝……嗝儿……"

"老人家，还精扎着哪！"

"快死了，他们巴不得我快点死……"

"哪里哪里，您儿女孙子们蛮孝顺哪！您可以活过一百岁！"村主任说。

"活那久打鬼！没一个孝顺的……"

老人咕哝着，村主任他们已经往山下走去了。下山的路是被早出晚归的牛羊和齐家一家人的脚踊过的稀泥路。因为化雪之后，路就烂了。往山上看，山上就一些山，一些树。还有猴子深长的唉叫，划漾过茫茫的黑夜。

森林像一座巨大的荒坟。

二

更高的白莲垭尖上虽没有人居住，却有一片废墟。就往齐家的后面上山，爬三个小时，就到了山顶——细满的那块化石就是在那儿拣的。很久以前，那儿有一座庙，叫白莲庙。有人看见山上总是盛开着一朵巨大的白莲花，像蓬松的白云一样，后来就修了庙。但后来闹白莲教，官府就把庙毁了。不过以后又恢复了。但新中国成立前，从秦岭窜来了一股西北土匪，爬上山，负隅顽抗。那山上有庙，有洞，还有一股活水。剿匪的解放军就在对面山上对准白莲垭用迫击炮猛轰，庙被炸塌了，人却毫发无损。后来是齐老和的爹给解放军带路，从山后的一条险道摸上去，把土匪一网打尽。

齐老和在前些年就开始偷偷地搬运山顶寺庙的老瓦回家。瓦是黄瓦，闪光，上了釉的，泛着一种很苍老华贵的气息，就像是殷实人家的老太太。可山路很陡，近些年几乎没了路，路让水冲断了，灌丛、榛莽给覆盖了。空手上下山都难，甭说背一背篓瓦。瓦又沉。齐老和就在山上采药时，放几块瓦在背篓里，像蚂蚁衔食，一颗颗衔下来。这些年集了些瓦，将牛栏、厕所都盖上了这种瓦。他上瓦时还搞了飞檐，像一座小庙，将牛栏、厕所弄得比正房还漂亮。他还得背，虽然背得很慢，可时间有的是。背了十年，盖牛栏厕所，再背十五年，说不定就可以盖大房子了。

就在村主任来过后不久，文书又上来了一趟。那一趟上得十分辛苦，还碰上了野猪，提着半袋子石灰，是来写标语的。标语就写在了新垒的牛棚墙上：建设社会主义新农村。

这白莲垭子上竟然出现了标语，出现了字，可是自打盘古开天地的头一遭。这标语气势蓬勃，一下子把齐老和一家和村里拉近了，山上山下连成了一个整体，人突然就不那么孤单了，山也变矮了。出坡干活儿，收工回家时，齐老和都要欣赏这一条标语。标语像阳光，照亮了这终年云雾缭绕的垭子。文书上来给他们说：要开始建设社会主义新农村了，现在各村督促县里下达的"三改一刷白"，即改水，改灶，改厕所——上不漏雨，中不漏体，下不漏粪，房子刷白。齐老和问咋改，文书也没说具体，说就是要搞漂亮：水，自来水；灶，不要烧柴了，要烧沼气，最好灶台贴瓷砖；厕所改冲水式，蹲式坐式均可，房子外墙全用石灰刷白。

哪来的自来水？咱要去"月亮窝"挑水咧。烧沼气沼气，说是猪粪沤的；厕所就这样了，新，还改什么？坐式？坐着拉屎能拉出吗？外墙用石灰刷白了咱这高山上单家独户给哪个看去？……

齐老和知道村里说是说，有时也没哪个再问，就有了经验，管他的，咱种咱的吃咱的，村里的球事与咱没关系。

可这一天早晨，齐老和的妈起来突然吵着要上白莲垭去敬香。这天早晨，天很安静，鸡在笼子里拍打着螨虫和臭气，想走出来见阳光；猫舔着隔夜空空的盘子在做吃早餐的热身运动。空气寒凉，冷杉摇曳，发出司空见惯的声音。齐老和的妈走出她的房间就给大家说她梦见了观世音菩萨，踏一朵白莲祥云往山尖上去了，菩萨显灵了。

一个老太婆被梦中的美丽景象弄得亢奋起来，她头上沾着垫床的苞谷衣壳子，膝盖上有两个整齐的补丁（她自己补的）。这样的人会与观世音菩萨相见吗？可老太婆起了这个心，她有二十年没往山上走了，现在，当八十岁时，两腿像脆皮黄瓜，敢爬这样的山？

"她要去就让她去。"齐老和对翠满和细满说。他知道妈倔了一辈子，老糊涂时，更倔。让她去，有什么事还好些，他这么促狭阴暗地想。

妈就背了几个煮苕要去爬山进香了，还拿了些黄表纸和香。

"你看她怎么走。"齐老和站在门口，对母亲也对儿女们这么说。他有几次背瓦下来，都差一点滚下崖了，主要是没有路啊。

妈前脚去，儿子细满就让爹给指使"跟着她"。

妈还走得很快，总是在山上生活了一辈子，就算拄着拐棍，也比不会爬山的外地人利索。

可是走了大约一两个小时，齐老和正在家里磨砍刀，就听见儿子急闹闹的声音。

——那个摔得鼻青脸肿的老太婆正哼哼叽叽地趴在孙子身上，狼狈地回来啦。

她的双腿给摔断了。

三

妈躺在床上双腿肿得发黑，弄了好些草药来敷了。女儿翠满说，该不要送到医院去看看吧。说是这么说，哪来的钱背一个八十多岁的老太婆看这腿？躺在床上没死没叫就是平安了，维持现状，就是平安。老太婆躺在床上，吃饭、喝水，慢慢就消肿了，睁着一双白内障的眼睛茫然无措。儿孙们就笑她说："观音菩萨来没有啦？来了要来看你，给你把腿接好啦。"儿孙们说："既然观音菩萨显灵，到了白莲垭，你好心好意去看她，她为何不保佑你，倒让你眼睁睁滚下山来把一双老腿摔折呢？"

苞谷拔节的时候，猴子下山了。猴子也是从白莲垭顶上下来的，不过猴子满山乱窜，没个准。但到杉木坪，是看中了齐家赖以生存的那个沁水窝，就是"月亮窝"。月亮窝是一个小沁水窝，后来齐老和把它挖成了个月亮弯儿，能存个一担两担水。这水是由齐老和爷爷的那一辈人发现的。有了水，就可种地，就搬上山来了。齐老和将它扩大之后的某一天，发现水中有了一种生物，螺不像螺，虫不像虫，怪头怪脑地在水底下行走，生存，也不知道吃什么。这东西肯定是水中的生物了，可这一带方圆数十里没有水，这生物是从哪儿来的呢？更巧的是，今年的第一场春雷刚过，有一天儿子细满去挑水，竟发现水中游动着几尾小鱼！这更奇了，齐老和百思不得其解。你说人能在这样荒无人烟的高寒山上存活，是因为有两只腿，有腿才爬上山来的，鱼呢？飞来的？

现在，已经有很长时间没下雨了，猴子满山找水吃，闻到了这儿的水腥味儿，就来了。这还不说，还有一只青羊也找到了这月亮窝，一只青羊与一群猴子在傍晚时分，为争夺水源打得嗷嗷大叫，把水的主人一家全然不放在眼里。猴是一群泼猴，前些时在水边发现被咬死的雉鸡、竹鼠，后来才知道是猴干的。今天却要打跑一只百多斤的青羊。挑水去的翠满见猴子与野羊子打架，也生好奇，手上拿的石头也没用，看它们打得飞沙走石，清汪鬼叫，最后把一窝水给糟蹋了。

必须把猴赶走，不仅把水弄脏了，而且可能会在秋天让你颗粒无收。水是有限的，一天就沁出来一两担；粮食也是有限的，你要在这高山上生活，就不允许其他禽兽在这里生活，这是十分无情的。猴们就是些猕猴，书上叫恒河猴，而齐老和他们叫它们毛猴。

把猴赶走没什么别的法子，就是灭它，灭它没有枪，可有用笼子捉猴的办法。在二十世纪六七十年代，村里就经常上来捉猴——做一个巨大的木笼子，笼门是机关，绳子牵到远远的一个隐蔽茅棚里。笼子里放上瓜果、苞谷。刚开始猴是警觉的，决不会随意进笼去吃那些诱饵。但过几天就会有饥饿的小猴往笼子里钻。第一只钻，吃，你不能关。第二只偷吃，也不能关，等到一群猴子都进去了，再关上笼门，灭了这些祸害庄稼的猴子。

当齐老和想要用笼子关猴时，翠满、细满姐弟俩都说是胡扯，不现实。找谁打笼子？打笼子的木料哪里来？

那就下套子。齐老和下了几个钢丝套，套到了一只猴子，就在月亮窝边大张旗鼓地剥猴。

再套一只再剥时是在屋场上，他妈已能拄着拐杖在门口看景晒太阳了。见儿子剥猴，一时尿失禁，大骂儿子"遭天雷劈的"。

可这天，猴群们发疯了，把齐老和田里弄得一片狼藉，啃断了不足一米高的苞谷，还拖走了三只鸡。儿子细满去撵猴，被猴抓伤了手臂，当晚就肿得像包子，还发烧。猴子是有毒的，喝了些排毒清热的大青叶茶，又吃了七叶一枝花碾成的粉，才有了好转。

青羊在这个早晨，与争水的猴子展开了一场血战，竟把猴子打败了，至少让两只猴子折断了猴爪，还用角挑开了一张猴脸，把一颗猴眼挑瞎了。

青羊在那儿喝水时，对这百十斤的一堆野羊肉，齐老和是卜了决心要把

155

它杀掉。青羊长得很健壮，一身灰毛，喉部有一块淡黄色的毛斑。青羊因为与猴搏杀，已经精疲力竭，有一只腿瘸了，且不防人，就像是这个月亮窝水源的主人一样。齐老和只要憋足劲儿，有一个帮手，就可以用挠钩钩住它，再然后用大砍刀猛敲它的头，一阵风工夫，青羊就成囊中物了。

儿子因为被猴抓了，还在恢复，女儿也不愿配合，说："爹，说不定它蹄子会好的，让它走吧。"

"问题是它不走。"

"那就不走。"

"混蛋！"

在这山上住着，不可能把水让与野兽。他拿着刀，大砍刀，猎刀，缺头凹脑的刀。刀是父亲传下来的，曾经在这山上杀过无数野牲口。在山上，要刀，沉手的刀。刀一直是他在这儿生活和做梦的基础，是枕头的高度之一。人睡在刀上，就像睡在故乡。如今，这刀总是一个劲儿地生锈，不行，刀打不起精神来，刀要血洗洗，要洗出它的浩气来！

齐老和一个人接近了青羊。

他是想把它打死的，他肯定是想把它打死。他看见青羊的乞怜，那双眼睛——当面前的人手拿着挠钩和大刀，而不是挑着水桶或背着背篓出现在它面前时，它有些惊异，它扬起头打量着他，而齐老和也在打量着它，只要把它钩住，一切都好说了。可是这个傍晚让夕阳沉重，齐老和在青羊那神秘的眼睛里看到了一片深邃窅远的群山和森林。它虽然装着一副受难的样子，可它的那种冷冷的沉静中，它眼里的地方，那是我们无法到达的。它翕动的吻豁似乎在嗅吸着什么，在揣摩着什么，并且想说出话来——这是个灵异之物啊！但是对于青羊火锅和它的鲜汤的渴望已让齐老和顾不得许多了，对野牲口的怜悯只是一过性的，他从来就没手软过，这次也一样。他将那挠钩挥起来钩去！

青羊身子一扁，钩到了那只瘸蹄子，可钩也钩脱了，青羊一个趔趄跪在水边，又很快爬起来。齐老和又钩。但是从坡上跑来了儿子细满，是从田里回来的，背篓里背了大堆猪草，飞也似的跑着大喊：

"放了它，爸！放了它！"

猪草在散落，儿子的头发在飞扬，石头一样光滑的脸嫩生生的，双手抓着背篓的背绳。

青羊跑了。跑掉了。

齐老和望着细满，他忽然对自己的儿子感到一阵揪心的陌生，好像儿子从没跟他生活过一样，是一个新来到这山上的人，一个别家别地的娃子。他可是个男儿啊！……

"它就是想喝口水……"

"你不想喝水啊！"他大吼，冲着儿子。那样子恨不得朝儿子甩一挠钩，把他剥了皮。

不管怎么，第二天，他还是要守着这月亮窝，守到青羊，要它的命！

月亮窝边没出现青羊，出现了一个人，一个陌生男人。

四

那人见到了水，就像见到了母亲，扑上去就把头埋进水里，贪婪地喝了起来。他咕噜咕噜吸水时，凡是能运动的肌肉都在收缩，提搂，好像要把嘴下的水窝，把整个杉木坪都吸进他的体内。

这个渴得狂乱的人用山上的这窝水泼熄了肚里的火，果真把一窝水吸得一点不剩了，嘴边沾着鲜红的泥巴，打着饱嗝，还吐出不能吞下去的东西——估计是那不明不白的带壳水生物，就跟齐老和打招呼：

"你好！你好呀！"

齐老和见来了生人，既惊喜也警惕，因为听山下说偷牛贼很多，在山上也得小心一点。

"啊！啊！……"齐老和说。他不晓得怎么跟这个突然闯进来的陌生人说话。

"您家姓齐？齐师傅，您儿子是不是叫细满？是他让我来找他的。"

哦，齐老和想到就在前天，儿子去了山下一趟，因为家里没了粮和洗衣粉，还差一些搭盖猪圈的铁丝，就把一个麝香包让他拿下山去卖了换东西。麝香包是去年大雪时拣的一只冻饿而死的香獐，从其身上取下的。他背回这只獐子后，将毛拔下来，套进老母亲的枕头，可以治头风，然后卸下香囊，挖出麝香，用油纸包好。有时，人要提神，就往烟锅里搉点麝香，那香逢了火，异香扑鼻，满口生津，提神醒脑。在漫长的无可奈何的冬天里，几乎麝香是必不可少的东西。一家人猫在火塘边，眼睛熏得红肿流泪，仿佛死了一万个亲人。除了擂苞谷，炕苞谷，就是吃饭喝酒打瞌睡。春天来了，麝香就得换钱换物。细满这孩子也有十七八岁了，是个胭腆的娃子，胡子眉毛倒还粗，喉结也很突出，山里啥样的活儿都能做，也能使枪吆狗，但很少去打野物，心地善良，没做过什么坏事，山上没啥坏事可做啊。年轻时在神农溪河里推过船光着屁股拉过纤嫖过娼的齐老和认为，男人不做坏事不能算男人，不做坏事就还没成男人。儿子连个女人的腥味儿也未舔，所以更不能算个男人。

可是儿子竟然有山下的人来找他了，而不是找老爹齐老和。

那就找他吧。齐老和就喊出儿子。

儿子说可能是向索子给介绍的。向索子是山下卖化肥种子和日用品的老板。一问，果然是向索子说叫来的，因为细满给向索子说到化石的事。

来人一进屋就要看化石，可他说他姐不知放哪儿了，要等他姐翠满回来，姐去山上薅草去了。那人又说还有宝的，说还有铜钱，说他挖了半缸铜钱。

铜钱倒是有几枚，都年代很久了。有一枚还吊在细满裤子上。

"这一枚。"细满说。

"我早就知道了。"

细满把那铜钱取下来，那人就把它抢了过去，看那枚铜钱。

"这个不值钱，还有呢？还有很多啊？"那人说。

"我就是要买的，我不买我上来干什么？"那人拿出了一个手机，说，"这山上没信号。"

等细满把自己的所有宝贝都拿出来了，那人看了后没什么惊喜，说这些铜钱都是大路货，不值钱，并问是不是在墓里挖的，说山下都在传你挖到了钱缸，说是过去土匪埋在山上的。

细满不太爱说话，只是摇摇头否认。后来翠满就回来了，就把那个三叶虫化石给那人看。那人看后有感觉。齐老和盯着那人的表情，看到了明堂。那人就说卖给他。可细满沉不住气，说："你愿出几多钱？"这话本应是来人说的，来人问细满，细满才答。细满经验不足。

那人被突然问住了，还没想好开价，但又不得不答，想了想，看了看面前的几个山里人，揣摩他们的见识和底线，就迅速地说了：

"我出……五十……到一百块钱！不就是个石头吗？我以为还是个什么宝石呢！"

"很少有的啊，"齐老和要说话了，"这石头肯定不止这个价。"

"我也不懂，"那人说，"我反正觉得这好玩。我也不是专门玩石头的，向索子说这儿有宝贝，我就来了，就是块石头，我背回去若一钱不值就丢了，不过也就百把块钱嘛，也算跟你们交个朋友。看……"

细满看看爹，看看姐姐，就摇头。

这必须漫天要价，人上来了，要东西的，货在我手上。

"那你们究竟想要个什么价？"那人有些着急。

"不想卖，留着自己玩的。"齐老和在正欲说话的儿子前头说了，因为他觉得有来头。也许可以慢慢给来人熬价，吊吊他的胃口。驾过船的齐老和知道看风行船，见风使舵。

"可是已经晚了，下不了山了，我得在你们这儿住了。"那人很急躁。

那人又说：

"或者你们帮我扎两个火把我连夜赶下山去。"

"我们电筒没电油了，你带了电筒吗？"齐老和问。

那人摇摇头，说："我以为不远的，向索子说十几里，起码三十多里四十里！这哪儿像有人住的地方啊！"

齐老和就挽留他在这儿住一夜。

"好，好，好。那就吵闹您家了。"那人无可奈何地说。

晚餐是腊肉炒鸡蛋、腊肉火锅煮洋芋。

"……神农架的洋芋就是好，怎么煮也不趴（烂），也不糊汤。"那人说。

还喝了两杯，说不能喝，说好了好了，再喝就醉了。

那人就洗盥。自己带了毛巾和牙刷牙膏。晚上还要刷牙。那人在幽暗的窗子下的椅子上拉开自己提包的拉链时，在深处找他要找的物件时，偶然给他打水的细满看到了那包里一沓很大票子的钱。钱是有特殊气味的。听说城里的小偷有特殊的嗅觉，一嗅，就知道钱在哪里。那气味究竟是一种什么样的味道呢？钱的确是一个很奇怪的好东西。

钱。

山上的夜十分安静，有娃娃鸡的几声啼叫，像娃儿哭闹，又走散了。鬼瞪哥（猫头鹰）也凄叫一两声。很远的麂子也会应和两声，在山谷里。

细满没有睡着。那人睡在他的脚头。那人把衣裳全脱了，说是怕虱子。细满怕碰男人的光肉，碰了有一股排斥。他一动不动，像一根树筒子睡在被窝里。睡不着，想那人提包里的钱。

钱在眼前闪着鬼火般的光，一张张散开又回拢，像一副自动洗的扑克，展开又回去，还翻动，一张一张。细满突然有了强烈的想法……他突然想到了山上……

五

第二天早晨起来一触到化石，细满就说白莲垭一个垭子上全是化石嘛。那山顶上好多过去修庙的台阶都是些化石，他还说："不光有你说的震旦角化石、鹦鹉螺化石，什么草啊虫啊很多，你搬得动？"

那人与齐家将那块三叶虫化石的价谈妥了，三百，带他上山去看了之后，一手钱，一手化石。就说要细满带他上山去看看。

睡了一夜，那人脸红红的，早晨吃了些酒，又一个腊肉洋芋火锅。那人问了到山顶要几个小时，说那样可以在天黑前下山去。

那人催促着细满。齐老和说不能去，可细满要去。细满还小声给他爹在灶门口说了，说："我捡三叶虫化石的地方不会告诉他。"那人要细满把化石带好。

细满的姐姐翠满也附和说可以去看看，谅他也把山搬不走，并要细满把开山刀拿着，机灵点。细满说："他不给钱想走脱？他不是我对手！"

就这么，细满背上背篓，就与那商人一起向山顶走了。

到了下午，细满一个人下山来，背篓是空的，脸是白的，没一点血色，白中带青，像见到了鬼一样，好久没说话。他姐就问他那人呢，碰到了啥家伙，细满就说："我把那人……推下去了。"

他说"推下去了"，声音很小，不平静。姐翠满一听就愣了，就去喊她爹——齐老和。齐老和在锯木头，使斧头。

"什么？推下去？下去？下哪儿去？……"

丢下斧头过来的他爹站在那儿，只穿一件秋衣，额上淌着汗。从山上下来的儿子没淌汗。汗已经干了，脖子上和手上有抓痕。

"究竟怎么了？！"做父亲的大喊。孩儿们的妈在灶前揪着被烟熏酸的鼻子也冲出了脑袋。

"究竟咋了？"

事情已经很清楚了。天黑了。

一家人闷闷地吃饭，孩子们的奶奶一瘸一瘸地在屋里走，不知道气氛为何如此凝重。她耳闭。

家人也没再问细满事情的经过。没问，好像不敢问，好像那儿是一个疼痛的灌脓的疱，一碰就要让天地惊叫，世界变色。

细满躺在黑暗的帐子里，眼前全是厮打的画面，那儿的声音，山上的风，树，泉水哗哗的流淌声……

……那人说的是"很好很好"，那人看到一个粪池里砌着的一块和尚的石碑，说很好很好。那是一个百年的粪池，里面有石蛙和无名的山顶生物。"可我跟他打起来了……我无意间踢了一块石头进粪池，溅到了那人的脸上和头发上，那人很和气的，脸却变了，说：'你可得小心一点呀……'那人好像骂了一句——他一直爬山都那么骂，也不定是骂哪一个人，嘴里带点渣滓，也就是一个口语，城里人嘛。""……你究竟想不想买呀？"他是这么问的，细满是这么问的。"哪个不想买，还黑你一块石头不成？"那人说。"妈的山和尚。"那人说。"哪个是山和尚？哪个当了和尚？欺我找不到老婆？哪个山和尚？"细满问。两个人就不知怎么纠缠到崖边上了。"这里根本就不可能有三叶虫化石，谁知道你是不是水货，假的。"那人非要细满拿出那石头再给他看看。可细满说："你把钱给我，我才给你看。"后来……他的大脑一片糊涂。反正那人就掉下去了，反正，推推搡搡中他出现了血痕，一定是拉扯过的。"你鸡娃子赖鄙！城里来的赖鄙货！不然人家怎么叫'街鄙子，街鄙子'呢？"

他一定这么骂过，骂过那人。后来那人消失了，无影无踪了。手上的化石也不见了，好像是被那人抢夺走了……

六

又一个早上。起来的时候，他爹已经准备了一大捆绳子。那是爹到崖上采药打金钗（石斛）用的。他爹说：

"翠满也去。"

都去？

还带了条狗。狗呜呜地叫着。是到天坑那儿去的。

到了天坑口，他们望着头顶高高的白莲垭，有些云，被山顶的树给吞走了。他们准备绳子，爹是要下到天坑去的，细满也要下。

天坑像个巨大的黑洞，一个巨大的嘴巴，像是一个巨人踩了一脚，四壁白瘆瘆的，坚硬得十分无情。那是个无底洞啊，下到那里就是地狱，谁也不知道有多深，里面有些什么。有人说有怪兽，有人说有长毛的巨型癞蛤蟆，它一打哈欠就会生雾。正想着，雾就从底下腾起来了，像一口滚滚的锅。

那怎么下？从来没有人敢下到坑底。坑底离坑口少说百丈高，悬崖陡壁。在半壁上打过金钗，爹做过，把细满也带下去过。爹打金钗的时候不会讲什么，爹口紧，不讲奶奶给细满讲过的二十几个土匪的事，还有他亲眼见过的家里两匹猎狗的事。那是在细满还很小的时候，家里有两匹威武的猎狗。有一次跟猎，在刺棵子里咬出了一只兔子。兔子东躲西藏，最后给逼到光秃秃的天坑口，没了路，就往天坑里跳。那两匹猎狗也就跟着往天坑跳。死了那两匹猎狗，爹在天坑口一个人闷闷坐了一天，像块石头一样。

人要顺绳子下去，这似乎是不可能的，似乎只有死路一条。可爹朝都没朝儿子细满看。他只是整理着绳子，让翠满在上头照看点，自己就下去了。

绳子打了十几个结，因为长度总不够。估计还是不够。绳子一点一点地往下溜去，就像一条无头无尾的长蛇，一点点往下爬去。

"爹！"翠满喊，时不时地喊。

可爹没有回应，但绳子有力，往下溜。

下了很长一会儿，就听见下面传来喊声，要把绳子拉上去。那声音似乎并未到坑底，可那声音悠长、浑沉，整个天坑都有一种爆发似的共鸣声，仿佛一个人在地狱底下的呼号，让人听了有一种凉森森的恐惧感。

把绳子全拉上来了，那就是细满要下了。细满也没想什么，挺着牙齿，捆住自己的腰，就往下蹬去。这是没有可说的行动。他只有往下去。谁逼的？不知道。

他姐很有经验，也有一把力气。绳子在一棵百年老树上缠了三圈，一个人基本可以控制了，姐还把绳子踩在自己脚下。

"过点细啊，细满。"姐姐叮嘱。姐的声音像送别，永久的送别。

这是一条十分新奇的路，就是冒险。打过金钗的细满知道怎么走，看着脚下，找有些平缓的地方下脚，有灌木的地方可以用手抓上一把，减轻绳子的力。

一步一步地走，走扎实；一步一步地下。与爹没有回应。他想，爹肯定在下面等他，或者已经找到了那个人。

天坑。天坑啊，天坑。

坑壁上些许的灌木是黄栌，还有响叶杨，有盐肤木、乌桕，还有人血草。为什么靠近坑底的地方有这么多人血草，黄英英的花开得漾漾的，精神抖擞？这是为何呢？掐断了一根，流出鲜红的血来，跟坑外的人血草没有两样。

坑底下，对，就是坑底下，他能望到的地方，胜利在望的地方，一片一片的人血草，一片一片的晕晕的黄！往下看，就像看到四月的菜花地，让人浑身躁躁的，黄得让人要发疯的颜色，就像蹬下去就是去蹚一片火海似的。

后来想想那天有多难呢，一股强大的坠力要把你拽下这万丈深渊。绳子被乱七八糟的树枝阻挡纠缠，石头磨着随时欲断的绳子；看见了蛇、鹰窝、老鼠、飞鼠——就是那常说的催生子，还有青麂——再陡峭的山壁上都有青麂攀爬的影子。也有很罕见的草药，有金钗（一般的金钗兰）、蜈蚣钗，还有小丛红景天、灵芝，一大窝五灵脂（就是飞鼠屎）。有几次坠下去的是石头，可下面爹没有喊话。他可能躲得远远的，在观察着半空中的儿子哩。

后来绳子依然不够，但可以看到爹为他踩出的一条路。那也很险，有的是贴着崖壁走的，滑溜，像是万年没人踏足的，本来就是万年无人下去的天坑啊！

后来呢？后来他就丢开上头连着姐姐的绳子，好像丢开了世界，下到另一个世界去了。爹依然没有吭声。他想象着坑底的情景，那万年无人涉足的下面，毒气四溢，爬动着千万条毒蛇和老鼠——这是他梦中遇到过的险隘世界。那里有冤魂，有鬼魅……已经被树枝和石头划戳得伤痕累累的细满就这样软着双脚下到了踏实的坑底，他小心出脚，寻找着爹的影子。

那天坑底下，跟天坑上头又有什么两样！阳光一样暖热，清风吹拂，人血草灿烂辉煌，灌木丛生，高大的乔木也千姿百态。天坑口圆溜溜地罩在头顶，坚硬的光秃秃的坑壁在阳光的炙烤下现出骨头般的颜色和质地——就是一块块站立的骨头，一扇扇骨头般的墙垣！气势磅礴，高不可攀，让人生出渺小似蚂蚁的感慨来。可也是另一番天地，让细满感到这白莲垭还有如此雄壮的景象，这可是从来没有过的。

他终于看到了爹。爹正在草丛里寻找着什么，蹲在那儿。细满走近去，他看到了爹的面前是两副兽骨。细满一下子就记了起来，那是两只狗骨，完整的狗骨架。脖子上套着的皮套还没有腐烂。爹把那个皮套拿起来，细细地看着。在不远处，细满看到了一堆散乱的人骨，人的骷髅。那是不是奶奶说的那些土匪呢？还有许多骨头，兽骨，巨大的骨头，大得像是传说中的怪物的骨头。还有许多奇怪的脚印，大的，很大的。细满紧紧跟着他的爹，手拿着开山刀，防备有什么袭击他们。听见了水声，有一个洞，山洞。洞也很大，洞口水淋淋的，长满了厚厚的青苔。他们走进去，看到了洞里也堆着一堆堆骨头，像骨头，也像石头。许多闻所未闻的兽的头埋在泥水里、浮土中。他们出来了，像在地狱里游了一遍。细满吐出一口气看头顶，白莲垭高耸入云。那望断颈子的山顶，无数的水珠子正从上面飞腾下来，像一些鸟或者树叶，声音凄厉，又看到有许多人也坠下来了——水珠子变成了人……

忽然听见了人声——人的呻吟声！

毛骨悚然的细满看到毛骨悚然的他爹。他爹的头发都竖了起来。他爹拨开人血草就朝那呻吟的地方跑去。

淌了一地的血，那人静静地躺在一片人血草中，胸腔里发出若断若续的声音，无数大黑蚂蚁趴在他的身上、头上吮吸着他的血。那人一定是爬动了的，身后留下一条血路，压趴了一片片的人血草——他是想找一条路上去，想逃离这个天坑。就在细满下来时，就看到一具人骨，靠在崖壁的一棵树上，未脱节的手骨还紧紧抓着树干——那可能就是几十年前的土匪或是哪年不慎失足的采药人，人都有求生的愿望。那人面孔朝下，爹去拍他，小心翼翼地，他想把他翻过来，仰面。可搬动时那人浑身的骨头发出嘎嘎的响声——他骨头都摔坏了。他一定是坠落途中被树拦住了才没死。"快去找水来！"爹喊。细满就去找水。他摘了片叶子，接了水来，爹给那人喂水时，嘴却怎么也掰不开。"你醒醒，喂！喂！你……"那人睁开了一下眼，眼已经散了光，接着头一歪，就死了。那人手里捏着什么，死死的。细满爹去掰他的手，是那块三叶虫化石，化石已经碎为三块，可依然紧紧攥在手里。细满接过那块化石，他把它们放进兜里。接着爹去动那人背着的包。包拉开了，钱，那些钱。爹把它们一张不剩地拿出来，有很多，新的。爹用双手拢了拢，拢在一起，拢成一沓，再把它折了，解开衣服，放进内衣荷包里去。爹也没看细满一眼，自己做着。细满听到那些新钱哗哗的声音，很清脆。爹就站了起来，准备走。那包没再看。可细满记起那包里还有一个手机的。他想要手机。可他爹却喝住了他：

"别翻了！"

细满不干，他想要那个东西，想拂逆爹的意志。他就去翻了。包里还有一些乱七八糟的东西。那人头上有黑色的白色的干结的血块，它们曾是液体，从脑壳里流出来的。蚂蚁太多，正在那儿狂乱地爬着，吮吸着那些血块和脑浆。

他还是把那个手机——那个包里的硬家伙摸出来装进了口袋。他做这些的时候他爹在另一边扯草。他不再翻那个包。他爹也许知道他做完了，就抱来人血草，覆盖到那个人的身上。细满也照爹这么去做。父子俩拼命地扯人血草，手都被那鲜红的汁液染红了，终于用人血草把那人"埋"了。爹就走了。细满跟爹走。

他先上，爹让他先上。

他们上来了，来到人的世界，鸟语花香。

七

这一夜，细满感觉到爹妈一宿未睡。起来小解的时候看到爹妈在厨房里，烙着香喷喷的浆包馍，还有火烧粑粑。

细满早晨迷迷糊糊起来，洗脸时，爹就给他说：

"细满，出外去躲几天，躲些时。"

爹拿出了一沓钱给他，让他放进荷包。都是些新钱，那人的钱。

细满知道这一刻迟早会到来。他二话没说，就背上爹妈为他准备的衣物和干粮。包是爹年轻时在河里推船用过的帆布拉链包，里面塞得满满的——不是吃的，就是穿的，可以当背篓背起来。爹说：

"下山先去剃个头。"

爹说了这些就不说了。细满看到他的妈在角落里抹着眼泪。他想去劝几句，觉得没必要，就大声给姐翠满说：

"姐，我走了。"

姐大约已经知道，已有准备，就问：

"你要到哪里去？"

姐说这些时也望着爹妈。她知道这是爹妈的意思，主要是爹的，爹就说了：

"出去几天，等没事了再回来。"

细满去奶奶的房里告辞。奶奶睁着眼问他去哪儿，细满就说笑着，说是给奶奶去买黄豆酥回来吃。奶奶虽然八十多了，可牙齿很好，能咬得动油炸的黄豆酥。前不久，细满还真给奶奶带回来半斤黄豆酥，是在向索子店里买的。

细满觉得自己是大人了，应说走就走。于是就迈出了门槛。狗嗅着他，挨挨擦擦，细满就赶狗，不让狗跟上来。狗在坡上就站定了，昂着头翘着尾，送他。细满向狗招手，向杉木坪上的树招手，向杉树招手。杉树很高，有紫杉、麦吊杉和巴山冷杉。麦吊杉像钓鱼竿一样站着，只长个头不长身材，瘦丁丁的，上面笼着绿色的针形叶；巴山冷杉却发出灰绿色的光芒，像铁汉子一样站着，跟山上风的凌厉的姿势一样。

家慢慢看不见了。

细满在山道上走着，有力地走着，头也不回。这一定是出远门，他很敏感，知道了爹的意思。人死了，他要走远一点，在人们的视线里消失，包括在山下那些村里的人眼里消失，消失一些时间，等……

他走得太急，气喘，汗也滔滔不绝地出来了，黄豆大的汗珠，揩了又出来，他一口气走了十几里地，在一棵树下吹风。他想着坚决不朝后头看的，可他还是看了。

白莲垭又远又高，挤在很荒凉的天边，白雾紧锁山腰，好像有山火喷出，青烟滚滚——那是云雾。山有些模糊了，像罩着一层薄纱，像往事。

细满突然放声大哭起来。他坐在地上，手扶着父亲用过的那个包，向山冈和森林，向着峡谷，大放悲声。

哭是一种卸重。他轻松了，开始想往哪儿走，应该怎么照顾自己。他开始数钱，是十张，一千元。他看三叶虫化石，想要找瓶胶水把它们粘起来，山下修鞋的那种胶水很好。他开始吃东西，并且喝水。他找水喝，他想要安排好自己的生活。

他开始往长江走。

鱼峡口是一个不错的地名。他看到了浩浩荡荡的长江。敢情这世界上还有这么多水啊，并不只有无尽无头的大山。细满有些兴奋，很兴奋，非常兴奋，一路的阴影都忘了。听说是修三峡大坝，这河口，这长江，都宽。河底下过去是一个小镇哩，现在全淹了，崭新的房子搬到现在的山上，成了新镇。

他看到了江上行走的巨大游船，洁白的身子，漂亮的造型，像神话中的宫殿，像水面上逡巡的巨大的鸟。不止一艘、两艘，江面上，来来往往有许多艘。江风也开阔啊，水腥味儿浓厚，两岸的山峦就像图画。

前面终于看见了传说中的三峡大坝，如一道空中巨墙，横亘在万顷波涛之上，把长江捆了个严严实实。人可以把长江弄成这个样子？山外的人有这么大的能耐？！——山和尚。他听见有人在贬损他。山和尚是一种鸟，叫戴胜。说你山和尚就是指你没有见识，就是藏在山里的一个连老婆都讨不到的和尚。山外的人应该骄傲，应该翘尾巴。山外的人大气磅礴，山外的人不与山里的人一般见识。

过船闸，船在那水闸里慢慢下降，好多好多船都赶进闸里，有大游船。大游船上有黄发蓝眼睛白皮肤的外国人，男人女人。好多外国人，他们是来看中国的风景的。"我看到了这么多外国人，我要回去将这些所见所闻讲给姐姐听，讲给奶奶听。"

船降下去了，降到了另一个水位，另一条江，而上面大坝关着的就是三峡水库。细满看着，仰头回望着，那高高的大坝，比山还高的大坝。他就到了宜昌。

轮船码头可是个大码头，好多来来往往的人，好多店铺，好多商店。他突然看到了穿警服的警察，心就一惊。他就往人多的地方挤，想将自己消失进人群里。后来，他到了街上，不知道往哪儿走。他要吃东西了，想买点水喝，还想买点烟抽。不知怎么，他想抽烟，有个烟，有个打火机，像爹一样，人就能平静下来，无事一样的，身上的零钱花光了，那就要用爹给他的那一千块钱了。他找了个隐蔽无人的地方，从内面拿出那一千块钱来，飞快地抽出一张，把剩余的钱放好，就去一家铺子买东西，烟、打火机和喝的水——唉，水在城里也要钱买啊。

他点了一包两块五的红金龙烟，打火机一块，水一块，共四块五，他把那一张百元的递进去。是个上了年纪的老人，跟爹差不多。那老人将钱看了看，摸了摸，又看了看，又掸了掸，又照了照，对里面喊：

"快来，这里有人用假钱！"

细满抢过钱拔腿就跑，像只受惊的兔子。

他跑啊跑啊，手上捏着那老头所说的假钱。他拐了几个弯，终于跑到一个有树和花坛的背阴处，感到安全了，就把那钱展开。他很少经手过一百元的钱，这辈子也就两三次。他认真地摸了摸，看了看，好像是有假，再把那其余的九百元拿出来，都是一样的。他有些疑惑。他的内心很惊雷，发出很空洞的响声，仿佛一个梦破灭了——他全是拿假钱来哄骗我们的啊！我把他推下去，竟是一堆假钱？

一种很荒谬的感觉油然生起，连自己的躲避也没有意义了。他决定再一试，用另一张。于是，他盯着了一个街头卖报纸的小孩。他随手拿了一本很花的杂志。没看清楚是什么名字，就把钱递过去让他找。那时他候在一边，瞅着没了人他才过去，那是一个空当。那小孩把钱就那么一看，一摸，说：

"不要。"

"为什么？"

"不要就不要。"

"为什么？"有时间追问。

"假钱，你哄不了我。"

细满的心彻底冷了，身子全部软了。是假钱，所有的，那个人拿的全是假钱！

八

一个揣着假钱的山里娃子，带着绝望和愤怒在城里行走着。他已有两天没有吃东西了，靠喝路旁店家水管里的自来水生活。这一天，他实在饿得受不了了，就找一个卖烤红薯的讨红薯吃。卖红薯的看他饿得失魂落魄，就给了他一个小红薯。细满连皮都吃进去了，可没填到牙缝。牙缝里全是沙子。红薯这玩意儿在咱们神农山区是喂猪的东西，可在城里，还卖一两块钱一个。

卖烤红薯的是安徽人，两人交谈起来，卖红薯的就指着前面街上一排店铺，说那里会要人的。

身无分文的细满就到那边街上，一家一家问，问到一家敲敲打打、油漆味儿刺鼻，还有切割机疯叫的五金焊结店子。老板在，拿着铅笔和钢卷尺在量钢筋，也是个穿得脏兮兮的人，手上全是黑垢。还有一个跟细满差不多大小的娃子在调油漆刷钢网。那店子里还有老板娘和一个乱跑的小妮子。老板说，反正要也可，不要也可。就要了，一个月……那老板说，做了再说，你做不做得了？

这是一项繁重的活儿。可再繁重，刚开始也能做。等着吃饭的时候来临。来了，给了他一个碗，一大碗饭，跟老板一起吃。老板搛一碗菜就跑到门口一堆钢筋、窗户、铁门堆里蹲着吃，那个同样是帮工的也是，细满也就这样。菜搛得很少，怕人家说他只会吃。

吃饱了饭，拉了一泡尿，就睡。他跟那个同龄帮工睡在用铁棍搭的铺上，在半空中的地方。下面的床睡老板一家。上面只有一米高，人只能钻进去，里面有脚臭味儿、鼠屎臭味儿，说不定还有一些见不得天日的烂虫。

细满终于能睡了，能伸展四肢慢慢想事了。他就想事。就算是狗窝，也能舒坦地、安静地想事。

"逼我出来了。"脚头的胎皮——就是老板的亲戚娃子在听收音机。他

169

叫胎皮。胎劈？胎逼？"楼"下老板一家在看电视。街上有汽车在呼呼地驰过，隔一会儿一阵，隔一会儿一阵。"我出来了。我刷锈，刷漆，切割钢筋和钢板。"这是一个累得像骡子的活儿，学也能学点东西。可人血草会在他闭上眼睛的时候燃烧起来，像火，照亮了他的梦魇。高高的人血草，人血草的坟冢……模糊、混乱、亢奋的争吵声……那人骂着……那人捭着一张张让人愤恨万分的假钱，假钱一张张飘落成黄色的人血草……使假钱的定葬身天坑！是的，用假钱哄骗山里人的只能葬身天坑！"我爬出来了，我爬出了天坑，我没有干过坑蒙拐骗的事，天坑是地狱！坏人才进地狱啊！"

九

细满第一次跟着老板去人家家里装防盗网。

那也就是个六七楼。老板要他跟胎皮一起爬出窗台，腰里捆上绳子去打洞。

绳子吗？就绳子。家里所有的绳子，爹搓了几年准备去卖的绳子。绳子就是绳子。他系着绳子。他突然想到，爹是要他明白一些事理，要用这种残忍的方式教训一下他：杀一个人是要付出代价的！不要轻易杀人，然后，让你下临深渊——进入无底的天坑。

要下便下，就跟当时爹要他下一样。可是，当他吊上了绳子，朝窗外一看，不知怎么，一阵大汗就铺天盖地而来。没有预兆，没有防备。那汗水就像雨一样下淌，每个毛孔突然成了月亮窝，比月亮窝沁得还厉害——就是哗哗往外流。

"你是怎么了？"老板阴沉着脸看了他一眼，"你这是害怕？"

老板又多说了一句："你不是说可以吊的吗？"

从来没有这样淌过汗的细满只好往窗外爬。这是另一个天坑，一个更难受的，像山一样压来的天坑。爹说过，"能忍则忍，你争个什么呢？"爹是在心里"说"的，他有灵犀。他悔恨，他理解了，能忍则忍。

他流着汗，快哭起来。他不会哭，咬着牙吊下去，死死地抓着防盗网，打孔上膨胀螺栓。他咬着牙干活儿，让汗淌，淌完了，身体里的水淌干了就好了。

后来身体里的水真的淌干了，他安着防盗网，在空中。"在家里，在此时——假如没发生那事，现在，我在杉木坪那红棕壤的坡地上赶牛犁地，旁边有狗和羊子，有白云。苞谷秆发出碧绿色的声响。我躺在地上，蓝韭和苔草如垫絮，气味芬芳，云影流动。更远的地方在我不想去的地方，河流、村庄和公路。我住在神仙住的地方，像白云一样生活……"

像第一次无来由地流过滚滚大汗以后，又安装了两次，又流了两次滚滚大汗，让老板恨不得把他赶走。可他可怜的样子，老板又不好说出。老板是个沉默寡言的好人。

第一个月，细满拿到了一百五十块钱，竟一晃就去了一个月，细满竟坚持了一个月。一双手被油漆泡得稀烂，眼睛因为反复被电焊弧光刺伤，红肿得像桃子。可钱是真钱。挨过老板和老板娘骂，可那是真钱。老板那小妮子，用尿滋过他的脖子，可那是真钱。他追求真钱，他微笑着，能忍则忍。他追求真钱的响声和手感，追求真钱的自在、宽厚，追求真钱的安静、瓷实，追求用难以忍受的劳动换取真钱的沉甸甸的重量。那只有他掂得出来。

他把那一张真百元的放在假百元上，压住假钱，掩盖假钱，不让假钱露头。

十

老板长着尖尖的脑壳、灵活的眼睛，可是不看人。老板用自己不停的干活儿，来催促学徒们不停地干活儿。

老板也不故意刻意地教他，说，把那根焊焊。细满就捉住电焊钳也戴上老板的黑眼镜，在钢筋上啄着火，就去焊了。就这么会了。老板说，下二十根一米三五的。细满就拿了卷尺去量，就在切割机撕心裂肺的切割下，把二十根一米三五的都下了，就会了。

老板就是这么个人，要做的事，只说一句话，多一句都不说。拿了绳子，就要你下天坑，那是在惩罚你。给你烙饼，也不告诉你，第二天说，躲躲，就把你赶出了家门。老板跟爹一样。

从家里带来的衣服全被电焊烧出了洞，全被油漆涂成了硬壳壳，问爹：

"我还躲几天？"爹不回答。爹不在身边。穿着那么脏的衣服，与老板一个锅里夹菜，老板和老板娘只当没见着，只当跟叫花子进餐。一屋的叫花子，一屋的破铜烂铁还有电线，还有个猪窝般的铺。

细满不害怕，奔真钱去的，可惜太少。那一段时间，生意出奇地好，老板做出去的防盗网还需要重新加固，因为城里盗贼太多，刚做好的网窗就撬了，剪了，扳弯了。老板心里真高兴，常常喝酒，炒猪顺风，说："强盗有吃的，少不了咱一口。"有人找他扯皮，说下的钢筋细了，稀了，做门的钢管薄了。那就得加钱，加真钱。老板没一次碰到假钱。

细满找他学识别假钱。胎皮也会，什么线哪，水印哪，变色哪，摸上去粗粝哪，还有暗字哪（要用一种特殊电筒照）。细满学了这些，摸着假钱，在黑暗中牙齿咬得咚咚响，可你丢了命，你为这几个假钱露了富，丢了命。"是我杀了他吗？"他问自己。

胎皮在黑暗中不数假钱，手淫。把那空中的铺弄得打摆子一样摇动。然后用一个瓶子接淫水。细满说："你不动好不好。"半夜，脚头的胎皮动得一塌糊涂，像梭子在机杼上来回跑动。

天气又热，上头没窗户。细满就知道了胎皮的毛病，也不想管他，就到下面，在门口摆了个木板睡，看夜空。城里的夜空光秃秃的，灯光把星星全枪毙了，天空死干净了。可山里，咱那杉木坪上，星星满空都是，挤得像从电影院出来的人群。还有满坡满林子的萤火虫——到了夏天，萤火虫出来了，空气里浮动着一浪一浪的萤火虫，闪闪灭灭，人就浸泡在萤火虫的水波里，就像在梦中漫游……"爹，我还躲几天就回？……"

汗流多了，他只有不停地喝水。

铁网生意做到了二十层楼的高层住宅里。

如果……他看到胎皮没精打采地站在二十层楼的楼顶，系着绳子，还要放防盗网下去。他的淫水快要流光了，可他营养不良，甚至便秘。恶心的胎皮，他站在二十层楼的楼顶——如果他就掉了下去，一头栽了下去，是我还是他自己失脚掉下去的呢？……他忽然想起：是那个人自己踩滑了掉下去的！——那个人要看石头，胎皮在摇栏杆，石头松了。栏杆连根拔起来了……他喊："你要当心！"他给胎皮喊："你要当心！"他结结实实地喊了一句。那胎皮回过头看了他一眼，很奇怪的眼神；——那个人也回过头来看了看他一眼，后来就不见了；胎皮不见了，下去了。——他抓住了他的手；——他抓不到胎皮的手。胎皮说："你做什么事？"——"我抓你。"——"你下来啊！"胎皮喊。

细满大汗又滚滚而下了。老板出现说："啊？！"

"我没有推他，现在证实了，全想起来了！是他自己下去的。我站在这儿没动。他在那儿也没动，是一种不可能失脚踩滑慌张掉落下去的样子。他也不可能被我推下去，因为他脚站得铁稳，他站在那儿像脚下打了二十个膨胀螺栓似的，就是台风也撼不动他。没有人可以把他推下去。没有人能推胎皮，推那个人。没有人能推一个人，在这个世界上。"

——他想。

"那我躲几天就回。顺爹的一口气。爹是恨我哩。没有——我会给爹解释的。用心，必要时也要发言，用说话。"

"就是个骗子，推了又怎样！心想横了，爹用大棒打我，我就这么说。"

"把天下的骗子杀光！我这么说。我这么想。"

在高楼上安装的时候，系绳子的时候，胎皮总会说：

"你怎么这般看着我？"

细满不说话。

"喂，小齐，你究竟为何这么看着我？"手淫分子胎皮声音颤颤地说。他很害怕。

细满就去做别的事了，走开了。

"你难道想把我推下去不成？"胎皮大声喊说。

有一忽他真的觉得他是可以推一个人下去的。二十层就是天坑口。

他实在记不清那个人长相了，他只记得那黄英英的人血草花，那人血草冢。他记不清人血草花下的那个人了。有时他看胎皮就像那个人。那个人就像胎皮，胎皮的爹或者叔叔。

十一

他到大街上到处去回忆那个人。通过别人的脸相回忆那个人。很多人，他看，分辨。他揣着那块已经用强力胶水粘好的三叶虫化石。在少有的空闲时，他手捏着三叶虫化石，到大街上去寻找那个人。那个人会爬起来，爬出天坑，回到城里来。他是城里的人，城里才有假钞，还有手机。细满不会用，一边荷包里捏一件：手机和化石。

有一天，他来到了一个专门卖石头的街，叫奇石街。他问一个老板：

"这个值多少钱？"

那人接过细满捏得热噜噜光溜溜的三叶虫化石。三片粘结成的化石。那人的眼珠子就瞪圆了，像狗卵子。

"假的。"那人说。

细满要抢过来，这像掘他的祖坟，像杀他。

"这个是作的假，不值钱。"那人又说，不让细满夺，还继续细看。

"那就给我。"细满不让那人看，"你既说是假的，就没有资格看了。"

"你想要几个钱？"那人问他。

"可是假的你凭什么要买？你做生意的死精，会买啊。"细满把那块石头夺过来了。他气愤，夺过来了，不跟他讲价。

可他不知道多少价，不知道能不能卖钱，气鼓鼓的，四处走。再走到少人处，有僻静的店铺，终于看到了化石，也是一些鱼呀，虫呀，还有鸟呀什么的。问价，几百，上千。

"我这个……"

那老板两撇小胡子，一双鹰眼小巧玲珑：

"哪儿来的？"

"我家里的。"

"你是哪儿人？"

细满想了想，说：

"秭归。"

"别说秭归，整个三峡地区都没这种化石，这石可能……是做了手脚的。现在孔子鸟都做得像真的。"

又来否定他！

"不是，这是真的，摔破了呢。"他说。他气愤地说。

"所以更有欺骗性。"那人说。

"你这里明明有哩。"细满指着一个三叶虫化石说。

"你那叫星形三叶虫……越没有的越造假。"

"是真的值多少钱？"

"这个不好说，"那人抽着烟，鹰眼从烟雾里睁开来，"一百？两百？一千？两千？不好说……你若卖，放我这里，卖多少是多少，三七分成，你七我三；卖一百，你七十……要碰到瞎买的，哄上船了就瞎卖……"

"我知道你卖了多少？我又不在这里。"细满说。

"人要有互信嘛，互相猜忌还搞鸡巴合作。那就现在你卖我，二十块钱走人！"那人干脆地说。

"二十块钱？……"

"就二十块钱。"

二十块钱一条人命？可这是一条人命……这去了一条人命。不可能，一条命只有二十块钱？！你他娘的，这是人话啊！

"你长得漂亮些！"他讽刺那人。

他走了。他记住了什么"星形三叶虫"，那口气，是稀有的，因为他说了越没有的越……高山上长大的娃子，机灵着哩。他听进去了。他在高山长大，在白莲垭还从没有见过这种石头的，有一天，他在山上瞎玩，寻药材，他就捡到了这块石头。山上有各种各样的石头，山上净是石头，可没见过这号石头。"……这是真的，是稀罕物，我要换回个人回来！"就只当是从天坑爬出来了，摔昏了，醒了，几天之后醒了，就爬出来了……天坑如一口蒸锅，云雾腾腾，是能把人托起来的，像水……天坑口如一个巨大的井口，天空是灰蓝的，汹涌的气流托着鸥鹰飞腾，像托一片树叶，那人就坐在鹰的翅膀上，一起飞升起来了……

十二

胎皮，这家伙，人还挺好的，给他买雪糕吃，五角钱一个的，不是雪糕，是冰棍。吃得凉丝丝的，甜得腻歪歪的。他知道细满有一块怪石头。细满说：

"你对我这么好，等我把这石头卖了，我请你吃肉丝面。"可有一天这石头让老板的小妮子看见了，非要玩。这是断然不能玩的。小妮子哭了，并凶狠地要用尿滋他。细满心里恨得想长出几百颗牙齿要咬人。这就让老板知道了。老板强行要细满把那"宝贝"拿出来看看。老板看了，"哼哼"地说："这玩意儿，我以为是什么宝贝呢，一块破石头。"

"是块破石头，可一条人命啊！值不值钱无所谓的，这是一条命，我不会换钱的，除非换一条命来，把那个人，从那深深的天坑里换回来——那个人回来了，说：'我爬上来了，只是睡了一觉，摔了一跤，风一吹，雨一淋，就醒了。'"

天气太热，老板给他们的"狗窝"装了个改装电扇，声音之大，举世无双。睡不着，睡不沉，就到下面的大门口摆门板睡去。胎皮巴不得他走。可是有一天晚上细满要上去拿衣服，发现胎皮在翻他的包。

"你翻我东西干什么？"

胎皮不紧张，还嘻嘻笑着说：

"嘿嘿，你有好多新钱，还有手机。"

"你怎么能动我的包呢？"

"嘿嘿，你的钱是假的。"

"是别人放我这儿的。"细满说。

几天胎皮都没问什么。几天后，老板一家人有事要回乡下，把店子交给了胎皮和细满。没了生意，就是守店。晚上，胎皮要细满与他一起去看三级录像片。细满说不想看，胎皮就神秘地说："我给你把假钱用出去。"胎皮敢想敢干，细满就跟他去了。胎皮去买票，被人抓起来了，细满就跑。回到店里，很久胎皮还没回来。细满坐卧不宁，感到凶多吉少，就收拾好东西连夜跑了。

有一个热闹的打电子游戏的地方，可他不敢待。他进去了又出来，感到有许多鬼鬼祟祟的人都是来抓他的，要收缴他的假钱并问出处——还有九百元的假钱，这是一条命。他走在街头灯光昏暗的地方，天气燥热，没有下雨，身上黏黏的，像爬满了蛞蝓，令人恶心。

他走着走着来到了江边。江边是个公园，有许多树和长凳，有一些与他年龄相仿的男女在那儿成双成对地抱在一起，有并肩的，有靠着的，有躺在男人怀里的，有躺在女人怀里的，有哼哼叽叽的，有做着淫秽动作的，有散步的。

那是别人的事，细满到了水边，还有人夜泳哩。他就涉到水里，拿出毛巾来洗脸洗身子。看别人也脱了裤子，自己也脱了裤子洗了，换好衣服。江面上是一些眨眼的灯光，那叫航标灯，也有船的灯光。有大轮船，拉起呜呜的航笛，向他来的方向溯水而上——那儿是他的故乡，很远，很远的山里，很高的山上，白莲垭，杉木坪，有狗，有猫，狗有黄狗黑狗。有数只鸡，有自己的床。有火塘——这会儿，在咱们高山上，有西瓜吃的时候，还得生起火塘，山上寒。一阵风一吹，雾就漫上来了，也就是云。云漫上来了，冷飕飕的，围着火塘吃西瓜，也吃腊肉火锅，吃烤的红薯与板栗。板栗煨在火里，会爆响，爆响后就开口了。开口的熟板栗。还有茶，新茶泡出来，也是一股子熟板栗味儿……

他想奶奶。奶奶的腿不知好了没有。狗想跟他走，后来撵回去了。他一个人，走着世界，在宜昌。

江水滔滔，拍岸汹汹，夜凉如水，心如迷途。他找到了一张条椅，枕着爹用过的帆布包，拢上肚子上的衣襟，竟很快进入了梦乡。醒来天已经亮了，有清扫公园的大嫂在那儿唰唰地扫着地，只当没看见他似的。

肚子咕咕叫，去江里洗了一把脸，漱了口，又喝了一肚子含沙的江水，看见世界平静，就到小巷里去买吃的。

有个大排档街上有的店打开了卖早点，有一家细满与老板给安装过铁窗和烟道的，有个女孩跟他讲着相同的话，他吃着面，就看到她提着一大提篮菜来了。他朝她看着，故意跟她打招呼。在这里，找个老乡不容易，他太孤单了。可他上次没承认，说自己是秭归的。

他说："你是阳日湾的吗？"

那女孩说："你咋知道？"

他就说了，他说了真话："我是白莲垭的。"

那女孩也很高兴，说："给我讲假话啊，上次。"又问，"你这是回去？"因为她见他提着包。

他说："我没事做了，想找个事做。"

那女孩就说："我给老板说，他们缺个择菜的。"

细满就在那儿等。过了一会儿，女孩就要他去见她们的老板。老板大黑牙，像个流氓，说：

"一个月三百。"

三百就三百，比那儿的还多呀。细满喜，惊喜，暗喜，就捋起袖子择起菜来。

女孩大他一岁。女孩叫王红霞。女孩长得怪机灵的，一看就不是山里人，跟谁都亲热，这样的妮子成人家媳妇是人家家里的福气。

"你们那里种水稻。"

"是啊，是啊。"她说。

"咱们吃苞谷，"细满说，"没吃过米。"

"你现在吃米。"

"我现在吃米不习惯，想苞谷糁子，想浆包馍，想火烧粑粑，还有荞麦粑。"

"荞麦粑苦死。"王红霞说。

她的声音很有主见。

大排档闹哄哄的，晚上全是喝酒的人，一直到转钟两三点。都是火锅，流着汗赤着膊吃着火锅，摆在大街上，辛辣的气味甚是好闻。细满也就吃上了。很辛苦，也就吃上了。有点白莲垭的味儿，放花椒和尖辣椒，一把把的大蒜，咕噜咕噜冒辣泡的锅，开啤酒瓶、碰杯和嚼鳝鱼牛蛙香辣虾的声音，和摔破瓶子的声音，和斗酒声。细满累着，吃着，一双鞋水淋淋的。他与王红霞老乡说话。王红霞照顾他，给他买雪糕吃。是真雪糕，不是冰棍，一块钱一个的，还给他买洗头发的小瓶的飘柔二合一。她说他的头发像牛屎坨，取笑他的。她还长得很丰满，洗菜洗碗的时候，给客人上菜的时候，都可以欣赏她时隐时现的胸脯。可以放肆地欣赏，不像在家里，害怕看到姐翠满的，稍微暴露，就浑身不自在，仿佛自己做了什么丑事似的。店里的很多女孩都很丰满。这可能是吃了重油火锅的缘故。手泡在油里，鼻孔沉浸在油烟里，加上吃，就这么吃得油胖了。

他把白莲垭都忘记了。

他爱上了王红霞。

他总是想她，仿佛所有的活儿都是为她做的，干什么都不累，择全宜昌的菜也不累，杀全宜昌的鳝鱼也不累，宰全湖北的鸡也不累，干二十四小时也不累。

人真是个怪东西，人真是个贱东西。

下了班还可以到王红霞租住的地方去聊天，坐，给她修床，给她换锁，给她逮老鼠，逮老鼠下夹子，就像在白莲垭下"铁猫子"逮羊逮猴逮九节狸一样。一共逮了十只老鼠，吓得王红霞浑身打战，细满把老鼠用铁丝串起挂在树丫上。还陪王红霞去看了一场电影。

当然是他买的票。看电影时他肩挨着她，拿着她的手。王红霞说看电影看电影。

究竟看了什么电影细满记不清了，一出了电影院就忘记了，却记得了王红霞的气味，软绵绵肥嘟嘟的手。王红霞说："我比你大一岁。"细满说，这有什么要不得的？细满说："你十八？"王红霞说："你这么小，哈哈哈。"

细满给王红霞买了一把牛角梳子，还有个小镜子，在地摊上买的。王红霞就收下了。

有一天晚上，细满突然遗精，梦中的对象就是王红霞，也有一半是姐姐。他要忘记姐姐，就要找王红霞。他要把王红霞娶到家里，娶到白莲垭的杉木坪上去，把她从宜昌娶回去，从一个吃稻米的平原娶到吃苞谷的高山上去，从不长雾气只冒柴烟的地方娶到白云飘飘的地方去。他就说白莲垭的好话。春天，杜鹃花盛开，杜鹃是长在大树上的，不是山下的小杜鹃，有什么秀雅杜鹃、毛肋杜鹃、粉红杜鹃、红晕杜鹃，一场雨一下，一场太阳一来，野苦桃花也开了，杏花也开了，蔷薇也开了，山楂花、野樱桃、珙桐花也开了；夏天咱那儿没夜蚊子，凉爽宜人，青草遍地，茶叶飘香，接着又开了马桑花、旋覆花、沙参花、龙爪花、杓兰、芍药、火棘、桔梗、党参……蓝的、白的、红的、紫的；秋天百果成熟，吃不尽的甜味，打不尽的果实，山楂果、五味子、石枣、火漆果、红枝子、四棱果、八龄麻果，你们山下少有的八月炸、猫儿屎、猕猴桃，漫山遍野都是。五味子一嘟噜一嘟噜，蜂蜜一缸一缸，接着就是核桃熟了，板栗熟了，野柿子熟了，榛子熟了，松子、锥栗、蔷薇果遍地都是……咱山上你听说过那活血化瘀的江边一碗水，消肿止痛的头顶一颗珠，止血生津的文王一支笔，清热解毒的七叶一枝花？花叶吃虫子你见过吗？花像一个笼子；鸟只有蜜蜂大你见过吗？——叫蓝喉太阳鸟。还有山凤、松鸦、苦荞鸟、苦恶鸟，算命鸟你见过吗？还有九头鸟，九个头，都能叫，还有红腹锦鸡、白雉鸡、角雉、灰雉——就是娃娃鸡，叫声跟小娃子哭一样，挺好玩的。还有会唱十几种歌的乌鸫、黄莺，还有鬼瞪哥——就是猫头鹰，在林子里晚上瞪着眼，像鬼一样；还有山和尚，就是戴胜鸟，头上一撮毛像古代的官帽，还有旋木雀，用嘴钻树洞像电钻那么旋转；咱山上的洞有冷热洞，夏天冷冬天热，冬天打赤膊在里面也不冷；还有潮水洞，洞里涨潮像长江哩；还有一层一层的白云，一片一片的森林，山上有麂子，有獐子，有野猪、熊、麻羊子、娃娃鱼。冬天下套子，想套什么套什么。现在不许套了，所以野生动物多了，在云彩上面，到处是蹦蹦跳跳的野羊，抵角呼唤，一道道瀑布从山上挂下来，到了冬天，瀑布就凌冻住了，像满山满山的玉石。接着就到了春天，从泉水洞里涌出成群成群的鱼来，不知道这鱼从哪儿来的，在哪儿长的，一色的白鳞，一色的筷子长的鱼，煮火锅放几把南风盐菜，那个香哪！……

细满说这些时仰着头，就像望着高山上的云彩。他第一次向一个外人说自己的家乡，他发现他叙说的家乡是如此之美，像一个童话世界——他也第一次从自己的叙说中，从别人的聆听中，发现了自己家乡的美丽，高山上与众不同的美丽。"真是美呀，奶奶，我想你，爹，妈，姐姐，黄狗黑狗，鸡和猫，羊，山坡上唱的山歌子，野樱桃树，我想你们……"他给王红霞唱了一个高山的歌，他唱道：

"高高山上一扇岩，岩啷古抬起望郎台，姐在台上望到在，哪晓得你从半路来……"

他又唱"高高山上一窝汤，一窝汤里出蚂蟥，蚂蟥叮到鹭鸶的脚，要得脱来不得脱"。

山上有许多山蚂蟥，专往人的裤腿里钻。还有一种竹虱，往人的毛孔里钻，你若用手拍打，尾巴断了，头还在里面，要痒死你三天。你只有用烟头烧，一烧，那竹虱就退出来。他没给她讲这个。山上会把人的鼻子冻掉，一年有五个月下雪，人不得出来，就像进了棺材一样。他把这些都忘了，只有蓝天白云、青草山坡，只有猪牛羊、桑麻茶。只有把酒话桑麻，结庐在仙境……

王红霞就听着，看着看着快感动了，可王红霞咯咯地笑着说：

"人家说山上的人像野人。"

"谁说的？"

"凭什么人家说一个人蛮不讲理说是'山下赶下来的野东西'呢？"

"那是指野兽，不是人。"细满说。

细满就要吻她，他要忘记梦中一半的姐姐。王红霞让他吻了，让他摸了，又推开他说：

"我比你大哩，你要叫我姐姐，不行的，不行的。"

细满没洗手，也没吃，没喝，品味着口中的滋味，拿手在鼻子下拼命嗅着，闻那手上留下的王红霞乳房上的味道、身体的味道。细满发着抖热着身子说：

"管他哩，她嘻嘻哈哈的，我还是要把她娶到手。"

十三

大排档每天十几个小时，累死，王红霞还烫伤过一次，可老板狠心不给钱治。有一天去老板家讨钱，那老板要强行对王红霞非礼，王红霞就跑了。王红霞跑了，细满寻她不着，气得要死，就把菜不择干净，让顾客在白菜里吃出泥巴来，在空心菜里吃出蚯蚓来。老板就扣了细满半个月工钱。

有一天，王红霞就通过别人传话，要他与她到江边去见面。

见了面，细满发现王红霞满手的洗发水味，一双手也让洗发水给泡烂了，还肿。王红霞说，在洗头坊给人洗头。细满就给她说为报复老板扣掉了一百五十块钱。王红霞就哈哈地笑，很开心的样子，就摸细满的头，说，好弟弟。王红霞说："我学会了理发和染发，我就回去开一个小发廊，自己做老板，让人剥削划不来。"细满说："还不如到咱们山下的君山镇去。要不，我也去学美发？"王红霞摇头说别学，说："你去学，到美发学校要一两千块，你哪儿有钱？"王红霞就说："来，细满，我给你干洗。"就用双手刨细满的头。细满靠在她怀里了，后来她靠在细满怀里了。细满说："我会弄到学费的。"

181

细满就去奇石一条街，去卖那块化石。对化石他已经慢慢淡薄了，见着它不会想别的——想那遥远的事情。化石就是化石，卖个好价钱了，学一门技艺，既然出来了，就得学点东西。

到了奇石街，找了一家出价最贵的，卖了七百块钱。细满觉得这是很多钱，够了。以后回去再捡，能捡到第一块，就有第二块，还有第三块、第四块。

还有个手机，摔坏的手机，去了二手手机市场，别人只肯出一百元买，还要备用电池和充电器。细满就没卖成。他回到宿舍，就拿出那些假钱来，心想是真钱就好了，就能交学费了。可惜那是假钱，有九张，九百元。

细满在街上左看右看，看到女人的花花绿绿的东西，就动了想给王红霞买点什么的念头。他选择了半天，买了一条围巾，一条很洋气的围巾，金黄色的，很长，砍价只要二十八元，又不贵，又拿得出手。就找了一个公用电话给王红霞的手机打了个电话。王红霞来了，见到围巾，很高兴地说："谢谢你呀，细满。"细满握着王红霞那一双被劣质洗发剂泡烂的手，心疼地说，洗烂了。王红霞说，洗一个头提成三块钱，脚都站肿了。脱开鞋给细满看，果然是肿的，两只脚，肿得像熊掌。

细满不能帮她，王红霞也没想细满帮她。王红霞只是说："我日他妈的！"——王红霞野了。

又过了一个月，王红霞再见到细满时，染了指甲，染了头发——成金黄色了，涂了口红，还上了假睫毛，那睫毛长得怪难受的，就像是猫的睫毛，很恶心。王红霞说，好困。王红霞打着哈欠，说："给我买块烧饼来吃。"细满给王红霞买了块"掉渣儿烧饼"，王红霞还要喝牛奶。喝了牛奶，吃饱了，王红霞打着嗝，说："有烟没，给支我抽。"王红霞做着要抽烟的样子，两支手指夹动着。细满内心惊骇，问："你这一段在做什么？"王红霞说："你千万不要给任何人说啊，说我在发廊里做保健。"

细满就完全知道了。细满是个明白人。洗头是洗头坊，很正规的，而发廊，发廊是个脏地方，做坏事的地儿。发廊里的女人叫小姐，小姐就是做坏事的，跟男人睡觉的。王红霞坚称："我告诉你，我肯定没做那种事，我是绝对不做的，只是正规按摩保健，不信你可以去看。"

但王红霞不告诉细满她做事的地方。分手时她让细满先走，先上车，她再上车，然后不知去向。细满试图跟踪她，却一无所获。

　　细满相信她，又不相信她，心里惴惴不安，老想着王红霞跟男人按摩时，与男人脱光了睡在一起。细满忍受不了这种幻觉和想象，他想要制止她，又想要睡她，以检验她是不是黄花闺女——这个他懂。

　　见面很难，总算有一次答应见面。见面后看着王红霞穿得低低的上衣，恨不得把乳房端出来给世界看，就抱住她，要跟她发生关系。可王红霞说："细满，我那手机太老了，拿不出手，能不能借点钱，我买个彩屏能照相的手机？"

　　细满就想到他手上有个手机，胎皮说过这手机很好，但能不能照相他不知道。细满就去了手机店修理，师傅要五十元，手机包修好，还说是可以照相的，相素还不低，一百三十万的。细满就答应了。

　　手机很快就修好了，很快很快。手机是彩屏，还是什么和弦。细满就打电话给王红霞。王红霞就来了，见了手机，就像见到了亲娘。细满就说，是他姐姐给他的，至今未用，给她，要她去配电池。细满拉着王红霞睡觉，没见红。细满就说："我不会让你干那种事了，我们回去吧，回神农架去！"王红霞不干，说："跟你到高山上喝西北风去啊？我可不想回去了，就是死，也死在城里。"

　　细满睡了漂亮的王红霞，可没有快感。只有回忆起来才有一丝快感。但没出几天，他就发现下身红肿了，拉尿难受，还从尿道口里流出些脓样的东西。细满不知道怎么了，在这方面他还没有太多的经验，他只有惶恐，并且不敢找人问。不过他隐约感到这是很羞耻的事，难以启齿的事，与坑蒙拐骗、偷盗抢掠是一类的事，甚至是比它们更丑恶的事。在白莲垭，好多事情不问也可以过去，凭他自己的琢磨。比如有一年他开始遗精，姐姐帮他洗短裤，也没有说什么，似乎眨眼间都知道了这是为什么，因为他们都长大了；比如处理包皮过长——过去他并不知道包皮还是个问题，但看到每天报纸上割包皮、割包皮、割包皮的铺天盖地的广告，才知道城里人都包皮过长，从小就要挨一刀的。仔细研究了他人的包皮（在上厕所时），发现自己的包皮正好，与王红霞做那个事时，十分懂这个的王红霞也没说他包皮过长，那就包皮正在尺寸上。现在，下身出现了问题，倘若在家里，他就会给爹说，爹就会带他去找医生。可他想，在家里，是不会得这些怪病的，拉的尿清长清长，鸡巴就像没有一样，能把它忘掉了。可现在鸡巴成了一个负担，他就想——按报纸广告上说的——是不是霉菌？他就跑到一个没人的屋顶，将裤子脱下一点，对着太阳晒那个东西，想把"霉菌"（或者细菌）晒死。

可脓依然在流，他就去找王红霞。王红霞在发廊里自称是秭归的王红霞。王红霞不在，包在，一翻，翻出身份证，王红霞也不是神农架的王红霞，是保康的王红霞。王红霞说了假话，保康与神农架阳日湾很近，怪不得王红霞对阳日湾那么熟。

王红霞来了，细满怒气就来了，拉着王红霞到一个角落说："我下身出事了。"就退下裤子给王红霞看，短裤上全是那种脓水，龟头又红又肿。王红霞没有说话，王红霞很紧张，说："你找我干什么？"细满说："这是你过（传染）给我的。"王红霞否认说："我过给你？这是什么呀？我又没病。"细满说："你为什么骗我？"王红霞说："我骗了你什么？"细满说："你是保康的。"王红霞不急不慌，倒笑嘻嘻地说："那又怕什么。细满，我把什么都给你了，我警告你，你不要到处乱说呀！我都给你睡了，我又没要你什么东西。"细满说："手机就不是东西？"王红霞说："还说手机哩，来路不明。有人打电话给我问我这手机是怎么来的。"细满一听头就轰的一炸："哪个打电话给你？"王红霞说："哪个晓得！是个女的。"细满心乱得一锅粥，像有大难临头的不舒服，叮咬着王红霞说："我这样子你说我怎么办？"王红霞见摆不脱他，说："我给你睡了，我还犯了法啊？"王红霞就跺脚走了。

细满求助无门，欲哭无泪，心想只睡了一次就这样子了，这女人究竟有多大的毒？城里究竟有多大的毒？

又拖了两天，拖不下去了，就按图索骥，找到一家什么专科门诊，鬼鬼祟祟进去，见过一个鬼鬼祟祟的老医生，老医生鬼鬼祟祟地看着他，要他到后面一个屏风去。这里还有几个人在鬼鬼祟祟地求医。轮到细满，细满就去了，脱下裤子，老医生拨弄了他的下体两下，甩手说："这是淋病，要打针哩。你是不是在外面找了小姐？"细满知道"小姐"的意思，只好点点头，也就默认了王红霞是"小姐"。"那就对了，"老医生说，"如果是女朋友，那就要一起来检查治疗，光治疗一方是不行的，要双方同治。"问了问，打一针要两百多块。细满只有两百多块，只开了一天，就去打针。

细满从来没有打过针，有了病就是弄点草药煎水喝，要不就是让妈刮痧，什么猪毛痧、牛毛痧。爹常说山下的药太贵，没想到城里的药更贵，按医生的说法，不花去两三千块钱这病治不好。

细满希望一针就把人治好，就恨王红霞。想到城里的病就是多了。

他回去的时候，听到有人喊他"齐细满"，他不由自主地答应了一声。两条黑影就突然向他扑来，把他压倒在地下，就给他戴上了手铐。

十四

细满被人压下的时候脸给狠狠地锉在水泥地上，脸就擦走了一块皮，流血，手臂也给人扭得像折断了一样，头发被人抓掉了不少。他记得他被推进一辆车里时两个警察左右喘着气，像跑了许多路的样子。他看了看车窗外，嘈杂的声音，乱成一锅粥的马路，人与车子慌张而有序，都自由自在，手都没被铐住。

在派出所，他惶恐地看着他们，那些警察。他看到了那个手机，送给王红霞的手机，还有那些假钞。他一急，就感到裆里哗哗地流着脓水。一切都是因为王红霞。当问到手机是怎么来的时，他大声喊着：

"我没有杀人！"

他说，是他自己掉下去的。

在细满的这十七岁里，他只与警察打过一次交道。有一次他下山去买农药，看见一个姓王的乡警，他跟那乡警说过一句话。乡警谈不上和蔼，问他是哪儿的，就这一句话。但眼前的警察不停地问，将他按在地上，让他住在许多魔鬼一样的人住的屋子里。那些人像山上的野兽，林中的鬼魅，一个个长得怪头怪脑，细满觉得他迟早有一天会与这些鬼怪关在一起，被他们打，被他们抢去饭碗的。在抢过几次饭和挨了两顿打之后，细满就说，老子杀过人的！——这里的人只有说出你干过最坏的事，别人才会怕你。有一个还碎过尸将尸体煮了给左邻右舍喝汤呢——他成了狱霸。细满说他是杀人犯，那些人包括碎尸的狱霸才对他住了手——老子是神农架的土匪！他说。他横了一条心。

去指认犯罪现场的那天，他是在路上翻供的。看到了熟悉的青山绿水，他才记起来车是往白莲垭开去的。心里一阵轻松，又一阵恐惧。杀人是要抵命的！而且他将回去看到亲人和乡亲——他要押到山下的村里——他是一个杀人犯，一个裆里流着臭水、长着奇怪疮疙瘩的龌龊人……后来他头脑一阵一阵发热，快发疯了，想喊叫，身体像要爆炸，神经要错乱了！他手上戴着铐子坐在车窗旁，看着这囚笼般的车、警察和同样是警察的司机。

"我没有杀人！我没有杀人！！"

他终于疯了！他要用声音冲破车顶，要让自己的身体和思绪冲出去，冲向山野，砸掉手铐，获得自由。

他疯了，那些警察就来把他按住。他被按在座位上，身子一阵一阵狂抖，被堵住的嘴巴还在喊，喉咙和胸腔里全是喊叫，喊叫不得出来，在胸腔里、肚子里、肠子里、五脏六腑里乱窜。后来他像一只被擒的野羊，四肢软了，可肚皮和胸膛仍在大起大落，同时喉咙里发出咕噜咕噜的喘息声。

但是他并没有屈服，正待解押的警察庆幸制服了他并喘一口气时，他们看见了细满的嘴里流出血来，而且血越来越多，越涌越多。有经验的警察扳起他的头来，知道了他是在自残，这是犯罪分子逃脱打击的一种伎俩。他们看到，随着血呼地涌出了一个东西——那是半截舌头。细满把自己的舌头给咬掉。他还是疯的，并没有清醒。警察在椅子下找到那截舌头，捡起来包进一个手帕里，就要司机调转头，朝宜昌开去，开回去，到医院去。

舌头算是接不上了，离开身体时间太长。原因是他们在途中遇上暴雨，暴雨冲毁了道路。在暴雨的山道上行走的那种感觉本来是十分安静的，人可以在车上睡一个好觉。车碾压着雨水的声音和两边阴郁的森林都有让人进入深度睡眠的欲望，并使人觉得特别疲倦，特别需要一把靠椅在摇摇晃晃中投入梦乡。车却翻了。

一个警察身负重伤，一个警察身负轻伤，把那截舌头也给弄丢了。第二天，又一拨人来寻找舌头。在深沟的烂泥里终于找到了那个用手帕包着的舌头，爬满了蚂蚁，已经被蚂蚁啃噬得千疮百孔。而那车里的扶手上面，警察的一只断手还骇然攥在上面！——就算没被虫咬，但也令医生无回天之力。

　　细满连起诉都没有，就糊里糊涂地被释放了。有人告诉他，那个死去的人是个盗卖过国家一级文物又用假钞骗人的惯犯，公安机关已接到好几起报案，都是关于这个人的。加上细满已不能说话，且不满十八岁，就这么放了。

　　细满回家先是在山下打尖，山下的人说他的奶奶早就死了，埋在白莲垭上，是爹用背篓背上去的。他奶奶留下遗嘱要埋在垭子上，可以看见菩萨。山下的人见细满不说话，怎么追问也不说。细满就是不说。细满说不了。细满在向索子的小店里买了火纸和香，还有一对蜡烛。他往山上走的时候，鸟语花香，天蓝得像假的。他想起奶奶要去山上见观音菩萨的举动，心里想笑。心里一笑，仿佛一切都回到了从前。他终于开口说话了，他说："奶奶，我来看你来了！"那话只有他自己能听清楚。"啊！啊！啊！……"他叫起来，他发现他自己终于变成了一只不会说话的鸟。可鸟的叫声悦耳动听。他一路跑一路叫着，仰望着头擦汗时，他看到了一朵巨大的白莲在山上飘浮着，盛开着，莲花上站着一个人，像他的慈祥的奶奶……

（原载于《芳草》2007 年第 1 期）